DREAMBOOKS

DREAMBOOKS★

DREAMBOOKS★

DREAMBOOKS★

신룡의 주인

태선 판타지 장편소설
FANTASYSTORY & ADVENTURE

신룡의 주인 5

초판 1쇄 인쇄 / 2012년 3월 30일
초판 5쇄 발행 / 2016년 10월 17일

지은이 / 태선

발행인 / 오영배
책임편집 / 편집부
펴낸 곳 / (주)삼양출판사 · 드림북스

주소 / 서울특별시 강북구 도봉로 173
대표 전화 / 02-980-2112 팩스 / 02-983-0660
편집부 전화 / 02-980-2116 팩스 / 02-983-8201
블로그 / blog.naver.com/dreambookss

등록번호 / 제9-00046호
등록일자 / 1999년 3월 11일

ⓒ 태선, 2012

값 8,000원

(주)삼양출판사 · 드림북스의 서면 허락 없이는 어떠한
형태나 수단으로도 이 책의 내용을 이용하지 못합니다.

ISBN 978-89-542-4579-1 (04810) / 978-89-542-4574-6 (세트)

* 지은이와 협의하에 인지는 생략합니다.
* 잘못된 책은 구입한 곳에서 바꾸어 드립니다.

Contents

Chapter 1 카이의 가출 | **007**

Chapter 2 이서릴의 숲 | **055**

Chapter 3 마도시대의 꿈 | **135**

Chapter 4 달의 마법 | **181**

Chapter 5 아카데미 축제 | **215**

Chapter 6 피를 잇는 자 | **245**

외전 수호자의 나무 | **281**

부록 설정집 | **355**

1.

 그래서 어떻게 됐는데?
 정말?
 용이 가출하는 일도 있단 말이야?
 소문은 멀리 퍼져 나갔다. 그도 그럴 게 아무리 사춘기를 맞은 용이라도 주인을 버리고 가출하는 일은 거의 없다. 넬은 오늘 자 아카데미 신문을 읽어 내려갔다. 기사 제1면은 류인 황자에 대한 이야기와 지젤 바스커빌 양의 약혼설이 차지했다. 두 사람 모두 한사코 부인하고 있고, 특히 지젤 양은 놈과 결혼하느니 혀를 깨물어 버리겠다는 폭언까지 내뱉었는데 권력 구조상, 빠르든 늦든 두 사람이 결혼하게 될 거라는 이야기가 많았다.

샨에 대한 이야기는 기사 2면에 있었다.

> **샨 알테리온의 용, 가출(?)하다.**
> **교내 최고의 미소년 샨 알테리온 군의 용 카이가 가출한 사실이 뒤늦게 알려져 관계자들을 당혹하게 하고 있다. 이 사건에 대해 샨 알테리온 군은 언급을 회피하고 있어……**

넬은 거기까지 읽고는 신문을 접었다.

샨은 학교에서 꽤 주목받고 있는 사람 중의 하나다. 품행도 단정하고, 성적도 우수하다. 무엇보다 뛰어난 미모 덕분에 교내에서도 여성 팬들이 많았다. 샨에게 고백하기 위해 접근했던 여성들이 티스의 마수에 걸려들었다가 율케스의 무뚝뚝한 배려로 기숙사로 무사히 돌아가고 마는, 돌아오고 나서야 고백하러 왔다는 걸 깨닫지만 이미 늦어 버린, 이 기이한 현상을 교내에서는 '샨 삼각지대'라고 부른다.

한 번 걸려들면 결국 목적을 이루지 못하고 빙글빙글 돌고 마니 그의 숨겨진 팬들에게는 가히 재앙이라고 할 수 있다.

그럼에도 어째서인지 요즘 신입생들 사이에서 터지는 크고 작은 사건들에는 폭풍의 핵처럼 그의 이름이 빠지는 법이 없었다. 그런 그의 용 카이가 가출했다는 소식을 듣고 많은 여성 팬들이 가슴을 졸이고 있다.

그때, 누군가가 신문을 탁 하고 빼앗았다. 넬은 짜증스러운 눈초리로 올려다보았다. 단테스가 내려다보고 있었다.

"지금 그런 거 읽고 있을 때가 아닐 텐데요?"

넬이 대답했다.

"그쪽이야말로 내 일에 참견하지 말라고 했을 텐데."

"일적인 것 외에는 그렇죠. 그런데 지금 상황은 한가롭게 신문을 볼 때가 아니잖아요? 아, 실례."

단테스가 손을 뻗자 투명한 얼음의 벽이 두 사람을 감쌌다.

수십 발의 암기가 보호벽에 박혔다.

카가가각!

단테스가 동전을 집어 들더니 손가락을 튕겼다. 바람의 정령이 압축된 탄환이 적들을 후려쳤다. 넬이 신경질적으로 대답했다.

"나는 분명히 서류 업무를 하러 여기에 고용됐을 텐데?"

"원래 직장 생활이라는 게 다 그렇잖아요? 시키면 다 하게 되어 있어요."

"아무리 그래도 알파도가의 조직 항쟁에 나까지 끼어들 이유는 없잖나."

넬의 등 뒤에서 누군가의 칼날이 찍어 들어왔다. 넬은 놈의 칼날 옆면을 손바닥 아래 단단한 부분으로 후려쳤다.

카앙!

그리고는 놈의 팔을 붙잡아 부드럽게 땅에 메다꽂았다.

콰앙!

단테스가 담배를 입에 문 채 휘파람을 불었다.

"알테리온가의 맨손무술인가요? 역시 대단하군요. 한 번밖에 본 적 없는 걸 아직도 사용할 수 있다니."

넬의 회색 머리카락이 바람에 흩날렸다. 넬은 적의 검을 빼앗아 단테스의 목에 들이댔다.

"이런 바보 같은 놀음에 날 끼게 하다니. 이 빚은 톡톡히 갚아 주마. 단테스 알파도."

단테스는 안경을 벗었다. 가느다란 눈매가 빛 아래로 고스란히 드러났다.

단테스는 그에게 담배를 꺼내 권했다.

"한 대 피실래요?"

빠악!

단테스의 이마에 큼지막한 혹이 생겼다. 넬은 아직 화가 풀리지 않았는지 단테스를 한 번 더 노려보더니 담배를 뺏어 입에 물었다. 흡연은 처음이다. 단테스의 담뱃불에 자신의 것을 갖다 대고는 불을 옮겼다.

깊게 한 모금.

"나쁘진 않군."

여전히 저기압인 모양이다. 단테스는 싱긋 웃었다.

"호오, 처음부터 속 담배라니 예전에 면도칼 좀 씹어 보신 모양입니다?"

"오래전 일이지. 학교는 금연이니까."

넬은 단 한 번도 자신의 과거에 대해 말한 적이 없었다. 가족 이야기도, 하다못해 이 학교에 들어오게 된 사연조차 말한 적이 없었다.

그리고 그의 능력에 대해서도.

그때 두 사람 머리 위로 커다란 그림자가 지나갔다. 넬이 중얼거렸다.

"저거, 카이지?"

"그러네요."

저렇게 시위하듯 대놓고 날아다니다니. 이제 이 도시 사람치고 카이의 가출에 대해 모르는 사람이 없으리라.

카이가 하늘에 대고 소리 질렀다.

"샨, 미워어어어어!"

카이는 더 이상 샨을 마마라 부르지 않았다.

2.

샨의 신경은 잔뜩 곤두서 있었다.
누가 잘못했고 누가 잘했다는 문제가 아니었다. 이쯤 되면 자존심 싸움이었다. 샨이 걸음을 옮길 때마다 복도에 저기압이 깔렸다. 마치 빗물을 피하는 개미들처럼 학생들은 샨의 저기압을 피해 도망쳐 댔다.
한참 성장기일 때건만, 샨의 키는 조금도 자라지 않았다. 당연히 또래 애들보다 훨씬 왜소해 보일 텐데도, 어째서인지 기세만큼은 일류 검사 못지않아서 이렇게 저기압에 돌입하면 지나가던 사람도 한 번씩 돌아볼 만큼 무시무시하다.
"머리카락은 조금 자란 것 같네요."
"눈매도 뭔가 고급스러워졌죠?"
여학생들은 신이 나서 방학 동안 샨이 뭐가 변했을지 속삭였다. 강철도 얼려 버릴 것 같은 저기압도 그녀들의 마음 앞에서는 무력한 모양이었다.
샨은 교과서를 꽉 끌어안았다.

하루 종일 망할 용 새끼 때문에 아직도 열이 뻗쳤다. 부화할 때부터 고이 받아서, 몸이 부서지도록 먹이고 재우고, 씻기고, 가르친 결과가 바로 이거다.

사춘기를 맞은 아이를 키우는 부모의 마음이 바로 이것인가, 속이 탔다.

방금 전에는 라온 교수님의 수업에 들어갔다가 퇴짜를 맞았다. 라온 교수님은 샨을 보며 생글생글 웃었다.

'어이쿠, 준비물을 안 가져오셨네요? 수업 못 듣겠는데요.'

카이를 데려오지 않는 한 수업도 없단다.

이 교수는 가뜩이나 A+를 줄 것처럼 굴더니 결국 B밖에 주질 않았다. 아카데미에는 속칭 '꼬리표'라고 부르는 제도가 있다. 꼬리표란 1학기 성적표가 정식으로 발급되기 전에 학생들에게 미리 한번 보여 주는 성적표다.

교수님도 사람인 이상, 실수로 다른 학생의 점수와 바꿔서 낼 수도 있고, 과제 리포트가 누락돼서 나올 수도 있기 때문이다. 당연히 만점을 의심치 않았던 과목이 B가 떠 버리자 샨은 오류인 줄 알았다.

라온 교수님은 방긋 웃으며 대답했었다.

'그거 맞답니다. 아~무 이상 없어용.'

그 순간, 샨은 저 망할 코알라의 주둥이를 양쪽으로 잡

카이의 가출 15

아 쭉 찢어 버리고 싶은 충동이 울컥 일어났다.
 '참고로 크롬 군은 A+ 드렸답니당~ 데헷!'
 그 말을 듣는 순간 최후의 인내심이 뚝, 끊어졌다. 정신을 차리고 보니 망할 코알라의 주둥이를 찢고 있었고, 괴성을 들은 학생들이 몰려와 샨을 뜯어말렸다.
 그렇게 공부하고 실습까지 해 줬건만 B라니!
 울화통이 터져 물었다.
 "나한테 무슨 유감 있으세요?"
 코알라가 대답했다.
 '샨 군은 괴롭히는 재·미·가 있잖아요?'
 그리고 샨은 다시 망할 코알라의 볼을 잡아 늘였다.
 "그딴 이유로 B를 주냐. 이 망할 교수야아아!"
 '쿠어어억!'
 그렇게 전교 석차 5위 안에 들겠다는 샨의 포동포동한 꿈이 좌절됐다. 분명히 넬 군이야 1위에서 3위 사이를 오갈 거고, 크롬 마이어하트도, 마이어하트가의 자존심이 걸려 있으니 죽어라 공부해댔을 거다. 어릴 때부터 영재교육을 받는 망할 귀족집 자제님들이 호락호락한 존재가 아니라는 것쯤은 잘 알고 있다. 그래서 더 착잡하다.
 "이럴 줄 알았으면 더 때려 줄걸."
 저런 인간이 교수라니 뭐가 잘못돼도 한참 잘못된 거다.

그때 티스가 샨의 뒤에서 다가왔다.

"여어."

그러고는 신문지를 돌돌 말아 샨의 머리를 툭 쳤다. 샨은 티스를 돌아보았다.

"……왜?"

망할, 마침 샨은 초 저기압이었다.

저런 상태의 샨은 절대 건드려서는 안 된다는 교훈을 몸으로 깨닫고 있는지라 티스는 더욱 환하게 미소 지었다.

"아니야. 공부 열심히 해."

180도 방향으로 몸을 돌려 바로 튀려던 티스의 뒷덜미를 꽉 붙잡고는 그의 손에 쥔 걸 빼앗았다.

"이게 뭔데?"

티스가 머리를 긁적였다.

"신문 기사."

"뭐?"

"내 기사 나왔더라고."

"학교 신문?"

"생각보다 재미있어. 안 봐?"

"……."

샨은 대답하지 않았다. 학교 신문이라고 해 봤자 언론부에서 일주일에 한 번꼴로 발행되는 거고, 삽화 한 장 없이 금속활자로 조잡하게 인쇄된 종이다. 그럼에도 값은 오질 나게 비싸서 신문 하나에 서민 한 달 식비 값이다.

부잣집 도련님들의 호사스러운 풍류 생활인 건 알고 있지만, 저딴 신문에 돈을 낼 생각은 추호도 없다.

샨은 티스의 신문을 뺏어서 뒤적였다. 바로 2페이지에 자신에 대한 기사를 발견하고는 싸늘하게 식었다.

"……이거 몇 명이나 알아?"

티스는 식은땀을 흘리며 웃었다.

"아하하, 내가 보라는 건 4페이지에 있는 기산데 말이야."

4페이지에는 '티스 이타카르, 그가 울린 여인들'이라는 기사가 떡하니 붙어 있지만 샨은 자신의 기사를 쿡쿡 찌르며 물었다.

"이거 몇 명이나 아냐고."

잘못 건드렸다.

건드려서는 안 될 상황에 건드려서는 안 될 사람을 건드리고 말았다. 티스는 창밖을 내다보았다. 진실을 감추기에는 너무 먼 길을 와 버렸다. 이제 그에게는 두 가지 길만이 남아 있었다.

솔직하게 말하고 분노를 받아내거나, 거짓을 말하고 나중에 이자 쳐서 분노를 받아내거나.

티스는 선택했다.

"아니야. 아무도 모를 거야."
"신문에 나왔는데?"
"……."
아뿔싸, 티스는 빨간색 눈동자를 또르륵 굴리며 방긋 웃었다.
"아디오스!"
"거기 서! 이 사기꾼아!"
이 세상에 믿을 놈 하나도 없고 친구 따위 모조리 허상이라는 냉혹한 진실을 아주 잘 알게 된, 어느 가을날의 슬픈 사건이다.

샨과 그의 용에 대해 전교에 이제는 모르는 이가 없었다. 어느 정도냐 하면 샨이 수업시간에 잠깐 창밖을 바라봐도 누군가가 그에게 말했다.
"괜찮아. 곧 돌아올 거야."
밥을 먹다가 기침을 해도.
"울지 마. 괜찮아, 카이도 많이 후회하고 있을 거야."
정작 당사자는 아무 생각이 없는데 주변에서 불쌍한 놈 취급하고 있으니, 그건 그거 나름대로 화가 난다. 그리고 마침내 점심시간, 크롬이 직접 샨을 찾아왔다.
"어이, 비렁뱅이 또 질질 짜고 있……."

샨은 그의 면상에 책을 집어던지며 소리 질렀다.

"나 안 울었다고!"

퍼억!

책이 크롬의 얼굴에 정통으로 꽂혔다. 깔끔한 일격에 블루 타워의 학생들이 박수를 쳤다. 크롬은 벌게진 얼굴을 문질렀다. 샨이 말했다.

"카이가 드래곤 스톤을 차고 있는 한 어디에 있는지 알 수 있어. 원하면 언제든지 되찾아 올 수 있다고!"

그 말에 크롬이 기가 막힌지 샨을 향해 성큼성큼 걸어왔다.

"너 정말 순진하구나."

"뭐?"

"설마 지금, 둘이 싸웠으니 화기애애하게 둘이 화해하면 끝날 일이라고 생각하는 거냐? 진짜로?"

크롬은 샨의 멱살을 잡아 올렸다. 율케스가 그런 크롬을 향해 검을 뽑았다. 목덜미에 닿는 칼날의 감촉이 차갑다. 그러나 크롬은 샨의 멱살을 놓지 않았다.

"설마하니, 너 카이는 엄청 강하니까 바깥세상에 며칠 노숙해도 괜찮다고 생각하는 건 아니겠지?"

샨이 눈을 크게 떴다.

"그럼, 아니야?"

"이 바보 자식아!"

크롬은 샨의 얼굴에 주먹을 날렸다. 동시에 율케스의 칼날이 크롬을 향해 날아왔다.

카아앙!

3.

카이는 멀리 날아갔다.

아카데미를 떠나, 셉텐트리오네스 섬까지 떠났다. 날갯죽지가 아파 왔을 즈음에는 여기가 어디인지도 모를 평원에 도착해 있었다.

"이야, 나 이렇게 멀리 날 수도 있구나!"

그동안 샨의 근처에만 있느라고 장거리 비행을 할 일이 한 번도 없었다. 새장 밖을 나온 새처럼 자유롭게 날아갔다. 땅은 정말 끝이 없었고 하늘은 정말 끝없이 높았다. 카이는 하늘 가장 높은 곳까지 날아 보기로 했다. 피막을 최대한 넓게 펼치고는 고도를 높여 올라갔다. 더 높이 더 멀리 올라갔다. 땅이 까마득하게 높아졌다. 구름이 발아래로 펼쳐졌다.

더 높이, 더 높이!

산소가 부족해지니 호흡이 곤란해지기 시작했다. 거기다가 이상하게 날개가 날아가면 갈수록 뻣뻣해졌다.
"이상……하다?"
　한순간, 머리가 핑그르르 돌며 현기증이 일어났다. 그리고 카이는 아래로 추락했다.
　단숨에 구름을 뚫고 대류권(對流圈)으로 낙하했다. 피막을 펼치면 살 수 있다. 그러나 어쩐지 한없이 졸려 왔다. 정신을 차리기가 어려웠다. 땅이 가까이 보였다.
　본능이 비명을 지른다!
　몸에 힘이 들어가지가 않는다.
"피막을 열어, 열어!"
　그러나 여전히 힘이 들어가지 않았다. 이대로라면 꼼짝없이 죽는다.
　그때 누군가가 카이에게 소리쳤다.
「An sdear.」
　난생처음 듣는 언어였다. 그러나 어쩐지 그 뜻을 알 것만 같았다.
'그대로 있어!'
　그리고 거대한 네 개의 발톱이 카이의 몸체를 꽉 낚아챘다. 카이는 그대로 의식을 잃었다.

탁, 타닥.

장작이 타는 소리가 피막을 울렸다. 주황색 불꽃이 어둠 속에서 빛났다. 제국어가 아닌 낯선 언어가 카이의 귀를 두드렸다.

「어떻게 할 거야? 탈출한 용인 것 같은데.」

「목걸이는?」

「전혀 안 벗겨져. 저래서야 주인이 찾아오는 것도 시간문제야.」

「지독한 놈들이네. 노예 용의 일생이야, 뻔하지만.」

카이는 천천히 눈꺼풀을 떴다. 어두운 동굴 속에서는 네 마리의 용이 이야기를 하고 있었다. 카이가 몸을 일으키자 그들은 카이의 몸을 붙잡았다.

「이제 일어났니?」

카이는 제국어로 대답했다.

"네."

그러나 그들은 못 알아듣는 모양이었다. 이윽고 카이가 피막을 젖혀 소리를 냈다.

"그런데 이게 대체 무슨 일이죠?"

카이가 자신들의 언어로 대답하자 용들은 무척이나 놀란 눈치였다.

「우리 말을 아니?」

카이가 고개를 저었다.

"모르겠어요. 그런데 그냥 알 것 같아요."

「인간 손에 길든 놈들은 태고어(太古語)따윈 보통 잊어버리는데 신기하구나. 혹시 너희 마마가 태고어를 알았니?」

여기서 말하는 '마마'는 샨을 말하는 것이 아니라고 생각했다. 그렇다면 직접 키워 주고 낳아 준 어미 용을 뜻하는 것이리라.

카이가 고개를 저었다.

"마마는 본 적 없어요. 알에서 태어났을 때부터 늘 샨이랑 있었는걸요."

「샨?」

"제 마마예요."

카이의 말에 검은색 용이 으르렁거리며 거대한 주둥이를 가져다 댔다.

「널 노예로 부려먹은 놈을 말하는 거냐?」

카이가 고개를 저었다.

"부려먹긴 하지만 노예는 아니에요."

그 말에 네 마리 용들이 동시에 대답했다.

「그게 노예지.」

이야기를 들어 보니 이 용들은 모두 야생 용이었다. 동료들 중에 인간들의 손에 잡혀가서 번식 용으로 사육되다 탈출한 용들도 있는 모양인지 인간들에 대해서는 한없이 악감정을 갖고 있었다.

「놈들은 우리가 태어나자마자 목걸이를 채우지.」
「한 번 차면 끝이야. 두 번 다시 뺄 수 없어.」

카이는 앞발로 드래곤 스톤을 잡아당겨 보았다. 역시나 단단하게 매어 있어서 빠지지 않았다. 야생 용들이 말했다.

「조만간 네 주인이 널 잡으러 올 거야.」
「그 전에 목걸이를 풀어야 해.」

카이가 고개를 갸우뚱했다.

"목걸이를 푸는 방법이 있어요?"

네 마리 중, 가장 작고 늙은 용이 푸드득 날아올랐다.

「이서릴, 이서릴을 찾아가야 해.」

"이서릴? 그게 누구죠?"

카이의 질문에 네 마리의 용들이 목을 길게 내밀었다.

「엄청 커!」
「똑똑하고 엄청 쎄!」
「근데 맨날 자. 막 두들겨 깨워야 일어나.」
「그래도 상냥해.」
「응, 게으름뱅이지만 상냥해.」

틀렸다. 교육을 못 받아서인지 이놈들의 지능은 학교에

있는 어떤 용들보다도 더 멍청했다. 제대로 된 언어 구성을 바라서는 안 된다. 그나마 가장 머리가 좋은 까만색 용이 말했다.

「강한 마력을 지닌 분이다. 그분이라면 노예 용의 목줄을 끊어 해방시켜 줄 수 있어.」

카이가 대답했다.

"근데 노예 아닌데요?"

「노예 맞잖아!」

"아니라니까······."

카이는 왠지 울고 싶은 기분이 들었다.

4.

샨은 결석계 아닌 결석계를 작성했다. 성적에 타격이 갈 걸 알고 있지만 각오한 일이었다. 담당 교수인 에녹 교수님은 흔쾌히 서명했다.

"특활 주간에 가는 편이 낫지 않나? 나흘만 참으면 특활 주간에 들어갈 텐데."

샨이 고개를 저었다.

"급해요. 기다릴 수가 없어요."

"맞습니다. 급하잖습니까."

티스 역시 결석계를 내려놓았다. 교수님은 다 읽지도 않고 티스의 결석계를 쭉 찢었다.

"으헉! 내 결석계! 이거 작성하느라 온종일 걸렸는데!"

절규하는 티스의 얼굴을 향해 교수님은 결석계를 확 뿌려 버렸다.

"으아아, 너무하신 거 아닙니까!"

에녹 교수님이 담배를 입에 물었다.

"고양이한테 생선을 맡기고 말지. 미쳤다고 네놈에게 장기 결석을 주나. 허락하는 건 란츠크네뿐이다."

율케스는 차분하게 눈을 내리깔았다. 에녹 교수님은 그런 율케스를 내려다보더니 그의 결석계에 서명했다.

"망할 다크엘프 놈에게 제대로 약 받아먹고 있겠지?"

에녹 교수님은 라온 교수님의 이름을 제대로 부른 적이 없었다. 주로 '이놈', '저놈', '저 새끼', '그 자식'이다. 이름도 부르기 싫을 정도로 싫은 사람이라는 뜻이겠지만 정작 라온 교수님은 신경도 쓰질 않는다.

율케스는 청명한 푸른색 눈을 뜨고 라온 교수님을 바라보며 말했다.

"늘 신세 지고 있습니다."

"혹시라도 부작용이 올 것 같으면 말해. 이 정도로 피가 억제되는 걸 봐서는 꽤 독한 약인 모양이니까."

"……."

에녹 교수님은 연기를 내뱉으며 투덜거렸다.

"재미없는 자식."

율케스는 대답하지 않았다. 에녹 교수님은 그런 그를 보더니 그의 머리에 손을 얹었다.

"욕심은 인생에 넣는 소금 같은 거다. 많이 넣으면 못 먹을 음식이 되지만 아예 안 넣게 되면 무슨 맛인지도 모르게 돼. 알았나? 율케스 란츠크네."

"……."

율케스는 대답하지 않았다. 에녹 교수님은 그런 그의 머리를 쓸어 넘겼다.

"조금은 욕심을 가져라."

얼음 동상처럼 서 있던 율케스가 결국 입을 열었다.

"그럴 수는 없습니다. 저는 하나라도 맛보게 되면 결국 멈추지 못할 테니까요."

교수님은 그런 율케스를 향해 혀를 찼다.

"너, 그러다 지칠 거다."

"그럴 일은 없을 겁니다."

에녹 교수님은 율케스의 속내를 점쳐 보기라도 하는 듯 눈을 가늘게 떴다. 결국 포기했는지 율케스의 머리에서 손을 뗐다.

"가 봐."

"감사합니다."

율케스는 몸을 돌려 밖으로 나갔다. 샨은 트렁크를 챙겨 들고 그런 율케스 뒤를 쫓아갔다.

두 사람은 열차표를 사서 열차 위로 올랐다. 카이의 이동 거리가 넓어지기 시작했다. 티스가 수배해 준 정보 길드의 제보에 따르면 두 사람이 향하는 곳과 크게 다를 바가 없어 보인다.

'이서릴.'

이 시대에 마지막으로 남은 용신의 딸이다.

태고에 주신과 마신이 있었고, 물질계에는 용신이 있었다. 주신과 마신은 신족과 마족과 인간과 몬스터를 만들었지만 용신은 아무것도 하지 않았다. 그들이 한 일이라고는 딱 하나였다.

자신과 같은 모습의 피조물들을 만드는 것.

그게 바로 현재 남아 있는 용, 그러니까 '용'이다.

이서릴은 이 땅에 최초로 만들어진 열 마리의 태고룡(太古龍) 중 하나다. 대부분의 용들은 긴 시간을 거쳐 수명이 다해 죽거나, 아니면 중간계를 벗어나 불로불사에 가까운 육체를 얻었다. 그러나 이서릴만큼은 아직 살아 있다.

신록의 용인 이서릴은 숲의 정기를 양분 삼아 아득히 긴 시간을 살아간다는 게 샨이 알고 있는 전부다. 그러나 시기가 좋지 않았다. 샨이 책을 덮었다.

카이가 향하고 있는 방향과 크롬의 조언이 없었다면 카이가 이서릴이란 용을 만나러 가고 있다는 것도 몰랐으리라.

"곧 겨울이지?"

율케스는 검을 손질하며 말했다.

"지금도 아침에는 기온이 영하로 떨어지더군."

냉혈 동물인 파충류에게 추위는 치명적이다. 보통 이 날씨에 야생 용들은 굴에서 스스로 불을 피우거나 겨울잠을 자기도 한다. 차라리 카이가 북해에 사는 빙룡들처럼 두꺼운 지방으로 체온을 보호한다거나 아니면 화룡들처럼 스스로 불을 낼 수 있다면 차라리 나을지도 몰랐다.

지금 카이는 샨의 도움 없이는 불을 뿜지도 진공파를 쏘지도 못한다.

샨은 창밖을 바라보며 중얼거렸다.

"제풀에 지쳐 돌아올 줄 알았는데……."

율케스가 대답했다.

"그 주인에 그 용이라는 거지."

"그게 무슨 뜻이야?"

"아무것도."
샨은 볼을 빵빵하게 부풀렸다.

5.

티스는 에녹 교수에게 손목을 붙잡혔다. 둘은 한참이나 말이 없었다. 양호실 커튼이 부풀어 올랐다. 티스가 먼저 입술을 뗐다.
"왜 그러십니까?"
에녹 교수는 그의 손목을 붙잡은 채로 재떨이에 담뱃재를 툭툭 털었다. 그리고 그는 담배를 입에 물며 말했다.
"내버려 두면 결석계도 안 끊고 쫓아갈 거니까."
손목을 비틀어 본다. 그러나 대체 저 가는 엘프 팔에 어디서 그런 힘이 나오는지 꿈쩍하지 않는다.
보통 엘프는 민첩하기만 더럽게 민첩하지, 힘은 인간과 다를 바 없다. 그런데 근육도 그다지 붙지 않는 손이 오우거만큼이나 단단하게 손목을 거머쥔다.
티스가 이마를 찌푸렸다.
"아시는 분이 결석계 하나 못 끊어 주신 겁니까?"
"넌 여기서 해야 할 일이 있으니까."

"해야 할 일이라고요?"

바다색 눈동자가 티스를 올려다보았다.

"해야 할 일."

그렇게 말하고는 손을 놓았다. 지금쯤이면 두 사람 모두 멀리 갔으리라. 티스는 손목을 흔들었다. 그렇게 억세게 움켜쥐었으면서도 기이하게 손자국 하나 나지 않았다.

에녹 교수는 몸을 일으켰다.

"너, 거기 있어라."

그러고는 양호실 문을 드르륵 닫고 나갔다. 티스는 기가 막혀서 의자에 털썩 주저앉았다.

"허?"

이놈의 교수는 무엇 하나 친절하게 설명하는 법이 없다. 그게 짜증스러웠는지 티스는 이마를 찌푸렸다. 그는 소매에서 담뱃대를 꺼내 불을 붙였다. 에녹 교수나 단테스가 피는 것과는 달리 사막 지대에서 사용하는 녀석으로, 담뱃대 안에 잎을 넣고 불을 붙인다.

담뱃대 자체만으로 미스릴 합금으로 만들어져 강철보다 단단하고 가볍다. 그가 어린 시절을 보냈던, 이제는 없어진 왕국에 있던 보물이다. 첩도 두지 않고, 자식도 없던 선왕은 이대로 티스가 어른이 되면 물려줄 작정이었다.

"뭐, 결국 결과는 변하지 않았지만……."

티스는 손가락으로 담뱃대에 양각되어 있는 구름 문양을 따라 훑었다. 그때 양호실 침대 커튼이 드르륵 열렸다. 커튼 사이로 긴 금발이 모습을 드러냈다. 류인 황자였다.

"이야기할 기회가 드디어 생겼군."

그가 말을 꺼내기가 무섭게 티스는 놈을 향해 담뱃대를 후려쳤다. 류인 황자는 검을 뽑았다.

카아앙!

"무슨 짓이지?"

티스는 담담하게 대답했다.

"너랑 할 이야기 없거든."

류인 황자의 이마에서 식은땀이 흘렀다. 에녹 교수님께 대화할 자리를 마련해 달라고 요청한 것까지는 좋았다. 그런데 설마하니 말도 안 듣고 공격할 줄이야!

티스는 담뱃대를 검처럼 쥐고 수직으로 내려쳤다.

티스 류(流), 소드 브레이크!

여기에 걸리면 제아무리 강철 검이라고 하더라도 단박에 부러진다.

류인 황자는 티스의 목을 향해 검을 휘둘렀다. 티스가 기술을 걸다 말고 뒤로 물러났다. 동시에 소매를 털어 암기를 흩뿌렸다.

류인 황자는 검을 들었다. 그러나 좁은 공간에서 이 암기를 전부 막아 내는 건 무리다.

암기들이 그의 머리를 꿰뚫으려는 찰나, 검은 인영 넷이 황자의 암기를 쳐냈다. 티스의 눈이 커졌다. 그 인영은 네 쌍둥이로 류인 황자의 가디언이었다. 그들은 티스를 막아섰다.

류인 황자가 입을 열었다.

"이제 겨우 이야기할 마음이 생겼나?"

티스는 왼손으로 눈을 쭉 잡아당기며 메롱을 했다.

"싫지롱!"

그러고는 양호실 창문을 부수고는 훌쩍 뛰쳐나갔다. 류인 황자는 어이가 없어 창밖을 내려다보았다.

"여기 4층 높이……!"

그가 소리치는 찰나, 티스가 담뱃대를 벽에 박았다.

카가각!

뭔 놈의 담뱃대가 마력을 담은 칼보다도 단단했다. 멀쩡한 벽에 일자로 흠집이 나자 학생회가 소리를 지르며 티스를 쫓아왔다. 티스는 땅에 표범처럼 가벼운 몸동작으로 착지하고는 토끼처럼 냅다 도망쳤다.

류인 황자는 어이가 없는지 이마를 짚었다.

"그놈 참 잘 뛰네."

그의 가디언들이 물었다.

"쫓아갈까요?"
"됐어. 듣기 싫다는 놈 붙잡아 봐야 어쩌겠나."

 티스는 근처 가장 높은 나무의 가지 위로 훌쩍 뛰어올랐다. 산짐승처럼 인기척 하나 느껴지지 않았다. 아래에는 티스를 찾는 학생회의 소리가 들렸다.
 알테리온가를 상대로 목숨을 건 숨바꼭질도 한 몸인데 이 정도는 애들 장난이다. 그는 담뱃대를 입에 물었다. 검기가 서린 칼을 막아 내고, 심지어 그 높이에서 이거 하나로 버텼는데도 담뱃대는 끄떡도 없었다. 단순히 미스릴 합금이라고만 생각했는데, 생각 이상으로 단단했다.
 뭔가 주술적인 장치가 된 모양이었다.
 티스는 연기를 깊숙이 들이켜며 말했다.
 "그 가디언이 아닐 텐데?"
 분명 류인 황자에게는 다른 가디언이 붙어 있어야 한다. 지치지도 않고 감정도 없는, 최강의 고대 병기 시스카이.
 물론 네쌍둥이 가디언들도 실력이 보통은 아니었다. 제국에서 가장 계승 서열이 높은 황자에 걸맞은 실력으로 어지간한 가디언은 찜 쪄 먹을 정도는 됐다. 그렇다고 해도 그들은 인간. 고대 병기에 비하면 모자라도 한참 모자랐다.
 "어떻게 된 거지?"

티스는 이마를 툭툭 치며 생각에 잠겼다.

이윽고 매 모양 반지를 꺼내 입에 물고는 휘파람을 불었다. 인간의 귀로는 들을 수 없는 초고주파가 뻗어 나갔다. 이윽고 새카만 매가 티스를 향해 날아왔다. 티스는 종이를 꺼내 뭔가를 적고는 매의 다리에 감았다.

삼 일 후, 까만 매는 누군가의 서신을 들고 돌아왔다.

6.

열차가 정차했다. 샨은 트렁크를 끌고 밖으로 나왔다. 허름한 역사에는 역장도 보이지 않는다.

샤를마뉴 대제가 제국을 개편할 때 했던 훌륭한 일 중 하나가 지방 관습 제도 정비와 바로 이 철도 건설이다. 샤를마뉴 대제는 대륙 곳곳의 철도를 정비했고, 마나 열차를 개발했다. 처음에는 귀족들만 이용할 정도로 고가였지만, 지금은 중산층도 이용할 수 있는 가격이 되었다. 그렇다고 해도 빈부 격차가 워낙 심해서인지 어지간한 농민들 1년 식비에 달했다.

그러다 보니 사람들이 잘 찾지 않는 역은 지원도 적다. 역장 하나 없이 잡초가 무성한 역도 왕왕 생기곤 한다. 샨은 드워프 석상 앞에 추가 차비를 내려놓았다. 본래대로라면 역장이 추가 차비를 받을 텐데, 여기는 아무도 없다.

"굳이 돈을 낼 필요가 있나?"

"규칙은 규칙이잖아."

"어차피 다른 놈이 가져갈걸?"

샨은 고개를 저었다.

"그래도 규칙은 규칙이니까."

"너도 참 답답하군."

율케스는 트렁크에서 건틀릿을 꺼내 장착했다. 금방이라도 전쟁이라도 치를 태세다.

한산한 역사에는 민들레 홀씨가 흩날렸다.

아카데미는 벌써 겨울 날씨인데, 이곳은 아직도 매미가 울었다. 샨은 코트를 벗어 도로 트렁크에 넣었다.

역 바깥으로 나가니 전형적인 시골 장원이 모습을 드러냈다. 샨은 여관을 찾아 짐을 내려놓았다.

"여기에 카이가 있는 건가?"

샨이 고개를 저었다.

"아니, 아직은 없어. 용이 아무리 빠르다고 해도 열차보다 빨리 도착할 수는 없거든."

열차는 밥을 먹지도 않고, 지치지도 않는다. 순간 속도는 용이 더 빠를지 모르지만 대륙을 횡단하는 열차를 따라잡는 건 무리다.

율케스가 물었다.

"무슨 생각이지?"

"이서릴을 먼저 만나 보려고."

"만나서 뭐하려고?"

"이야기할 거야, 카이가 올 때까지 기다려도 되냐고."

율케스는 귀걸이를 만지작거렸다. 아무리 전설 속에 나오는 모험가들을 돕는 온화한 용이라고 해도 전설과 현실이 같으리라는 법은 없다. 최악의 상황에는 전투다.

'그러면 없애면 될 일.'

율케스의 푸른 눈동자가 차분하게 가라앉았다. 샨은 우선 이서릴에 대한 정보를 얻기 위해 마을을 탐문하기 시작했다.

매가 돌아왔다. 티스는 손을 뻗어 매를 붙잡는다. 다리에는 새카만 종이가 매달려 있었다. 찢다시피 뜯어 펼쳐 본다. 글을 읽어 내려갈수록 티스의 눈이 점점 커진다. 다 읽은 그는 종이를 불에 태운다.

불꽃이 종이 위로 번진다.

······그 시간 황도에 류인 황자가 별채에 있던 것으로

밝혀졌다. 본 증거로 추론할 때…… 황자는 ……라는 결론을 도출……;

현재 아카데미에 류인 황자가 있다. 학교 청소부조차 마법을 쓸 줄 아는 이곳에 어설픈 환영 마법으로 얼굴을 가릴 수 있을 턱이 없다. 그렇다면 지금 황도에 버젓이 있는 황자는 과연 누구란 말인가.

티스는 담뱃대를 물고 나무 아래로 내려왔다. 그가 내려서기가 무섭게 칼날이 티스의 목을 노리고 날아왔다. 티스는 반격하지 않았다. 네 개의 칼날은 티스의 어깨 위에서 정확하게 멈췄다.

류인 황자가 나무 뒤에서 걸어 나왔다.

티스가 물었다.

"매를 따라서 온 건가?"

"그럴지도?"

황자는 얼버무렸다. 그러고는 티스를 향해 물었다.

"그쪽이야말로 저항하지 않는 걸 보니 이제 이야기할 생각이 들었나 보지?"

티스는 과장된 표정으로 류인 황자의 목소리를 따라 했다.

"그럴지도."

7.

 마을 어디에도 이서릴에 대해 아는 이가 없었다. 다만 이따금 용들이 숲 속 어딘가를 지나간다는 이야기는 들을 수 있었다. 늙은 사냥터 지기 말로는 숲 속 달빛 호숫가 어디 부근인데 지형이 험해 외부인이 찾아가는 건 어렵다고 했다.
 "길잡이가 돼 주실 수 없나요?"
 "미쳤수? 이 계절에는 몬스터가 바글바글하오. 제정신 가진 놈이라면 길잡이는 못할 거요."
 이 넓은 숲을 두 사람으로만 뒤지는 건 불가능하다. 거기다가 영원의 숲은 사람의 발이 닿지 않는 곳이다 보니 지도를 보고 찾아가는 것도 사실상 불가능했다. 축척이 제대로 되어 있을 리도 없거니와 특징적인 랜드마크도 없을 게 분명했다.
 "어쩐다."
 샨이 발을 동동 굴렀다.
 사냥터 지기는 곰곰이 생각하다가 입을 열었다.
 "돈은 충분하시오?"
 율케스가 고개를 끄덕였다.
 "제법 실력에 자신 있는 모양인데, 이 계절이라면 몸 성히 못 돌아올지도 모르오. 그래도 좋소?"

"……."

두 사람은 대답 대신 그를 쳐다보았다. 그는 머리를 벅벅 긁더니 입을 열었다.

"그러면 헌터 에로카를 만나러 가 보시오."

"헌터요?"

샨이 물었다.

"영원의 숲에서 고대 유적을 찾아 도굴하는 놈이오. 도굴질 하다 수입이 없으면 도적질도 하는 놈이오. 무척이나 질이 나빠서 별로 추천하고 싶진 않소만. 돈만 준다면 살인이라도 해 줄 거요."

"헌터 에로카라고요?"

그는 들고 있던 포크로 샨을 가리켰다.

"다시 경고하지만 안 만나는 게 좋소. 이건 댁이 어쩔 수 없이 그곳으로 가야 한다니 말해 주는 거요."

집 밖으로 나오자 샨은 숨을 내뱉었다.

"찾긴 했네."

율케스가 담담하게 대답했다.

"엄연히 말해 찾은 건 아니지. 신뢰할 수 없는 안내인은 있으니 만도 못해."

막말로 두 사람을 함정으로 끌고 가 돈도 목숨도 뺏을 수 있다. 그러나 다른 선택이 없다는 건 두 사람 모두 알고 있었다.

샨은 에로카의 집을 찾아가며 입을 열었다.

"만약 카이가 진심으로 내게서 떠나고자 한다면 막을 생각은 없어. 그러나 순간적인 분노로 이런 거라면, 청소년기 용의 혈기로 저지르려고 하는 거라면 설득할 생각이야."

율케스는 한쪽 눈을 찌푸렸다.

"너는 너무 정론만 찾으려고 해."

"알아. 하지만 그게 난걸."

티스가 봤다면 샨의 머리칼을 뽑으려고 할지도 모르겠다. 용은 주인의 소유물이다. 놈이 주인에게 어떤 반감을 품든 억지로 끌고 오면 될 일이다.

검 손잡이에 손가락을 얹으며 율케스가 물었다.

"카이가 차고 있는 목걸이는 너와 이어져 있는 걸로 알고 있는데?"

"이어져 있어."

"억지로 끌고 올 방법이 없나?"

"카이가 목에 걸고 있는 목걸이는 최고급 목걸이야. 그런 비싼 목걸이에는 마법이 걸려 있어서 내가 명령하면 목걸이가 카이의 목을 조르게 되어 있어. 하지만 한 번도 써

본 적도 없고, 그런 짓은 하고 싶지도 않아."

"……."

율케스는 이마를 짚었다.

정론이다. 샨의 말이 맞기는 한데, 그냥 카이를 보고 싶으면 목을 졸라 억지로 이쪽으로 오게 하면 된다는 말 아닌가. 설득은 나중에라도 시키면 될 일이다. 티스라면 벌써 샨의 뒷목을 후려치고 기절한 그를 어깨에 둘러메고 기숙사로 털털 돌아왔으리라.

율케스는 샨의 의견을 존중해 주기로 했다.

아마 그런 강제를 써서 카이를 부른다면 둘은 예전 관계로는 두 번 다시 돌아오지 못하리라.

헌터 에로카의 집 앞에는 사람들이 북적북적 모여 있었다. 그들은 하나같이 칼이나 도끼, 사슬 그물을 들고 있었는데, 전쟁이라도 벌일 것 같은 중무장들이었다.

그 사람들을 비집고 에로카의 문을 두드렸다.

"들어와."

허스키한 여성의 목소리가 문을 울렸다. 안으로 들어가니 가죽 갑옷을 꽉 조여 입은 미끈한 여성이 테이블 위에 걸터앉아 있었고, 그 주변에는 그녀의 두 배는 될 법한 덩치들이 에워싸고 있었다.

그녀의 뾰족한 귀 끝이 보이자 샨이 물었다.

"엘프?"

"아, 그런 소리 많이 들어. 하지만 엘프는 아냐. 조금 다른 종족이지."

그녀의 푸른색 머리카락이 부드럽게 찰랑거렸다. 샨이 물었다.

"호수까지 길잡이를 해 주신다고 들었어요."

"아아, 용들이 모이는 그곳 말하는 거야?"

"네."

"안 돼, 선약이 있어."

그녀는 샨을 향해 유혹적으로 다리를 꼬았다. 육감적인 허벅지가 꿈틀거리자 장정들의 침 삼키는 소리가 울렸다. 그녀는 검지를 들어 샨의 턱을 훑었다.

"물론 가격에 따라 못 해 줄 것도 없지만."

그녀의 말에 장정들이 소리 질렀다.

"에로카! 이제 와서 말을 바꾸는 거냐!"

그녀가 장정들을 향해 말했다.

"열 배, 열 배야. 선금에 열 배를 주면 가 주도록 하지."

선금에 열 배. 그 말에 덩치들이 웃어젖혔다.

"그 돈이면 임페리얼급 알도 살 수 있겠군."

"이런 꼬맹이가 설마하니 그 많은 돈을 낼 수 있겠냐?"

"에로카 넌 심보도 꽤 고약한데?"

그녀는 붉은 입술을 샨에게 바짝 갖다 댔다.

"너, 숫총각이지? 물론 네 미모 정도라면 나랑 하룻밤 보내는 걸로 퉁 쳐도 좋은데. 어때?"

샨의 뺨이 붉어졌다. 그녀는 혓바닥으로 입술을 핥았다.

"너 사람 맞니? 엘프보다도 예쁜 건 처음 봐."

샨은 그녀의 손을 뿌리쳤다.

"저 사람들은 왜 호수로 가려는 거죠?"

"용을 잡으려고. 수렵 헌터들이거든."

"수렵 헌터?"

"용을 잡아 번식 용(龍)으로 사용해. 알을 품고 있는 어미를 잡을 경우 알을 낳을 때까지 기다렸다가 비싼 값에 팔지. 용은 꽤 비싸거든. 알이든 번식이든 설사 죽은 용이라도 가죽과 뼈는 금값에 거래되니까."

샨은 이마를 찌푸렸다.

"안내자가 없어지면 저들은 못 가는 건가요?"

"글쎄? 모르지. 하지만 적어도 곤란해지는 건 확실해."

샨은 주머니에서 금색 명패를 꺼냈다.

탕!

테이블에 올려놓자 누베스 상단의 마크가 빛에 반짝였다. 예전에 샨은 이 명패에 대해 물었다. 상단에 보여 주면 원하는 만큼 돈을 준다고 했는데, 그게 얼마까지냐고.

아르고 형이 웃었다.

'말했잖아, 원하는 만큼이라고.'

그 '원하는 만큼'이 얼마냐고 다시 묻자 아르고 형이 대답했다.

'원하는 만큼은 말 그대로 원하는 만큼이야. 네가 영지 하나를 통째로 구입한다고 해도 군말 없이 전표를 써 줄 거야.'

그 말을 들으니 더욱 함부로 쓰면 안 되겠다는 생각이 들었다. 그랬기에 여태 아껴 왔다.

샨이 물었다.

"이거면 되겠습니까?"

그녀는 휘파람을 불었다.

"알고 보니 도련님이셨네?"

샨이 대답했다.

"이 명패만 가져간다고 해도 돈은 안 줘요. 상단에 저와 함께 가야 해요. 이 일을 완료하면 그쪽에서 부른 금액에 스무 배를 드리죠."

그녀가 이마를 찌푸렸다.

"이봐, 그러면 돌아와서 네가 나머지 돈을 주리라는 보장은 어디에 있지?"

샨이 대답했다.

"약속은 지켜요."

그녀는 샨을 올려다보았다. 볼수록 기이한 소년이었다. 미모 외에도 사람을 잡아끄는 무언가가 있었다. 무엇보다 이렇게 순수한 소년임에도 어둠에 사는 자신들과 비슷한 냄새가 났다.

그녀가 물었다.

"그러면 난 지금 네 말만 믿고 선금으로만 움직여야 한다는 거야?"

"네."

그녀는 웃음을 터뜨렸다. 원래라면 선금을 받고 완료금은 숲에서 소년을 함정에 빠뜨린 후에 유유히 가져갈 셈이었다. 보아하니 완료금은 들고 있지도 않은 모양이다.

그녀가 되물었다.

"착수금을 받고 너를 그곳에 데려다 주고, 함께 돌아온 후, 상단으로 가서 돈을 받아야 한다? 내가 불리한데."

"……"

샨은 대답하지 않았다.

그녀는 손톱으로 샨의 뺨을 훑었다. 모공 하나 없는 매끄러운 피부에 기분이 좋았다.

그녀가 대답했다.

"좋아. 재미있겠어."

장정들이 소리 질렀다.

"에로카!"

그녀가 돌아보았다.

"아쉬우면 돈을 더 주든가?"

"원래 금액에 열 배를 더 줘야 한다는 거냐?"

"너희는 열한 배야."

그 말에 장정들이 일제히 도끼를 뽑아 들었다. 그러자 기다렸다는 듯 율케스의 검이 빛을 갈랐다. 검이 어떻게 움직였는지 누구도 보지 못했다. 다만 율케스가 다시 검을 집어넣었을 때, 거대한 도낏자루가 땅에 떨어졌다.

율케스가 대답했다.

"다음에는 팔이다."

샨의 형, 에론이 자주 쓰는 협박.

진심이 담긴 경고에 놈들도 주저했다. 그녀는 몸을 일으켜 율케스의 어깨에 손을 얹었다.

"재미있는 여행이 되겠는걸."

샨은 작게 마른 숨을 내뱉었다.

8.

형이 말한 대로 누베스 상단은 어디에나 있다. 이런 작은 마을에도 누베스 상단의 직원이 있을 줄은 몰랐다.

형이 이렇게 대단한 사람이었다니!

샨은 짐짓 놀랐다. 직원은 두 손을 싹싹 비비며 말했다.

"그럼요. 그럼요. 이곳은 각종 몬스터와 마석이 거래되는 곳인걸요. 현명하신 사장님께서 지나치실 리가 있나요."

물론 이 직원은 처음에 샨이 들어왔을 때 집에 가서 엄마 젖이나 더 먹고 오라고 했다가, 아르고의 금색 명패를 보고 3초간 다리가 풀렸다. 수정구로 본사에 연락하기가 무섭게 불호령이 떨어졌다.

『VIP 고객이니까 절대로 신경 긁지 않도록 조심해!』

"아, 예……."

『혹시라도 무례라도 저질렀다가는 사장님, 아니 내 손에 죽을 줄 알아!』

"예, 예에……."

이미 엎질러진 물이다. 결국 그는 필사의 기력을 짜내 샨에게 열심히 손을 비볐다.

"전표를 끊어 드릴깝쇼?"

에로카가 대답했다.

"전 현금만 받아요."

그녀의 대답에 그가 식은땀을 흘렸다.

"그렇게 큰 금액은 당장 지불할 수 없는데, 하루만 기다려 주실 수 있습니까요?"

샨이 초조한 얼굴로 이마를 찌푸렸다. 곧 카이가 이곳을 지나간다. 하루가 지나면 늦을지도 모른다. 그러나 그녀는 태연하게 대답했다.

"돈이 없으면 계약도 없어. 난 현금만 받아."

샨은 입술을 깨물었다. 별다른 도리가 없었다.

상회 바깥에서는 용 사냥꾼들이 짐을 챙겨 이동하기 시작했다. 길잡이 없이 출발하려는 모양이었다. 그녀가 그런 그들을 보고 코웃음을 터뜨리며 말했다.

"출발하려는 모양인데?"

율케스가 차분한 어조로 말했다.

"길잡이 없이 가는 건 힘들다고 하지 않았나?"

"맞아. 이 계절에는 길잡이들도 숲에는 안 들어가. 나처럼 돈에 환장한 년이 아니고서야."

샨이 고개를 갸우뚱했다.

"이 계절에는 아무도 안 나선다고 했는데, '이 계절'이 뭐죠? 가을이잖아요."

그녀가 대답했다.

"그건 그때 가서 알려 줄게. 꼬마야."

비행에 좋은 동남풍이 불었다. 날개를 펼치기만 해도 바람이 훌쩍 몸을 밀었다. 카이와 야생 용들은 상당히 편하게 영원의 숲으로 향할 수 있었다.

배가 고프면 인간이 기르는 양을 약탈해 먹기도 하고, 목장이 보이지 않을 때는 강을 찾아 물고기를 잡았다.

아래로 내려갈수록 공기는 점점 따뜻해져 갔다.

샨이 미워서, 정말로 화가 나서 날아온 것까지는 좋은데 어쩐지 점점 회의감이 들었다.

내가 이래도 되나?

평소라면 늘 샨의 위치를 느낄 수 있었다. 샨의 감정도 전해졌다. 그러나 이번에는 아무것도 느껴지지 않았다. 마치 샨 쪽에서 굳게 문을 걸어 잠근 것처럼 꽉 막힌 기분만 들었다.

돌아가야 할까.

그런데 여기까지 와서 돌아가자고 할 수도 없었다.

「그래서 말이야. 인간 놈들이 쳐들어와서 내가 뭘 한 줄 알아?」

「뭘 했는데?」

「제일 먼저 달려오는 놈의 머리통을 물어뜯었지.」

「꺄하하하!」

다들 인간에 대한 증오심이 뼈에 사무쳐 있다. 그래도

사람 잡아먹는 녀석들은 아닌 게 참 다행이다.

가장 조그마한 용, 페릴이 날개를 파닥이며 카이에게 물었다.

「카이는, 카이는?」

"으……응?"

「곧 자유의 몸이 되잖아. 그렇게 되면 뭐할 거야?」

"……자유?"

「그래, 자유!」

카이는 대답하지 못했다.

샨과 있었던 시간이 정말로 괴롭기만 했었을까. 샨은 정말 카이를 노예처럼 여겼던 걸까.

카이는 어금니를 딱딱 부딪쳤다.

9.

이튿날, 상단에서 돈이 들어오자 비로소 에로카가 움직였다.

"첫째가 나침반, 둘째가 식량, 마지막이 물이야. 소금과 후추 같은 조미료들은 꼭 챙겨야 하고. 부잣집 도련님들이니 불 피우는 마법 정도는 배웠겠지?"

샨이 고개를 저었다.
"지금은 안 돼요."
카이에게 마력을 끌어 쓰려면 적어도 근처에 있어야 한다. 그녀가 율케스를 바라보았다.
"그러면 넌?"
율케스가 고개를 저었다.
"마법은 별로."
"뭘 놈의 도련님들이 다 이래?"
그녀는 투덜거리며 성냥 한 상자를 구입했다. 그러고는 샨에게 말했다.
"자, 네가 계산해."
샨이 물었다.
"이런 것도 제가 계산해요?"
"당연하지. 난 몸만 가는 거야. 장비들은 다 너희들이 대는 거라고?"
깍쟁이.
비상금으로 조금 남겨 놓았던 돈까지 탈탈 털어 주었다. 세 사람이 숲으로 출발하는 건 정오가 되어서야 가능했다.

1.

만약에 말이야.

언젠가 내가 갑자기 없어진다고 하면 티메리스 황자, 자네는 믿겠나?

나, 류이네티스 이타카르 디 아론 헤이스팅스 황자가 없어지고, 나와 똑같이 생긴 다른 누군가가 내 행세를 하게 된다면 자네는 어떡할 텐가?

티메리스, 아니 내 배다른 아우님 티스여.

아우님은 황위에는 눈곱만큼도 관심이 없겠지. 다른 황자들 모두 눈에 불을 켜고 있어도, 아우님만큼은 그 자리를 원하지 않을 거야. 그렇기에 아우님을 찾아온 걸세.

쿨럭, 쿨럭.

기침이 멈추질 않는군.

피? 신경 쓰지 말게. 이제 정말 얼마 남지 않았다는 신호니까.

그래도 행복했네. 황궁을 처음으로 떠나서, 많은 친구를 사귀었네. 그래, 샨 알테리온 군도 상당히 인상적이었지. 아마 그 미모로 여성으로 태어났다면 구혼자들이 줄을 이었겠지.

성격 자체가 거절을 잘 못하는 성격이야. 저런 타입들은 나중에 크게 곤란을 겪겠지.

노려보지 말게. 아우님은 친우 이야기만 나오면 성격이 변하는군.

해코지할 생각은 없네. 다만 노파심으로 이야기해 본 것뿐이니까.

아우여, 내 아우 티메리스 황자여.

난 이제 얼마 남지 않았네. 스스로 사고를 위장해 양호실을 뻔질나게 다녔던 것도 그 때문일세. 아마 나는 아무도 모르게 쓰러질 것이고, 에녹 교수님이 내 시신을 수습할 거라네.

학생들은 내가 수도로 돌아갔을 거로 생각할 거고, 내형이 내 자리를 대신할 거라네.

그래. 형일세.

쌍둥이가 신기한가?

하긴, 그렇겠군. 제국에서 쌍둥이는 불길한 징조의 상징이니까. 그러나 아우님, 조금만 다르게 생각해 보게. 쌍둥이가 태어났을 때, 어머니가 얼마나 기뻐하셨는지를.

맞네. 우리는 태어난 순간부터 서로 대신할 예비 부품이 된 거라네. 그리고 사실 가장 먼저 망가져 버린 건, 형이라네.

그리 놀랄 것 없지 않은가. 아우님.

이 치열한 골육상쟁 속에서 유일하게 사교계에 진출해 암살의 위협과 정면으로 싸우고 있는 '우리'라네.

망가진 형이 어떻게 내 대신을 하냐고?

당연하지 않은가. 겉으로 보기는 멀쩡하니까.

아, 이제야 이해가 된 모양이군.

형이 만약 황위에 오르게 되면 제국은 갈가리 찢길 것일세. 내 맹세하지. 아우님은 일평생 친우들의 시신을 수습하러 다녀야 할 거네.

내 형님은 마음이 망가졌다네.

광기와 이성의 신이자, 전쟁의 신.

자네도 잘 알고 있을 거라네. 그래, 맞네.

마신(魔神), 타나토노스를 섬기고 있다네.

최근에는 비밀리에 비숍 계급까지 올라갔더군. 황위에 오르면 전 대륙에 전쟁 신의 교리를 포교할 생각에 부풀어 있다네. 그를 돕는 자들도 많고, 많은 방랑 마족들이 그를 지지하고 있어.

맞네. 그는 가장 유력한 황자라네.

그리고 타나토노스의 첫 번째 지팡이가 되겠지.

지팡이는 왕이 되는 순간, 전 대륙에 신 타나토노스의 신성한 교리를 실천할 거라네.

전쟁과 피와 살육의 찬송가가 울릴 걸세.

잠깐, 더 안 듣나? 대륙이 위험해질 수 있다고.

재미가 없다니 그게 무슨 소린가! 제국이 멸망할 수도 있단 말이네.

뭐? 신경 안 쓴다고?

내 말 들어 보게. 자네가 유일한 '형님의 대적자라네!

잠깐, 아우님. 아우님! 여자는 그만 만나고 일단 마저 들…… 아우님!

2.

숲은 서로 어깨에 가지를 치고는 깊고 넓게 우거졌다.

빛이 새어 들어오지 않을 정도로 빽빽했다. 괜히 영원의 숲이라는 이름이 생긴 게 아니다. 이 안에서는 시간을 가늠하는 게 어렵다.

샨은 스물여섯 개째 회중시계를 품에서 꺼냈다.

어째선지 자고 일어나면 매번 시계를 잃어버리고 만다.

잃어버리고, 사고를 반복하기가 벌써 스물여섯 번.

아르고 형은 다시 시계를 사 주겠다고 했지만, 또 잃어버릴까 봐 차마 더 사 달라는 소리를 못하겠다.

율케스가 샨의 시계를 보더니 물었다.

"또 샀냐?"

"응."

"또 잃어버릴 텐데?"

"잘 간수하는데 자꾸만 어디로 가 버리지 뭐야. 그렇다고 없이 살 수는 없잖아."

"그냥 적응해. 적응하면 괜찮아."

율케스는 시계 없이 잘 살고 있다. 그도 그럴 게 망할 놈의 친우, 티스가 시계를 가만히 두지를 않기 때문이다. 잘 때가 되면 왜 그리 신경이 날카로워지는지 태엽 돌아가는 소리를 참지 못한다.

샨이라고 다를 바 없다.

아직 시치미를 뚝 떼고 있지만 티스가 시계를 버리는 모습만 약 15회를 지켜봤다.

어릴 적 옆에서 코를 곤다는 이유 하나만으로 옆에 자던 용병의 얼굴 위에 젖은 수건을 차곡차곡 덮는 걸 보고 율케스는 더 이상 잠자는 문제로 티스를 괴롭히지 않기로 했다.

율케스가 중얼거렸다.

"여기는 오랜만이네."

"오랜만?"

"아아, 어릴 적에 잠깐 들렀거든."

"그렇구나."

샨은 소풍이라도 온 것처럼 생각하는 모양이다. 소풍치고는 상당히 격렬했지만.

율케스는 문득 그때를 떠올렸다.

어렸을 적, 소년들은 여기에 왔다.

'여기서 너희가 죽는다 하더라도 슬퍼해 줄 사람은 없다. 여기서 너희가 무사히 돌아가고 기뻐해 줄 사람도 없다.'

두 사람은 황명을 받고 모였다. 당시 황제는 무슨 생각이었는지 모르겠지만, 이런 식으로 이따금 밀명을 내리거나 훈련을 시키곤 했다. 그러나 티스는 교관의 뒤통수를 짱돌로 후려치고 도주했고, 율케스는 가장 높은 성적으로 이 숲을 나올 수 있었다.

"이 숲은 늘 변하는군."

에로카가 말했다.

"나무 위치나 방향만 가지고 기억하는 건 불가능해. 이 숲은 10년 된 사냥터 지기도 정해진 길을 벗어나면 방향을 잃어버리거든."

그때, 나뭇가지 위로 용이 지나갔다.

카이인가 싶어 올려다보니 카이는 아니었다. 그 순간, 작살이 날아오르는 용의 날갯죽지를 관통했다.

키아아아악!

빙결 마법이 걸린 작살은 용을 찌르기가 무섭게 얼음을 뱉어낸다. 냉혈 동물인 용에게 추위는 치명적이다. 몸이 둔해지며 땅에 떨어진다. 샨이 놀라 용이 떨어진 방향으로 달려가려 했다. 에로카가 붙잡았다.

"안 돼."

"바, 방금……!"

"용 사냥꾼들이 사냥 중이야."

"그러면 막아야죠!"

"말했잖아. 이 숲은 정해진 길 외에는 안 된다고."

샨이 이를 악물었다. 남자치고는 가는 손목에 힘줄이 도드라졌다.

이서릴의 숲

에로카가 말했다.

"네가 여기서 죽으면 곤란해. 아직 선금밖에 못 받았잖아?"

샨이 눈꺼풀을 내리깔았다. 그녀는 그런 샨을 달래듯 어깨에 손을 얹었다.

"어차피 녀석들도 호수로 향할 거야. 지금 달려가 봤자 길을 잃을 뿐이라고, 그래도 좋니?"

샨은 고개를 저었다. 그녀가 방긋 미소 지었다.

"착한 고객님이네."

작살은 날아가는 용을 붙잡을 정도로 빠르다. 한 번이라도 붙잡히면 냉기 마법이 체온을 떨어뜨린다. 스스로 마법을 부릴 수 있는 임페리얼급 용이라면 모를까. 평범한 하급 용들에게는 치명적이다. 스스로 체온을 유지하는 법이라고는 따뜻한 남쪽으로 날아가거나 겨울잠을 자거나, 그것도 안 되면 장작에 불을 피우는 정도밖에 안 되는 놈들이기에 문제는 커진다.

땅에 떨어지는 순간 철제 그물이 용을 덮는다. 빙결 마법이 걸린 그물 속에 한 번이라도 걸리면 의식을 잃는다. 체력이 약한 어린 용의 경우 죽는 경우도 많았다. 그래도 상관없다. 용의 뿔은 약재로 쓰이고 피와 가죽은 마탑에

팔면 된다.

용 사냥꾼들은 환호성을 질렀다.

"형님, 이거 수입이 짭짤한데요? 에로카 계집년이 배신 때렸을 때는 식겁했습니다."

"이 계절에는 용들이 이 근방으로 많이 모이거든. 임신한 암컷이라도 붙잡으면 십 년은 놀고먹을 수 있다."

주먹만 한 용이 그들을 향해 불을 쏜다.

페어리 드래곤. 요정과 용의 혼혈로, 꽃을 먹고 산다. 비늘이 보석만큼 아름답기에 수집가들 사이에서 인기가 높았다.

"저거 잡아! 산 채로 잡아라!"

그물이 페어리 드래곤을 향해 날아갔다.

페어리 드래곤이 눈을 질끈 감았다. 그때 순백색 거대한 용이 땅으로 내리꽂혔다. 그물에 잡힌 페어리 드래곤을 앞발로 건지더니 잽싸게 날아올랐다. 용에 관해서는 빠삭한 경력 10년 차 용 사냥꾼도 한 번도 본 적 없는 종류의 용이었다.

"왜 이런 짓을 하는 거야!"

이번에는 카이의 울음소리가 퍼졌다. 곧은 골격과 저 정도 체격, 임페리얼급 용이었다. 목에 걸린 목걸이를 보니 주인이 있는 용인 모양이다. 뭐라 명령도 하기 전에 새카만 용이 사냥꾼 놈들 중 하나를 낚아채 날아올랐다.

"우왓! 피해!"

「꺼져라! 사악한 인간드으으을!」

그러고는 공중에서 사냥꾼을 집어던졌다.

"끄아아아악!"

두 용은 반격도 하기 전에 페어리 드래곤을 안고 도망쳤다. 일격에 마법 걸린 그물이 반쯤 찢어졌다. 큰 형님은 수레에서 새로운 그물을 꺼냈다.

"방금 지나간 놈들 꽤 크던데?"

그는 주검이 된 동료의 옷을 벗겨 돈과 장비를 챙겼다.

"형님, 너무하잖습니까!"

"죽은 놈은 불쌍하지만 산 놈은 살아야지! 저승 갈 때 돈 들고 가냐? 돈 들고 가?"

큰 형님의 윽박에 결국 아우들은 시무룩해져서 죽은 동료를 대충 땅에 묻어 주었다. 영원의 숲에서는 어떤 야수가 튀어나올지 알 수 없다. 혹시라도 피 냄새를 맡고 몰려들었다가는 귀찮아진다. 그들은 용 전문이지, 야수 전문이 아니니까.

큰 형님이 말했다.

"어쨌거나 방금 지나간 놈들, 호수 쪽으로 가니까 반드시 잡아라. 두 놈 다 비싼 놈일 거다."

"한 놈은 주인이 있는 놈 같은데요?"

"예전에 종류도 모르는 임페리얼급 용에 현상금이 걸렸다. 목에 황천의 돌을 달았고, 임페리얼급이라는 것만 확실했거든. 그놈이 저놈일지도 몰라."

"그놈이 저놈이라니요?"

"그때 용 이름이 카이였어."

"카이? 이상한 이름이네요."

"산 채로 잡아오면 성 한 채 값을 주겠다고 하더라. 그 돈이면 작위 사서 처첩을 서너 명씩 끼고 살 수 있어."

아우들이 이마를 찌푸렸다.

"그건 용 사냥꾼 사이에서 유명한 이야기 아닙니까. 설마 그런 대단한 놈을 쉽게 만나기야 하겠습니까?"

"맞으면 대박이고, 틀려도 번식 용(龍)으로 팔아 치우면 돼. 용병들을 더 불러와. 마을에 있는 놈들에게 웃돈을 줄 테니 당장 모이라고 해."

큰 형님은 수레 뒤쪽으로 갔다. 수레를 가린 검은색 천을 치우자 밧줄에 묶인 누군가가 굴러 나왔다. 그는 밧줄에 묶인 늙은 사냥터 지기의 머리채를 잡아당겼다.

"이, 이러지 마시오! 제발 이러지 마시오!"

"그거야 노인장 하기 나름이지. 이제 어디로 가면 돼?"

노인은 흐느끼기만 할 뿐, 대답이 없었다. 그는 칼을 꺼

이서릴의 숲 67

내더니 노인장의 손가락에 갖다 댔다.

"이번에도 손가락 잘리고 싶어? 엉? 그래 볼 텨?"

이미 노인의 약지에서 피가 철철 흐르고 있었다. 아우들이 형님에게 말했다.

"형님, 저러다 죽겠습니다."

"시끄렷!

형님이 밧줄을 풀자 노인장은 약지 없는 손을 들어 방향을 가리켰다.

"길을 벗어나면 안 됩니다. 이젠 진짜로 길을 벗어나면 안 돼요. 우리 다 죽습니다."

그는 노인장의 머리채를 잡아당기며 잔인하게 웃었다.

"길 찾는 게 댁이 할 일이잖아? 호숫가까지만 데려다 줘. 무사히 보내 줄 테니까. 크크크"

"미친, 정해진 길 외에는 가면 안 된다니까!"

"안 되겠네. 노인장. 유감이야."

큰 형님은 노인의 중지에 칼을 갖다 댔다.

"크악, 크아아악! 천벌 받을 놈들! 으아아아악!"

노인의 비명이 숲을 울렸다.

3.

숲은 고요하다.
샨이 물었다.
"산짐승조차 보이지 않는데요?"
몬스터라든가, 먹이를 노리고 올 야수라도 보여야 할 텐데 반나절을 걸어도 토끼 한 마리 보이지 않았다. 마치 세상에는 나무와 샨, 단둘만 있는 것 같았다.
그녀가 말했다.
"왜, 몬스터 만나고 싶니?"
"아뇨. 그건 절대 아니지만, 그냥 이상해서요."
"이상해?"
"네."
샨이 고개를 끄덕이자 그녀가 빙긋 미소를 지었다.
"적법한 절차를 따라 적법한 길로 가고 있기 때문이지. 이를테면 저쪽."
그녀는 단풍이 우거진 2시 방향을 가리켰다.
"저쪽은 늑대들의 둥지야. 늑대의 우두머리인 마수, 아츠카에삭이 머물지. 가을에는 겨울을 나기 위해 배를 채워야 하거든, 엄청 사나워. 그리고 저쪽."
그녀는 9시 방향으로 가리켰다. 빛이 전혀 들어오지 않을 정도로 어두운 수목림이 펼쳐졌다.

"저쪽은 나가들의 군락지야. 머리는 여자고 몸은 뱀인데, 남성을 유혹해 알을 배고는 곧바로 잡아먹지."

상상만 해도 끔찍한지 샨은 몸을 부르르 떨었다. 그녀는 이런 이야기를 농담이라도 하듯 웃음기 섞어 말했다.

"이래 보여도 숲마다 각자의 영역이 있어. 이 영역의 아주 얇은 경계에는 두 집단 모두 암묵적으로 접근하지 않기 때문에 일시적으로 '길'이 생겨. 이런 길은 계절마다 바뀌어. 숲지기마다 각자 자신만의 길이 있기 때문에 이렇게 밥 벌어먹고 살 수 있는 거야."

샨은 안도의 한숨을 내쉬었다.

"다행이네요. 길만 찾아가면 괜찮다는 거잖아요."

그녀가 고개를 저었다.

"이런 계절에는 그렇지만도 않아."

용이 다시 머리 위로 지나갔다. 카이인가 싶어 올려다봤는데, 카이는 아니었다. 아주 작은 초록색 페어리 드래곤이었다.

그 뒤로 사람의 열 배는 될 법한 용이 날아갔다. 용이 날자 몬스터들이 불안한 울음소리를 냈다.

"이 계절에는 용들이 호수로 모이거든. 용은 몬스터들 중 최상위 포식자야. 매일 니 머리 위로 천적들이 지나가면 기분이 어떻겠어?"

"불안할 것 같아요."

"맞아. 그래서 예고 없이 무리가 이동하거나 와해되기도 해. 가장 혼란스러울 때지."

말이 끝나기가 무섭게 고블린이 도망쳐 나오기 시작했다. 방금 지나간 거대한 용이 고블린 한 마리를 입에 물고 날아올랐다.

끼에에엑!

공포에 질린 고블린들이 달려 나온다. 재수 없게도 놈들이 달려오는 방향과 이쪽이 가려던 방향이 딱 마주쳤다.

그녀가 방긋 웃으며 무기를 꺼내 들었다.

"거봐, 이렇다니까?"

율케스는 묵묵히 검을 뽑아 들었다. 소드 마스터의 검격이 숲을 가로질렀다. 서늘한 한기가 율케스의 검 끝에 모여들었다. 고블린은 끝도 없이 달려 나왔다. 당연했다. 평균적으로 고블린은 한 부락에 약 300마리가 있다. 암컷의 임신 주기는 고작 3개월, 한 번에 최대 6마리까지 낳는다. 천여 마리가 넘는 제법 큰 부락이 발견되기도 한다.

편집증이 심한 에론 형에게는 그 누구도 배우려 하지 않았다. 눈으로는 따라갈 수 없는 속검, 때로는 소리보다도 검이 먼저 나가기도 했다. 백날 칼 잘 써 봤자 먼저 썰리면 그만이라고 주장하는 그는 속도를 위해 사소한 동작 하나까지도 계산에 넣었다.

자신에게 엄격한 사람은 타인에게도 엄격했다.

편집증이 심한 에론 형은 더욱 그랬다.

'팔꿈치 전완근이 45도 각도로 기울어야 한다 하지 않았습니까? 1.23초가 늦습니다!'

애당초 1초를 60분의 1로 잘라 쓰는 사람 밑에서 평범한 사람이 배웠다가는 정신병에 걸리기 십상이다. 그러나 율케스에게는 그리 어려운 일이 아니었다. 재능과 육신이 함께 해왔으니까.

율케스는 묵묵히 검을 휘둘렀다. 그의 검 끝에서는 자신의 신체에 맞는 알테리온가의 독자적인 검술이 배어 있었다. 어느 날 밤인가. 홀로 수련하고 있는 율케스의 뒤를 에론이 덮쳤다.

반격할 새도 없이 에론의 검이 율케스의 오른손을 찍어 눌렀다.

달 아래로 에론의 안경이 차갑게 빛났다. 그 속에서 더욱 무서운 건 에론의 광기 어린 눈동자였다.

"고통을 느끼지 못하는 몸인 건 알고 있었습니다."

얼굴에는 그 어떤 표정도 담겨 있지 않았다.

하아, 하아.

그의 숨결이 귓불을 만졌다. 율케스는 대답하지 않았다. 에론은 다른 손으로 검을 하나 더 뽑아 율케스의 목을 가져다 댔다.

"당신은 살아 있는 인간이 아닌 모양이군요."

설마하니 고대에 멸족한 뱀파이어라고는 생각하지 못한 모양이었다. 마법과 비술을 늘 접하는 아카데미 교수님 정도나 뱀파이어를 기억하고 있다. 그가 살아 있는 인간이 아니라는 걸 깨닫는 것만으로도 상당한 실력이었다.

율케스는 대답하지 않았다. 에론 역시 대답을 바라지 않았다.

에론은 그를 죽이기 위해 검을 내리쳤다.

평소라면 검날 같은 건 보이지 않을 터였다. 에론의 검 끝은 그랜드 마스터인 샨의 아버지조차 못 볼 때가 많으니까.

그런데 율케스가 에론의 검을 처음으로 피했다.

카앙!

검은 두부를 자르듯 바위를 베었다. 그리고 두 사람은 절벽 아래로 굴러떨어졌다.

회상을 끝낸 율케스의 푸른색 눈동자가 점멸했다.

그때 율케스는 에론 앞에서, 처음으로 봉인을 풀었다.

이서릴의 숲 73

그렇지 않고서는 상대할 수 있는 자가 아니었다. 처음으로 피를 억누르지 않았다. 그의 본성 그 자체를 개방했다.

뱀파이어는 모든 괴이(怪異)의 가장 높은 곳에 있는 자.

어둠의 주인이자, 마족의 혈족.

두 사람은 사흘 낮과 사흘 밤을 싸웠다.

그때 율케스는 처음으로 자신이 전력으로 후려쳐도 부서지지 않는 상대를 얻게 됐다.

아무리 강하게 공격해도 똑같은 힘으로 되받아쳐 온다. 고통을 느끼지 못하며, 지치는 것조차 불가능. 그런 그의 검을 유일하게 상대할 수 있는 사람이 에론이다.

율케스가 자신을 뱀파이어라고 스스로 말했을 때, 에론의 눈동자는 차가운 광기로 번들거렸다.

그는 율케스를 열두 조각을 내려 했다.

당시 그는 처음으로 이성을 놓았다.

"잘 봐요, 시체 새끼. 내가 지금 너를 죽이지 않는 건 오로지 샨 때문이야. 네가 만약 티끌이라도 샨에게 손댔다면, 평생 원망 들을 각오로 베어 버렸을 거야."

"……"

그때 이미 막둥이의 목을 한 번 물은 적 있다고 말했다면, 분노한 알테리온 삼 형제가 율케스를 다진 고기로 만들었을 거다.

에론은 율케스를 쓰러뜨리고는 어깨에 검을 꽂았다. 고통 하나 느끼지 못하는 얼굴을 보며 에론은 차갑게 뇌까렸다.

"네놈이 약한 이유를 알려 줄까요? 고통에 둔한 놈은 몸도 둔해지거든. 네놈이 왜 고통을 못 느끼는지도 알려 줄까요?"

그는 율케스의 몸에 올라타 귓가에 속삭였다.

"모든 생물은 생명에 위협이 될 만한 상처에만 고통을 느끼거든."

그가 어깨에서 검을 뽑자 율케스의 팔은 빠른 속도로 상처를 치료하기 시작했다. 율케스가 대답했다.

"틀렸어. 과거 아카데미 교수에게 치명상을 당했을 때조차 고통을 느낀 일이 없었다. 내가 고통을 느낄 때는 오로지 피를 마실 때뿐."

"아니야. 그건 일시적으로 육신이 활성화되어 '예민해진 것'뿐이야. 진짜로 고통을 느끼지 못하는 생물은 없어. 넌 다만 다른 사람보다 아주아주 강하고, 그래서 아주아주 둔감해진 것뿐이야."

그 증거를 보여 주지. 에론은 섬뜩한 웃음을 흘렸다.

검기를 담은 칼날이 율케스의 쇄골을 파고들었다.

제아무리 평범한 인간인 척 안경을 쓰고 제국의 책사 일을 하고 있지만, 율케스는 알고 있었다. 그놈은 미쳤다. 생각해 보면 그만한 검술을 숨긴 채 문관으로 들어가 책사일을 하는 것도 제정신이 아니고, 사람의 목숨을 숫자로 계산해 사지로 밀어 넣는 것도 제정신이 아니다.

율케스는 처음으로 이성적인 광기를 봤다. 그리고 처음으로 진짜 고통이 뭔지 알게 됐다. 그리고 그는 자신을 가로막았던 검의 벽을 넘었다.

물론, 고마워할 생각은 없다. 마차에 치여 군대에 가지 않게 됐다고, 자신을 다리병신으로 만든 마부에게 고마워할 이유는 없는 법이니까.

에론은 광기에 물든 눈으로 말했다.

"당신은 나에게 모든 걸 보여 줬죠. 그래서 나도 네게 내 모든 걸 보여 주는 거야. 진짜 축복이 뭔지 아나? 율케스 란츠크네. 기뻐해. 너는 이 세상에서 나를 검으로 뛰어넘을 수 있는 유일한 자식이라는 거다."

고통이 머리를 뜨겁게 달궜다. 고통과 뜨거운 감각은 함께 온다는 사실을 처음으로 깨달았다. 바위처럼 신음하나 지르지 않는 그를 보며 에론이 대답했다.

"강해져서 샨을 지키도록 해요. 율케스 란츠크네 군. 고집이 쎈 아이니 곁에 있기 무척 힘들 겁니다. 겨울 방학, 샨이 내 품에 돌아오면 선물을 주도록 하죠."

율케스는 고통을 느끼며 입을 열었다.

"동생을 마치 소유물처럼 말하는군."

"당연하지 않습니까, 어머니가 제게 준 선물인 걸요."

삼 형제의 동생에 대한 애정 중에 이놈이 가지고 있는 감정은 가장 정상을 벗어난 것이다. 지독하게 위험한 자식이다. 누구보다 강해졌으나 일부러 발휘하지 않는다.

샨에게 있어 둘째 형은 그저 요리를 좋아하는 철부지 형일 뿐이다.

아버지가 봤다면 호적에서 파내 버릴 말을 에론은 서슴없이 내뱉었다.

"그 녀석은 제 것입니다."

"미친 자식."

얼굴에는 표정 하나도 담겨 있지 않았다. 율케스는 그날, 광기를 보았다.

고블린 수백 마리를 눈 하나 흔들림 없이 도륙해 버린 율케스는 검을 내려다보았다. 이번에도 힘이 들어갔는지 검날이 많이 상했다.

에로카는 손가락을 흔들었다.

"이참에 고블린 창고도 털어 갈까?"

"네, 네에?"

"모르는구나. 고블린은 빛나는 걸 좋아하거든. 이 정도 부락이면 모험가들을 제법 털었을 거야."

산처럼 쌓여 있는 고블린의 시신을 바라보며, 돈을 외치고 있는 그녀를 보며, 샨은 작게 한숨을 내쉬었다. 그러면 안 된다고 해도, 혼자서라도 보물을 찾으러 갈 모양이었다.

그녀가 말했다.

"괜찮아. 괜찮아. 이 정도 인원이 죽었으면 고블린 마을에는 거의 없을 거라고! 반반 잘라 줄게. 어때? 응? 응? 응?"

율케스가 대답했다.

"분배는 필요 없다. 대신 칼이 나온다면 내가 갖겠다. 불만 없지?"

"좋아! 대신, 나머지 다 내 꺼!"

그녀가 눈을 반짝반짝 빛냈다.

고블린 군락에는 예상대로 암컷과 아주 어린 새끼들밖에 남지 않았다. 그 수도 굉장히 적어서 세 사람을 보더니 도망치기 바빴다. 그녀는 날듯이 걸으며 노래를 흥얼거렸다.

"빨간색 지갑에 금화를 넣자. 외로운 돈들이 금화 친구들을 많이 데려올 거야."

어디서 들어 본 적도 없는 노래를 부르며 고블린의 보물 창고를 찾아낸 그녀는 안으로 들어가 환호성을 질렀다.

"오! 이 녀석들 모아 놓은 게 많은데?"

샨이 대답했다.

"영원의 숲을 지나는 모험가들이 꽤 많다고 책에서 읽었어."

"상인들도 급하면 지나가!"

보물 창고 안에는 금화 주머니와 누구 것인지 모를 보석, 반지와 목걸이, 반짝거리는 방패와 쇠붙이가 놓여 있었다.

율케스는 벽 쪽으로 걸어가더니 금화 속에 파묻혀 있는 검을 꺼내 뽑았다. 기이하게도 검날이 투명했다. 날을 건드리다가 율케스는 흠칫 놀랐다. 얼마나 차가운지 손에 서리가 맺혀 있었다.

"뭐지?"

그녀가 돌아보더니 눈을 빛냈다.

"그 칼, 주면 안 돼? 다른 칼도 있는데."

그녀는 보석이 많이 박힌 철검을 보여 주었다.

율케스는 고개를 저었다.

"이쪽에 흥미가 생겼어."

이서릴의 숲 79

칼날은 유리처럼 투명하고, 얼음처럼 차가웠다. 마력이 느껴지지 않는 걸 봐서는 마법검은 아니었다. 검 손잡이 안쪽에 글씨가 새겨 있었다.

스톰 브레이커

이런 검이라면 이름이라도 들어 봤을 텐데, 스톰 브레이커라는 검은 생전 처음 듣는 것이었다.
율케스는 검을 휘둘러보았다.
칼날이 바람을 가르는 데도 아무 소리도 들리지 않았다. 다만 투명한 칼날 끝에서 얼음의 궤적이 그려졌다.
샨이 물었다.
"그거 뭐야, 대단해 보이는데?"
율케스가 대답했다.
"검 이름이 스톰 브레이커라는 것 외에는 알 수 없군. 마력도 느껴지지 않아."
샨이 고개를 갸우뚱했다.
"마력이 느껴지지 않아도 그런 힘이 있다니, 알테리온 소드 외에는 본 적 없어."
"흠, 사연이 있는 검 같으니 나중에 알아보면 좋겠군."
샨이 고개를 끄덕였다.

보물에 흥미는 없었지만 뭔가 재미있는 게 있을까 뒤적이다가 시계 하나를 발견했다. 마력으로 움직이는지 태엽이 없고, 늘 차고 다니던 회중시계와는 달리 손목에 감는 형태로 되어 있었다. 그리고 스톰 브레이커처럼 안쪽에 글씨가 쓰여 있었다.

라미아

명품을 좋아하는 크롬이 군침을 흘릴 만한 것이었다. 샨은 시계를 손목에 감으며 말했다.
"이것도 잃어버리려나?"
율케스가 대답했다.
"티스가 발견하지만 않는다면."
"뭐?"
"아무것도 아니다."
아마 저것까지 잃어버렸다가는 샨의 상심이 클 게 뻔했다.
율케스는 못난 친구를 생각하며 작게 한숨을 쉬었다. 그래도 손목에 차고 자면 갔다 버리기 어려울 거다.
벗기려면 샨이 깨어날 테니까.
하지만 그럼에도 티스는 이걸 벗기려고 들지도 모른다.

그걸 지켜보는 것도 꽤 재미있으리라.

4.

카이와 일행들은 거울 호수에 도착했다.

호수의 수면은 거울처럼 평탄했다. 수면 아래로 물고기 한 마리도 보이지 않았다. 페어리 드래곤은 카이에게 감사 인사를 건넸다. 만약 때맞춰 발견하지 않았다면 무슨 짓을 당할지 모른다. 카이는 인사를 받고는 같이 온 흑룡 문스톤에게 물었다.

"이서릴이 그렇게 대단해? 그렇게 멀리서 찾아올 정도로?"

「응. 이 계절에만 잠에서 깨어나는데, 인간에게 괴롭힘을 당했거나 그들과 인연을 끊으려는 용을 도와줘.」

카이는 문득 방금 전에 만난 용 사냥꾼들을 떠올렸다. 샨과 같은 인간이라고는 믿기지 않을 정도로 사악하고 교활했다.

용을 납치해 인간에게 팔아치운다니!

믿기지가 않았다.

「인간들은 잔인해. 하나같이 상종 못할 자식들이지.」

카이가 대답했다.

"아니야. 착한 인간도 있어."

「거짓말, 너도 저런 인간 때문에 태어났을 거다. 네 진짜 엄마한테서 알을 뺏어 온 거겠지.」

"아니야!"

문스톤이 차갑게 대답했다.

「그러면 네가 어떻게 태어났는지 아나?」

카이는 그 말에 말문이 막혔다. 잠시, 주둥이를 달싹거리다가 입을 열었다.

"눈 뜨니 샨이 있었어."

「순진하게 그가 네 진짜 마마라고 생각하는 건 아니겠지? 생물학적인 마마는 어디에 있었나?」

"샨은 하늘에서 날 주웠다고 했어."

「말이 되는 소리를 해. 어떻게 알이 하늘에서 뚝 떨어져? 어떤 어미 용도 자기 알을 버리지 않아. 차라리 시신 옆에서 주웠다면 그걸 더 믿겠군.」

샨이 어떻게 자신을 얻은 걸까? 대체 진실이 뭘까? 문스톤의 말이 맞는다면?

불현듯 무서워졌다. 자신이 믿었던 샨이 만약 다른 모습이라면, 방금 봤던 용 사냥꾼처럼 자신의 진짜 어미를 죽이고 빼앗은 거라면······.

이서릴의 숲 83

"그런 거라면 나는 샨을…… 용서 못할 거야, 평생."

카이는 어금니를 부딪쳤다. 그런 카이를 문스톤이 바라보았다.

거울 호수에는 본 적도 없는 용들이 모였다. 인간이 다치게 한 용과 주인이 죽어 목걸이를 풀길 원하는 용, 또는 카이처럼 도망쳐 나온 용들도 더러 보였다.

큰 용도 있었고, 작은 용도 있었다. 그러나 다 합쳐도 열 마리가 채 안 됐다.

얼마나 지났을까, 대지가 진동하기 시작했다.

이서릴인가 싶어 카이는 목을 쭉 뻗었다. 그러나 추측은 틀렸다. 굉음이 울리자 용들은 놀라 당황했다.

굉음의 정체는 하늘에서 쏟아진 그물이었다. 가장 먼저 페어리 드래곤이 끌려들어 갔다. 그물에 잡히자 냉각 마법으로 인해 체온을 급격하게 빼앗겼다.

카이가 소리 질렀다.

문스톤은 그런 카이를 붙잡았다.

「정신 차례! 놈들이 우리를 쫓아온 모양이다.」

그러나 하늘 위로 발열탄이 터졌다. 열을 눈으로 볼 수 있는 용들은 이 발열탄에 의해 순식간에 시야가 마비되었다. 문스톤 위로 그물이 떨어졌다.

"문스톤!"

발열탄에 의해 아직도 눈앞이 어두웠다. 카이는 몇 번이나 도리질 쳐 봤다. 그러나 시야가 회복되지를 않았다. 그리고 카이를 향해 얼음 작살이 꽂혔다.

"크아아아악!"

가슴에 박힌 작살은 빠른 속도로 카이의 체온을 빼앗았다.

몸이 점점 굳어 갔다. 머리가 어지럽다. 구름 너머 높은 곳을 향해 날았을 때 이런 기분이 들었다. 체온을 빼앗긴 용이 어떻게 되는지는 몸으로 직접 경험해 보지 않았던가.

카이 위로 그물이 쏟아졌다.

눈이 감겼다.

흐릿한 시야로 거울 호수를 응시했다.

이서릴은 보이지 않았다. 카이는 이제 자신에게 닥칠 일을 떠올렸다.

번식 용으로 이용될까, 아니면 죽여서 뼈와 가죽을 다른 곳에 팔아치우는 건 아닐까.

상상만 해도 무서웠다.

아직 성룡이 되지도 않았는데, 암룡이 될지 수룡이 될지 성별조차 정하지 않았는데.

"샨……."

카이는 그 말을 끝으로 의식을 잃었다.

샨은 불현듯 이상한 느낌이 들어 앞을 올려다보았다. 누군가가 자신의 무덤 위를 걷는 기분, 소중한 무언가가 떠나가는 기분이 들었다. 조급한 마음에 걸음을 서둘러 본다.
"슬슬 도착해 가는걸."
에로카가 머리카락을 넘겼다.
인간도 아니고 엘프도 아니라고는 하지만, 그녀는 비정상적으로 아름다웠다. 저런 미모를 하고는 고블린 굴에서 약탈한 금은보화들을 보자기에 꾸역꾸역 지고 가는 게 참 아쉽다. 백 년의 사랑도 식을 것 같은 수전노의 웃음을 터뜨리며.
"므헤헤헤! 오늘 진짜 운수 좋다니까!"
샨도 평생 들은 말이지만 똑같이 들려주고 싶었다.
미모가 아깝다.
때마침 율케스가 먼저 말했다.
"급하다고 하지 않았나?"
에로카가 대답했다.
"빨리 간다고 갈 수 있는 게 아니야. 재촉하지 말라고."
율케스가 대답했다.

"고블린 창고 털 때는 그렇게 빨리 가더니만."
"이거랑 그거는 다르지!"
샨이 한숨을 푸욱 쉬었다.
"에로카 씨는 그 돈 다 모아서 뭐에 쓰려고요?"
"딸린 자식 놈들이 많아서 다 먹여 살리려면 이것도 안 남아."
샨이 눈을 동그랗게 떴다.
"유부녀셨어요?"
샨의 말에 그녀가 매혹적인 웃음을 터뜨렸다. 그녀는 손가락으로 샨의 턱 선을 쓰다듬었다.
"남편은 없어. 다만 자식새끼들이 엄청 많거든."
"얼마나 많은데요?"
"음, 글쎄. 다 합치면 삼천 명도 넘지 아마?"
샨이 눈을 크게 떴다.
"삼천 명이요?"
사람이 바퀴벌레가 아닐진대, 그렇게 단숨에 애를 낳는단 말인가.
그녀가 웃었다.
"굳이 말하면 음…… 손자의 손자가 애를 낳고, 또 그 손자가 애를 낳다 보니까. 많아지더라고."
생물학적으로 불가능하다. 그녀가 아무리 엘프라고 해

도 엘프가 낳는 자손이 일생 동안 많아 봐야 둘일 텐데. 아무리 봐도 놀리는 것 같다.

샨은 볼을 부풀렸다.

"됐습니다."

그녀는 그런 샨이 재미있는지 한참을 웃었다. 이윽고 그녀가 물었다.

"그나저나 샨 군은 왜 거울 호수로 가려는 거야? 아무리 봐도 용을 사냥하러 가는 것 같지는 않은데."

"카이가 도망쳤거든요. 그런데 도망친 용들은 거울 호수로 모인다고, 친구가 그랬어요."

"왜? 목걸이를 끊을까 무서워?"

그녀의 눈에 이채가 서렸다. 샨은 솔직하게 대답했다.

"무서워요. 하지만 카이가 정 원한다면 억지로 막지는 않을 거예요."

"그러면 왜 가는 건데?"

"이야기는 해 봐야죠."

그녀가 눈을 가늘게 뜨며 샨을 내려다보았다.

"재미있는 이야기네."

"에로카 씨 자식 이야기보다는 아닐 걸요."

"아니, 정말 재미있어."

세 사람은 아무 말도 없이 계속해서 걸어갔다. 이윽고

샨이 물었다.

"거울 호수에는 용 사냥꾼이 많이 오나요?"

"아니, 처음일걸? 말했잖아. 몬스터들이 많이 난폭하다고. 아무리 돈이 좋아도 이 계절에 움직이는 건 미친놈들뿐이야."

"그러면 방금 전에 본 놈들은……."

"진짜 돈에 미친놈들이지. 아니면 용을 잡을 수 있다고 해서 몬스터들까지 무시한다거나."

샨은 잠깐 말을 잃었다.

용은 먹이 사슬에 상위에 있다. 상식적으로 봤을 때 인간보다 상위에 있는 게 용들이다. 샨이 물었다.

"용이 불을 뿜으면 얼음은 이겨낼 거 아니에요?"

"불을 뿜으려면 나이가 더 들어야 해. 나이 든 용은 처음부터 용의 계곡 같은 곳에서 영역을 마련하지 이런 거울 호수에 오지도 않고. 거기다가 그 정도로 나이 먹고 강한 용이 다른 사람 밑에 있다가 이제 와 맘 바뀌었으니 목걸이를 풀어 달라며 애걸하지도 않아."

샨은 작게 한숨을 내쉬었다.

그때 숲 저편에서 굉음이 울렸다. 미미하게 화약 냄새와 마법으로 만든 얼음, 특유의 습기가 밀려왔다.

크와아아앙!

용의 절규가 울렸다.

그녀가 눈을 가늘게 떴다.

"미친놈들이 운도 좋군."

샨은 소리 질렀다.

"가야 해요."

"왜?"

"카이가 있으니까요!"

"지금 가면 놈들과 부딪쳐야 해."

샨은 그녀의 팔을 잡아끌었다.

"상관없어요."

"너 정말 카이를 많이 좋아하는구나."

샨이 숨을 삼켰다. 그녀는 잠깐 숨을 멈추고 샨을 내려다보았다. 눈앞에 있는 이 소년이 이토록 아름다웠던가 떠올렸다.

아름다웠다. 뭐라고 표현할 수 없을 만큼 아름다웠다. 늘 어색했던 표정이 감정으로 흔들리자 숨 막힐 것처럼 아름다웠다.

그녀가 말했다.

"너 정체가 뭐야?"

샨이 대답했다.

"카이의 마스터요."

그녀는 실소를 터뜨렸다.

"좋아. 데려다 줄게. 각오해. 우리가 달리는 소리를 듣고 몬스터들이 공격할 거야. 그러니 멈추지 마. 멈추면 죽어. 날 놓쳐도 죽어. 할 수 있겠어?"

그녀는 벨트를 단단히 조이고는 몸을 일으켰다. 그녀의 발끝으로 마력이 뭉쳤다. 그러고는 마치 토끼처럼 나무 위로 뛰어 올랐다. 샨은 그 일련의 동작에 솔직하게 감탄했다. 율케스가 샨에게 물었다.

"따라올 수 있나?"

샨이 대답했다.

"잊었어? 이제 나도 마력을 다리로 보낼 수 있어."

그러나 실전에서 써 보는 건 처음이다. 그는 알테리온가의 보법을 하나하나 떠올리며 한 발짝 앞으로 내디뎠다. 순식간에 풍경이 뒤바뀌었다. 멀미가 밀려왔다. 샨은 구역질을 누르며 그녀를 쫓아 달려갔다.

율케스가 피식 웃음을 터뜨렸다.

"재미있군."

그는 손을 바지 주머니에 넣은 채 여유롭게 한 걸음 앞으로 내디뎠다. 나뭇가지 사이로 새하얀 달이 보인다. 차가운 공기가 그의 피부를 자극했다.

밤은 뱀파이어의 것.

마물의 주인은 즐겁게 미소 지었다.

5.

풍경이 길게 늘어난다. 숲에서 사용하는 보법은 평지에서 사용하는 것보다 어렵다. 속도를 유지한 채로 나무에 부딪히지 않도록 조심해야 한다. 서대륙에서 사용하는 보법은 주로 전투 중에서 적에게 접근하는 데 쓰는 발놀림에 가깝다. 그만큼 섬세하고 반응에 민첩하지만, 추격전에서 사용하기는 어렵다.

서대륙은 말이나 용을 탐으로써 그런 부분을 메웠다. 아무리 보법이 빨라도 날아가는 용을 이길 수는 없기 때문이다. 그러나 이런 숲에서는 이동속도가 현저히 떨어진다.

알테리온가의 경우 동대륙 이민자들이 만든 가문답게 보법만큼은 동대륙 식을 사용한다. 샨을 제외하고는 알테리온가의 누구도 말을 타거나 용을 타지 않는다.

아버지의 경우 순간 속도만 견주자면 임페리얼급 용을 뛰어넘을 수 있다. 그러니 샨이 실전에서 보법을 쓰는 건 처음이었다.

―마력을 대하(大河)처럼 느리게 몰아라. 한 걸음에는 대지를, 두 걸음에는 공기를 박차고, 세 걸음에 마력을 박차라.

아버지가 가르쳐 준 구결을 몇 번이나 되뇌며 달려갔다.

―잘했다. 이제 잊는 것만 남았구나.

아버지는 그랬다. 완벽하게 익혔으니, 이제 이 구결을 잊는 것만 남았다고.

그게 무슨 뜻인지는 모른다. 다만 형들은 한 번 배운 걸 잊기 위해 수 없이 많은 전투에 몸을 맡겼다.

바람이 손끝을 스치고 지나갔다. 이렇게 바람이 빨랐던가.

샨은 생각했다. 바람이 마치 벽처럼 그를 후려쳤다.

그녀가 말했다.

"제법 달릴 줄 아는데?"

그녀는 달린다기보다는 몸을 튕기는 것에 가까웠다. 티스가 가끔 숲에서 보여 주던 방법이었다. 엘프들이 숲을 달리는 방법이라고 했다.

역시 그녀는 샨에게 거짓말을 한 게 틀림없다. 그녀는 엘프가 맞는 모양이다.

샨은 그녀의 등 뒤쪽에 바짝 붙어 달렸다. 공기 저항을 최대한 줄이기 위해서였다.

그때, 그녀의 몸이 훌쩍 위로 올라갔다. 눈앞에는 거대한 트롤이 방망이를 휘두르고 있었다. 피하기에는 늦다. 샨은 양팔로 얼굴을 감쌌다. 그때 샨의 뒤에서 서늘한 검날이 뻗어 나갔다.

 "쉿, 가만히 있어."

 율케스의 검이 단숨에 트롤의 어깨를 베었다. 그러나 트롤의 어깨에서 다시 팔이 돋아났다. 엄청난 재생력이다. 분노한 트롤이 동료들을 불러 몰려왔다. 두 마리, 세 마리, 네 마리.

 거대한 몸체가 율케스를 덮었다. 놈들이 내뿜는 악취가 코를 찔렀다.

 그녀가 혀를 찼다.

 "멍청한 용 사냥꾼들이 몬스터를 불러왔어. 이 일대는 그놈들 소굴일 거야."

 "카이는요!"

 "둘 중의 하나겠지. 용 사냥꾼들 손에 죽거나, 분노한 몬스터들 손에 죽거나."

 샨은 카이를 향한 교감의 벽을 허물었다. 온몸을 열어 카이의 상태를 살폈다. 그러나 카이의 응답이 없었다. 죽은 건 아니다. 의식을 잃은 모양이다.

 "이럴 줄 알았으면……!"

샨은 후회했다. 이럴 줄 알았으면 처음부터 교감했어야 한다. 너무 감정적으로 대처했다.

몬스터들이 피 냄새를 맡고 몰려들었다. 그녀는 여차하면 도망갈 모양인지 나무 위로 올라갔다. 율케스는 허리춤에서 투명한 검을 뽑았다. 스톰 브레이커. 검날은 얼음처럼 서리를 내뿜었다. 율케스는 다른 손으로 원래 가지고 있던 검도 뽑아 들었다. 특별 주문해서 최대한 단단한 강도로 만든 놈인데도 율케스의 손에 들어가면 며칠 가지도 못한다. 그는 검 두 자루를 늘어뜨렸다.

"율케스 도망……!"

샨의 말에 그는 나른하게 대답했다.

"쉬잇, 생각 중이야."

생각 중이라고 대답한 그는 달빛에 취한 듯 몸을 느릿느릿하게 까딱였다.

크허어엉!

크롤들이 위협했다. 그럼에도 율케스는 검날을 늘어뜨린 채 몸을 까딱였다. 생각을 마친 그는 고개를 들었다.

"역시 좋은 달이군."

그는 한순간에 살기를 개방했다. 놀란 트롤이 일제히 율케스를 향해 달려들었다. 율케스는 팔을 부드럽게 휘둘렀다. 첫 번째 트롤의 머리를 베는 순간 율케스의 몸에 살기라고는 느껴지지 않았다. 그는 투명한 눈동자로 트롤의 머리를 도륙했다. 춤을 추는 듯 움직이던 검날이 보이지 않을 정도로 빨라졌다. 율케스의 검 끝에서 바람이 일어났다. 날카로운 바람이 쇄엑 하고 멀리 있던 오크를 썰어 버렸다.

켁.

자신이 왜 죽는지조차 모르고 오크의 몸이 분리됐다.

율케스의 검 끝이 수십 개로 불어났다. 재생력을 뛰어넘을 정도로 빠른 검격이 트롤들을 학살했다.

십 분도 채 되지 않았다. 그 피 속에 율케스는 서 있었다. 그가 손가락을 탁 튕기자 트롤의 피가 강물처럼 모여들었다. 그러고는 율케스의 손끝에 구슬처럼 압축되었다. 피를 모조리 뺏긴 트롤의 몸이 미라처럼 바싹 말랐다.

율케스는 사과를 먹듯 그것을 입으로…….

"율케스!"

샨의 목소리에 율케스가 흠칫 놀란다.

달 아래의 율케스는 지나치게 아름다웠다. 그러나 그건 사람을 홀리고 잡아먹는 마물의 매력이었다.

율케스가 대답했다.

"미안, 참기가 어렵군."

용서해. 이렇게라도 하지 않으면 널 마셔 버릴 것 같으니까.

 율케스는 그렇게 속삭이며 사과를 베어 물듯 피를 흡수했다. 샨은 그제야 자신의 친구는 인간이 아니라는 사실을 새삼 깨달았다. 양 속에 늑대가 있는 꼴이었다.

 아무리 약으로 진정시키고, 짐승을 사냥해 허기를 채운다고 해도, 본질은 포식자다. 살인이 아니다. 살육이다. 그에게 있어 인간은 먹이다. 다만 그러지 않는 이유는 현재 생활을 조금 더 유지시키고 싶은 것뿐이라는 걸, 뼈저리게 깨달았다.

 언제까지 함께할 수 있을까. 언제까지 억누를 수 있을까.

 샨은 입술을 깨물었다.

 에로카는 조금 놀란 눈으로 율케스를 바라보았다.

 "너 방금 전 놈이랑 같은 사람이야?"

 만사가 귀찮다는 표정을 짓고 있던 녀석이었다. 지금의 그는 나른한 광기가 휘몰고 있었다. 율케스의 한쪽 귀걸이가 소리를 내며 부딪쳤다.

 "……."

 율케스는 대답하지 않았다. 대답할 가치를 느끼지 못했을지도 모른다. 그녀는 그런 율케스가 마음에 들지 않는지 투덜거렸다.

"하여간 이놈의 숲에는 이상한 것들만 모인단 말이야."

그녀는 등을 돌리고는 땅을 박찼다. 긴 머리카락이 바람을 타고 나풀거렸다. 샨은 그런 그녀를 따라 달려갔다.

6.

괴성이 들렸다. 무언가 단단한 석회질이 부러지는 소리가 들렸다.

투두둑―.

비명이 울렸다. 화염이 눈꺼풀 밖을 수놓았다. 카이는 힘겹게 눈을 떴다. 몸이 얼음장처럼 차갑다. 죽음과 같은 졸음이 쏟아졌다. 그러나 이번에도 의식을 잃으면 끝이다. 힘겹게 정신을 유지한다.

"크와아악!"

"뭔 몬스터가 이렇게 많아!"

생전 본 적도 없는 몬스터들이 밀려왔다. 카이는 어금니를 따닥 부딪쳤다. 용 사냥꾼들이 몬스터들을 향해 힘겹게 석궁을 쏘았다. 그러나 이 자들은 용을 잡는 데 전문이지 몬스터를 잡는 데 전문은 아니다.

광분한 몬스터들에게 하나둘 먹이가 되었다. 도망칠 기

회다. 그러나 몬스터들은 쓰러진 용들도 공격했다. 의식을 잃은 용이 오우거의 성난 방망이질에 두개골이 쪼개졌다. 기절한 상태에서 당한 일이니 고통은 없었을 거다. 그러나 카이의 목에서 욕지기가 밀려왔다.

"마마…… 샨……."

눈물이 쏟아졌다.

이러려고 가출한 게 아니다. 이러려고 화낸 게 아니다.

땅에서 오징어 다리 같은 빨판 촉수가 솟아올랐다. 생전 본적도 없는 거대한 연체 몬스터가 인간과 몬스터, 용마저도 차례대로 삼켰다.

카이는 그게 '마수'라는 걸 깨달았다.

인간과 용과 몬스터가 만들어낸 피의 광란에 숲의 마수마저 깨어난 모양이다.

마수, 다른 말로 네임드.

번식을 하는 몬스터와는 달리 이 세계에 단 하나밖에 없는 유일한 존재.

몬스터 백여 마리가 덤벼든다 하더라도 잡을 수 없고, 어지간한 제국 기사단이 토벌하러 나서지 않으면 잡는 건 꿈도 꾸지 못할 존재.

네임드.

샨의 아버지는 그런 네임드를 여덟 마리나 넘게 잡았다

지만, 그건 이미 그가 인간의 한계를 벗어났기에 가능한 이야기다.

"……살려 줘."

촉수가 땅에서 계속해서 솟아났다. 카이는 힘없이 몸을 흔들었다. 움직이지 않았다. 카이는 애타게 샨을 불렀다.

그때 카이의 목에서 빛이 폭발했다. 카이가 눈을 홉떴다. 촉수가 카이를 땅 아래로 집어삼키려는 순간, 샨의 목소리가 울렸다.

『거기서 기다려!』

카이가 대답하기도 전에 순백의 빛이 카이를 향해 날아왔다. 그게 인간이 내는 빛이라는 걸 깨닫기는 오래 걸리지 않았다. 율케스의 검이 촉수를 갈랐다.

키아아아악!

비명이 땅을 울렸다. 샨이 카이를 껴안았다. 주문을 외우자 카이의 모습이 순식간에 줄어들었다. 샨은 헐렁해진 그물 사이로 카이를 꺼냈다. 그리고 카이의 이마를 짚고는 울음 섞인 주문을 내뱉었다.

"리커버리."

차가웠던 몸이 따뜻해지기 시작했다.

"서먼 힐링 웨이브."

시동어만으로 치유 마법이 발동했다. 수십 번, 수만 번

연습하지 않으면 나올 수 없는 주문들이 샨의 입에서 쏟아졌다. 카이의 몸이 들썩였다.

"샨."

"바보야!"

그때 샨의 발아래에서 촉수가 솟아올랐다.

샨은 소리 질렀다.

"카이, 화염 방사!"

마스터의 명령에 용의 잠재된 힘이 깨어난다. 카이의 입에서 불이 폭발했다.

콰아앙!

촉수가 폭발한다. 샨은 다시 카이를 크게 만들고는 소리 질렀다.

"카이, 날자."

카이의 몸이 단숨에 솟아났다. 회복 마법을 써서 상처를 치유했다고 해도 피로가 사라지는 건 아니었다. 카이는 지친 날개에 신음을 뱉었다.

율케스는 땅에 발을 붙인 채 샨을 바라보았다. 그러고는 작게 입술을 달싹였다.

거기서 기다려.

율케스의 손끝에 투명한 검날이 반짝였다. 그는 벌써 도망칠 준비를 하는 에로카를 향해 물었다.

"이건 뭐하는 놈이지?"

그녀가 대답했다.

"이터널 어스, 땅 밑에 잠자고 있다가 먹이를 먹으러 촉수를 뻗는 놈이야. 본체를 죽이려면 땅 아래까지 죄다 파내려가야 할걸?"

율케스는 푸른색 눈동자를 들었다.

"그러니까 본체를 죽이면 된다는 거군."

"그게 불가능하다는 거다. 땅 깊이 파고 사는 자식을 뭔 수로 잡아?"

율케스는 칼날을 늘어뜨렸다. 그러고는 한쪽 손을 귀에 걸린 봉인 피어싱에 가져다 댔다.

"별로 보여 주고 싶진 않았지만……."

피어싱을 빼자 봉인이 풀렸다. 사악한 마기가 율케스를 중심으로 폭발했다. 그의 살기에 한순간, 영원의 숲이 침묵했다. 율케스의 푸른색 눈동자가 붉은빛으로 물들었다. 티스의 붉은빛과는 달랐다. 한없이 피에 가까운 붉은빛을 손끝으로 가리면 율케스는 신음을 뱉었다.

"크으, 오랜만인데……."

겉으로 보았을 때는 손톱이 조금 늘어난 것 말고는 평소의 율케스와 다를 게 없어 보인다. 그러나 어떤 인간이라도 본능적으로 두려워 기절할 것 같은 살기가 느껴진다.

강대한 포식동물을 앞에 둔 것처럼, 샨은 오금이 저렸다.

에로카는 그런 율케스를 보며 중얼거렸다.

"아직도 살아 있다는 말인가, 모든 마물들의 왕이."

율케스가 그런 에로카를 향해 말했다.

"죽고 싶지 않으면 기척을 지워."

지금의 나는 인간이길 포기했으니까.

그는 혀끝으로 입술을 핥았다.

수십 개의 촉수가 발아래에서 솟아올랐다. 율케스는 자신의 심장을 붙잡으며 중얼거렸다.

"더블 악셀."

잔상이 사라졌다. 인간의 한계를 뛰어넘은 극도로 빠른 검기가 공기를 갈랐다. 촉수가 갈라진 뒤로 율케스의 모습이 나타났다가 다시 팟 사라졌다.

에론이 가르쳐 준 비기, 인간의 신진대사를 한계까지 빠르게 돌려 버리는 기술. 한계를 넘는 속도를 얻는 대신, 몸에 극도로 무리가 간다. 그러나 율케스는 달랐다.

그는 마(魔)의 영주다.

고작 인간의 육신 같은 건 처음부터 상정할 게 아니었다.

율케스의 잔상이 수십 개로 늘어났다.

지표로 올라온 모든 촉수들이 갈라졌다. 촉수가 피를 뿜어냈다. 육식 동물답게 철분이 섞인 붉은색 피에 율케스는 만족스러운 미소를 지었다.

그가 잘린 촉수의 단면에 검을 꽂았다. 그러고는 송곳니로 베어 물었다. 피가 치솟았다. 그리고 순식간에 구슬이 되어 뭉치기 시작했다.

키에에에엑!

땅 아래 마물이 비명을 질렀다. 율케스는 대답하지 않았다. 다만 더 많은 피를 끌어당겼을 뿐.

몸 안의 체액이 바싹 마른다. 천 년을 넘게 살아온 마수가 저항한다. 고작 인간 하나에게 처참하게 죽을 거라고는 상상하지 못했다.

키악, 키아아악!

가지고 있는 모든 촉수가 솟아올랐다. 율케스는 놈에게서 빨아들인 피를 압축한다. 압축한 피에서 번개 같은 스파크가 튀었다.

율케스가 주먹을 쥐자 피가 길게 늘어났다. 마치 창에 두 마리 뱀이 서로 엉켜 있는 듯했다. 증오와 광기로 가득 찬 주문이 창날 위로 단숨에 새겨졌다.

촉수들이 일제히 율케스를 후려치려는 순간, 율케스의 모습이 사라진다. 잠시 후, 그의 모습이 허공에서 나타났다.

창이 땅 아래로 떨어졌다.

콰지지직!

땅을 파고 마수에게 직접 박혔다. 그러나 창이 하나가 아니었다. 그가 손가락을 딱 튕기자 마의 창날 수백 개가 하늘을 수놓았다.

율케스가 말했다.

"어둠으로 다시 돌아가라. 하등 생물."

꽂힌다. 꽂힌다. 꽂힌다!

수백 개의 창날이 땅 아래로 꽂혔다. 저주와 광기로 만들어진 피의 창날은 피의 주인을 찾아 악의를 되돌려 생명을 빼앗는다.

마수, 이터널 어스의 비명이 숲을 울렸다.

누가 마물인지 모를 잔혹한 공격에 샨은 얼굴을 돌렸다.

숲이 핏빛으로 얼룩졌다. 마수가 죽자 땅이 내려앉았다. 율케스는 마수의 피를 끌어당겼다. 붉은 핏방울들이 떠올라 행성처럼 율케스 주변을 공전한다.

그가 손가락을 딱 튕기자 행성이 부서진다. 핏빛 안개가 그의 안에 모조리 흡수되었다. 율케스는 떨어진 피어싱을 주워 다시 귀에 봉인한다.

인간으로 돌아오자 그는 잠깐 몸을 비틀거렸다. 네임드의 피는 인간의 피 이상으로 성찬이다. 창백한 그의 얼굴이 살아 있는 인간처럼 상기되었다. 그러나 눈 아래에 남아 있는 짙은 음영이 산 사람이 아니라는 걸 말해 주고 있었다.

샨은 카이를 타고 땅에 착지했다.

율케스는 검을 집어넣고는 샨에게서 등을 돌렸다.

샨이 전처럼 그를 대할지는 율케스 자신도 알 수 없었다.

그동안 누차 경고했지만 샨은 착각하고 있었다. 율케스는 인간이 아니다. 야수도 아니고 그렇다고 몬스터는 더욱 아니다. 뭐랄까, 인간의 악의와 저주 속에서 온 무언가였다.

란츠크네 가문의 흑마법이 유구한 세월 동안 세대와 세대를 잇고, 어미의 태반에서 태반으로 이어져 마침내 불러낸 어둠, 그 자체다.

친우인 티스가 끌어내고 샨이 붙잡지 않았다면, 지금쯤 인간의 길을 포기하고 마물의 주인이 되었으리라.

율케스가 어둠 그 자체라면 티스는 어둠을 응시할 줄 아는 인간이다. 그러나 샨은 달랐다.

샨은 율케스에게 말을 걸지 않았다. 두 사람의 침묵이

한동안 이어졌고 이내 샨이 율케스의 손목을 붙잡았다. 샨은 의료 가방에서 연고를 꺼내 살갗 위에 바르고 붕대를 감았다. 율케스가 말했다.

"그렇게 하지 않아도 금방 나을 거다."

"알아."

"치료는 필요 없어."

"그것도 알아."

율케스가 물었다.

"그러면 왜?"

샨이 대답했다.

"아파 보여서."

율케스의 눈썹이 꿈틀거렸다.

샨이 대답했다.

"알아, 고통 못 느끼는 거. 하지만 누구 도움도 없이 혼자서 견디는 거, 왠지 처량 맞아 보이잖아."

그 말에 율케스는 허탈한 웃음을 터뜨렸다.

샨은 샨이었다.

7.

남은 용들을 모두 풀어 줬지만 하나같이 부상이 극심했다.

카이가 입을 열었다.

"호수로 데려가 줘. 이서릴이 치료해 준대."

샨이 대답했다.

"여태 안 나타나는 걸 보면 그냥 전설 아니야?"

"샨, 이대로라면 죽어. 마법으로는 피를 멎고 상처를 치료하는 거지 기력까지 회복시키진 못하잖아. 다들 깨어나지도 못하고 있어."

사춘기를 맞았기 때문인가. 카이의 지성은 몰라볼 정도로 부쩍 늘어 있었다.

샨은 입술을 깨물었다.

"알았어."

샨은 그나마 멀쩡한 수레에 용을 옮겼다. 율케스도 함께 거들어 호수까지 밀고 가기 시작했다. 마수로 인해 말들도 죽어 버렸기 때문에 직접 끄는 수밖에 없었다.

카이도 돕겠다고 했지만, 이미 카이는 혼자 걷는 것도 힘든 상태.

샨은 극구 말렸다.

의식을 잃은 용들을 하나둘 옮기는 걸 보며 에로카가 물었다.

"왜 그렇게 열심이야? 목적은 이뤘잖아."

샨이 대답했다.

"이대로 두면 불쌍하잖아요."

"그렇게 열심히 한들 용이 보답해 주진 않을 거라고, 방금 전까지 인간에게 당했잖아. 인간이 도로 살려 준다고 한들 고마워 할 리 없어."

"상관없어요."

용을 조심스럽게 옮기는 샨의 손에 땀이 배어 나왔다.

율케스가 거들고는 있지만, 연일 강행군이었다. 샨의 체력으로는 이미 한계를 넘었다.

호숫가로 용을 모두 옮기기까지 꼬박 세 시간이 걸렸다. 샨은 숨을 토하고는 땅에 주저앉았다.

호수에는 몬스터조차 보이지 않았다.

당연하다면 당연했다. 방금 전까지 네임드가 와서 난동을 부리지 않았나.

샨은 무릎을 껴안고는 저무는 달을 바라보았다. 곧 해가 뜬다.

이서릴은 없었다.

샨이 몸을 털고 일어나려는 순간, 에로카가 샨의 어깨를 붙잡았다.

이서릴의 숲 109

"원래라면 인간 앞에서 나타나서는 안 되는데, 어쩔 수 없으려나."

"네?"

그녀는 호숫가로 걸어갔다. 놀랍게도 그녀는 주문도 없이 물 위를 걸어갔다. 그녀가 걸을 때마다 파문이 일었다. 그녀는 호수 한가운데에 서서 차분하게 눈을 내리깔았다.

"엘프는 아니라고 했지?"

"네."

"자식도 많다고 했지?"

샨이 당황하며 대답했다.

"아, 네."

그녀가 눈을 들었다. 동공 안쪽에 기묘한 빛이 서렸다.

"그러면 아름다운 소년아, 나는 누구일까?"

그녀의 몸에서 빛이 나왔다. 빛은 점점 커져만 간다. 그녀의 윤곽이 부풀었다. 크게, 더 크게, 숲을 덮을 정도로 거대한 그림자가 깔렸다. 그 빛이 걷히자 하늘을 덮을 정도로 거대한 용이 날개를 펼쳤다.

「불운의 아이야, 그럼 나는 누구로 보이니?」

샨이 눈을 크게 떴다.

"서, 설마……."

「그래, 나는 용신의 후예이자 땅을 걷는 용들의 조상.

인간의 적이자 용의 수호자. 수목의 용 이서릴.」

거대한 마법진이 호수를 덮으며 아로새겨진다. 위험을 눈치챈 율케스가 샨을 붙잡는다.

"위험!"

그 순간, 공간이 일그러졌다. 모든 용과 두 사람의 모습이 사라진다.

"……!"

아무도 남지 않은 호숫가에 침묵이 날개를 접었다.

8.

율케스는 천천히 눈꺼풀을 열었다.

"큭."

압박감이 숨이 막힐 정도로 내리눌렀다. 공기 한 올 한 올이 수십 톤이 되어 그를 내리누르는 것 같았다. 심해에 끌려 내려간 잠수부처럼, 수압이 그를 잡아 눌렀다.

그의 옆에는 샨이 자고 있었다. 어머니의 양수 속에 있는 것처럼 편안한 얼굴이다. 그렇다는 건 이 압력은 오로지 자신만 느끼고 있다는 뜻이다.

통, 통.

칼이 도마를 내리치는 소리가 울렸다. 율케스는 시야를 돌렸다. 집이었다. 그것도 짚단 지붕의 조그마한 오두막이었다. 율케스는 간신히 몸을 일으켜 도마 소리를 향해 걸어갔다.

"호오, 일어났군."

에로카였다. 그녀는 금빛 머리카락을 가지런히 뒤로 묶은 채 요리 중이었다. 율케스는 문을 붙잡고 그대로 주저앉았다.

"이 압박감은 대체……?"

"흠, 어둠의 존재가 견디기에는 조금 힘드려나."

창밖에는 한낮의 햇빛이 쏟아졌다. 공기가 빛에 반사되어 반짝거렸다. 그녀는 콧노래를 부르며 요리를 계속했다.

율케스가 말했다.

"큭, 여기가 어디지?"

"잘 견디는군. 그 정도 압력이면 분명히 살려 달라고 애걸할 거로 생각했는데."

율케스는 검을 뽑아 그녀를 향해 겨누었다.

"여기가 어디지?"

그녀는 국자에 스튜를 담아 느긋하게 식혔다. 그리고 한 모금.

"소금 더 쳐야겠다."

그리고는 다시 스튜에 소금을 뿌렸다. 그녀가 능청을 부릴 때마다 율케스의 눈매가 날카로워졌다. 그럴수록 압력은 계속해서 율케스를 내리눌렀다. 그녀는 소금 친 스튜를 다시 떠서 율케스에게 다가갔다.

"간 좀 볼래? 이 정도면 되려나? 음, 부잣집 애들은 좀 짜게 먹던데 소금을 더 쳐야 할까?"

율케스는 그녀를 노려봤다. 그러나 그녀는 공격할 의사가 없다는 걸 양손을 내밀어 보여 주었다. 그녀는 율케스의 입가에 국자를 가져다 댔다. 율케스가 머뭇거렸다.

"독 없어. 죽이려면 진작 죽였겠지."

율케스는 그제야 스튜를 들이켰다. 텁텁하다. 살아 있는 생물의 피가 아닌 이상, 뱀파이어에게는 어떤 음식이든 상한 고기 맛이다.

"역시 좀 그런가, 뱀파이어에게 간 보라고 하는 건."

스튜가 목구멍에 넘어가자 압박감이 한순간에 사라졌다. 율케스는 놀란 눈으로 그녀를 바라보았다.

"이게 어떻게 된 거지?"

"이 세계에 적응하기 좋도록 도와준 거지."

"이 세계? 흑마법사들이 쓰는 망자의 함 같은 건가?"

그녀는 뺨을 긁적이더니 손가락을 흔들었다.

"그런 하등한 주술에 갖다 대다니, 역시 현재 인류는 정

이서릴의 숲

말 미개하다니까. 옛날에는 이 말만 해도 '오오, 고등 마법! 대단하십니다!' 하고 인간들이 알아서 기었는데."

율케스가 대답했다.

"마치 내가 인간인 것처럼 대하는군."

그녀는 명쾌하게 대답했다.

"너 아직 인간 맞아. 널 이루는 핵도 인간이고, 네 마음도 인간에 가깝지. 뭐, 좀만 있으면 완전한 어둠의 화신으로 변하겠다만……."

율케스가 되물었다.

"본론으로 들어가지. 여기는 어딘가?"

"거 딱딱한 꼬마네. 왜 그 소년이 친구 먹는지 모르겠다니까."

그녀는 볼을 부풀리더니 결국 입을 열었다.

"여긴 내가 만든 차원이야."

"차원?"

"응, 신이 세계를 창조하듯 나 같은 아크 드래곤도 그런 권능이 일부 있거든. 무에서 유를 만든다거나 생명을 창조하거나 하는 권능은 없지만, 다른 시간의 세계를 만들어 땅을 만들고 이렇게 집을 짓는 건 가능해."

율케스가 진지하게 물었다.

"너는 용신인가?"

그 말에 그녀가 너털웃음을 터뜨렸다.

"아니, 용신은 나보다 훨씬 대단한걸. 그분은 이런 조잡한 차원이 아니라, 아예 혼돈에서 자신만의 차원을 만들어 버리실 거야."

"그런 게 인간 손에 죽을 수 있나?"

율케스의 물음에 그녀가 대답했다.

"아아, 알테리온가의 드래곤 슬레이어를 말하는군. 검기는 인간의 의지야. 의지는 기적을 일으키지. 달의 율법상 모든 것은 죽어. 설령 신이라고 해도 죽어. 다만 그 과정이 너희 작은 인간은 상상도 못할 만큼 어렵고 의외의 방법으로 죽지만."

대체 샨의 선조라는 분들은 뭐하는 놈들일까.

무에서 유를 창조하고, 자기만의 차원을 만들어 천지창조 놀이를 한다면 그건 신이 아닌가.

그런 걸 대체 어떻게 죽였다는 걸까.

그런 분의 자손들이니 엄청 강한 건 이해하겠다만, 그러면 저 기적의 증거를 허리에 꽂고 다니는 샨은 대체 뭐하는 놈이란 말인가.

율케스는 잠깐 정신이 아득해졌다.

그녀가 말했다.

"아, 드래곤 슬레이어 말이야? 그건 호수 아래에 가라앉혀 버렸어."

"뭐?"

그녀가 이마를 찌푸렸다.

"그 검의 본질은 환상을 부수는 데 있어. 그런 불길한 물건이 내 차원으로 들어오면 차원 자체가 붕괴될 수도 있다고."

"호수 밑바닥이라면……."

"아무도 못 건드릴 정도로 깊게 가라앉혔어. 나갈 때 돌려줄게."

율케스가 고개를 저었다.

"지금 내 생각을 읽은 건가? 대체 어떻게 알테리온 소드를 생각했던 걸 알았지?"

"예리한 꼬마는 저래서 싫다니까."

그녀는 어깨를 으쓱였다.

"존귀한 존재가 어찌 필멸자의 생각 하나 못 읽겠어."

율케스는 차원이고 나발이고 저 여자를 베어 버릴까, 3초간 생각했다.

그녀가 식은땀을 흘리며 손을 저었다.

"야, 야아! 나 죽으면 니들 못 돌아간다?"

"아쉽군."

그때 건너편 방문 문이 달칵 열리더니 백은발의 청년이

걸어 나왔다.

"하암, 잘 잤다."

엄청난 미모의 청년은 가운으로 대충 몸을 가리고 있었는데, 문지방을 붙잡고 고양이처럼 기지개를 했다.

"응? 율케스? 마마는? 아니 샨은 뭐해?"

"너 설마 카이냐?"

"응. 이서릴이 밤새 치료해 줬어. 다른 친구들도 다 나았어. 근데 아직도 늦잠 자고 있어. 게으름뱅이라니까."

마치 자기는 근면 성실한 용이라는 걸 피력하기라도 하는 듯 카이는 당당하게 어깨를 폈다.

그녀는 웃으며 식탁에 음식을 차렸다.

"용인 채로 여기 들여보내면 오두막이 무너지잖아? 그래서 치료하기 쉽게 인간으로 변신시켰지 뭐."

탁.

접시가 경쾌한 소리를 내며 테이블 위에 놓였다.

"뱀파이어 꼬마, 너도 도와."

샨이 눈을 떴을 때는 창밖에 노을이 지고 있었다. 침대 위에 곱게 눕혀져 있는 걸 보고, 방금 전 있었던 일은 사실 모든 게 다 꿈이 아닐까 하고 생각했다. 그러나 그럴 리는 없었다. 샨은 비틀거리며 몸을 일으켰다.

"일어났어?"

에로카가 보인다. 샨이 머리를 짚으며 물었다.

"어떻게 된 거죠?"

"방금 율케스 군에게 했던 설명을 또 하라고? 미쳤어? 꼬맹이 니가 해!"

율케스는 한숨을 포옥 쉬며 샐러드 볼을 테이블에 내려놓았다. 앞치마를 하고 무뚝뚝한 표정으로 아침 식사를 차리는 율케스의 모습을 보았다면 티스는 배를 잡고 바닥을 굴렀을지도 모른다.

율케스가 말했다.

"에로카는 아서릴이라는 용이고, 여기는 이서릴이 창조한 아공간이라더군."

샨이 눈을 동그랗게 떴다.

"뭐?"

"용들은 전부 치료했고, 저건 카이고."

백은발의 청년이 손을 흔들었다.

"샨, 일어났어?"

샨은 머리를 짚었다. 지나치게 핵심만 짚어서 말한 덕분에 더 알기가 어려워. 방금 전에 있었던 일과 대입해 보았다.

"조금은…… 알 것 같아."

샨은 식탁 의자에 앉았다.
"그때 용들은요?"
그녀가 방긋 웃었다.
"상처는 전부 치료했지만, 기력을 회복하려면 시간이 걸릴 거야. 그때까지 여기서 돌봐 주는 게 내 일이지."
그녀는 크림 스튜를 가운데에 놓고는 호박 갈비찜을 접시에 잘라 주었다. 먹을 만했지만 맛있지는 않았다.
카이가 말했다.
"맛있어!"
그녀는 샨의 눈치를 보더니 손뼉을 쳤다.
"아, 인간 입맛은 다르지. 잠시만……."
이번에는 레몬 생선구이를 접시에 덜어 줬다.
"이건 어때?"
포크로 찍어 한 입 넣어 본다. 보들보들한 연어 속에 허니 레몬이 배어 나왔다. 샨이 눈을 크게 떴다.
"맛있네요!"
"인간과 용은 입맛이 달라서 힘들다니까."
샨이 물었다.
"평소에는 인간으로 지내시는 거예요?"
"돈을 벌어야 하거든."
"돈이요?"

"아이들을 지키려면 이런저런 돈이 필요하거든."

그녀는 부드럽게 미소를 지었다. 생각해 보니 이런 맛있는 음식도, 침대와 이불도 결국 어딘가 가서 구매해 온 물건이다.

에녹 교수님도 회복 마법을 쓸 때 마법만으로 상처를 낫게 하진 못한다. 마법 재료를 매개체로 삼거나 기력을 회복시키기 위해 약을 따로 처방하곤 한다. 용을 회복시키는 데도 그런 게 필요한 모양이었다.

"어렵……네요."

"어렵지만 기쁜 임무지. 그러기 위해 내가 중간계에 남아 있는 거니까. 뭐, 춤추는 천칭이 온 걸 보니 이런 날도 머지 않았지만."

"천칭이요?"

예전에 엘이 카이에게 했던 이야기였다. 샨이 물었다.

"왜 다들 카이에게 '춤추는 천칭'이라고 부르죠?"

그녀는 조금 곤란한 미소를 지었다.

"천칭에 대해 모르는 모양이네?"

"알려 주세요."

"음, 그건 안 돼. 꼬마야."

샨이 살짝 이마를 찌푸렸다. 그녀가 그런 샨의 미간을 톡톡 치며 부드럽게 미소 지었다.

"너는 생명을 사랑하고, 너의 용을 사랑하지만 그것만으로는 말해 줄 수 없어. 천칭은 말이야. 나쁜 사람이 천칭의 용도를 알게 되면 이 세계를 파멸시킬 수도 있거든."

"……아무에게도 말하지 않겠다고 약속하면요?"

"인간을 못 믿는 건 아니야. 다만 시간을 못 믿는 거지."

샨이 살짝 볼을 부풀렸다.

그녀는 그런 샨의 뺨을 어루만졌다. 참으로 아름다운 소년이다. 생각 같아서는 원래 세계로 돌아가는 문을 닫아 버리고 평생 이렇게 알콩달콩 살고 싶을 정도다.

막판에 진짜 그래 볼까 싶어 시도했는데, 망할 뱀파이어 놈이 끼어드는 바람에, 같이 공간 이동을 해 버렸다.

'쩝, 아깝다.'

그녀는 아쉬운지 혀를 차더니 입을 열었다.

"삐치지 마, 삐치지 마. 응? 도와줄 수 있는 건 다 도와줄게. 그래그래, 이건 어때? 카이를 좀 더 강하게 자랄 수 있게 하는 방법이라든가? 아니면 언제든지 인간으로 변할 수 있게 만드는 방법이라든가!"

샨의 볼이 조금 누그러들었다. 그녀는 기쁜 기색으로 말했다.

"그러니까 화 풀자? 응?"

애교 떠는 고대 용이라니.

분명히 인간들 속에서 너무 오래 생활하다 보니 정말 인간처럼 변한 모양이다.
　샨은 작게 한숨을 쉬고는 표정을 풀었다.
　"카이를 인간으로 만들 수 있다는 건가요?"
　"응, 쉬워!"
　"혼자서 인간으로 변한 적은 몇 번 있기는 합니다만……."
　그녀는 카이의 손을 붙잡아 옆 의자에 앉혔다.
　"일단 용으로 변화시켜 볼래?"
　샨은 카이의 뒷목을 붙잡고 주문을 외웠다. 그러자 카이의 모습이 거대한 용의 모습으로 변했다. 용의 덩치를 이겨내지 못하고 의자가 부서졌다. 식탁마저 엎어질 뻔하다가 율케스가 붙잡아 눌렀다.
　그녀는 부엌 선반을 열더니 수은을 꺼냈다. 연금술에나 쓰는 수은이 어째서 부엌에 있는지 아리송했다.
　그녀가 말했다.
　"용과 정식으로 계약한 적은 없지?"
　샨이 대답했다.
　"성룡이 되어야 가능하다는 걸로 알고 있어요."
　"지금 하려는 건 가계약(假契約)이야."
　"가계약이요?"

"응, 정식 계약 전에 미리 하는 계약이지. 이렇게 되면 동화가 더욱 강해지고, 카이의 힘을 이끌어내기가 좋아. 물론 원할 때마다 인간으로 만들 수도 있고."

샨은 대답하지 않았다. 대신 카이를 바라보았다.

"괜찮겠어?"

카이가 대답했다.

"나, 샨이 싫어서 가출했어. 샨에게 화가 났었어."

샨은 대답하지 않았다. 이미 다시 동화를 한 이상 카이의 마음을 말하지 않아도 알고 있었다. 카이가 말을 이었다.

"덕분에 내가 샨을 얼마나 좋아하는지 알게 되었어."

그녀가 물었다.

"그래서 카이가 되고 싶은 건 남성체? 여성체?"

카이가 뭐라 대답하기도 전에 샨이 손을 저었다.

"기숙사라 여성체는 안 돼요!"

"흐음, 그러면 중성으로 두도록 하자."

그 말에 카이가 볼을 잔뜩 부풀렸다. 그러거나 말거나 샨의 고집은 여전했다.

남자 기숙사에 여자가 들어가게 되면 무슨 변이 생길 줄 누가 알겠는가.

결국 카이는 중성으로 만족하기로 했다.

그녀가 말했다.

이서릴의 숲 123

"아직 카이는 성룡이 아니니까 성별은 언제든지 바꿀 수 있어. 그래도 가급적 여성체와 남성체 둘 다 경험해 보는 게 좋을 거야. 일단은 정령들과 똑같은 상태인 중성으로 만들어 둘 테니까 필요할 때 바꿔. 나이는 어느 정도가 좋을까?"

샨은 잠깐 망설였다.

"저랑 비슷한 나이가 좋지 않을까요?"

그녀가 눈을 가늘게 떴다.

"너랑 비슷한 나이라고 해도 카이가 훨씬 키가 클 거다."

"안 크는 걸 어쩌란 말입니까!"

샨에게 키 이야기는 역린이다.

하루에 우유를 꼬박꼬박 1리터씩 들이켜고, 스트레칭도 1시간씩 꼬박꼬박하고 있는데 죽어라고 크질 않는다. 아카데미에서는 입학 나이를 따로 정하지 않았다. 보통 13세부터 17세 정도에 입학을 하고 나면 20대쯤 졸업한다.

율케스가 가장 나이가 많고, 티스가 한 살 어리고, 샨은 셋 중에 가장 나이가 어리다. 이른 나이에 입학했다곤 해도 샨 또래 애들은 벌써 코밑이 검어지고 변성기가 오기 시작했다. 그러나 샨은 죽어라고 크질 않는다.

그녀가 요염하게 미소 지었다.

"어머, 축복이라고. 그 외모가 원래 누님들에게 더 인기가 많은 법이거든?"

"알 게 뭡니까!"

"뭘 모르는 꼬마네. 축복이라니까?"

"차라리 인기 없고 키가 컸으면 좋겠네요."

그녀는 턱을 괴고는 한숨을 쉬었다.

"하아, 요즘 애들은 인기가 얼마나 소중한 줄을 몰라."

그녀는 수은을 땅에 탁 터뜨렸다. 그러고는 손끝에 마력을 담아 움직였다. 그녀의 손길을 따라 수은은 마법진을 연성하기 시작했다. 무한을 상징하는 팔각형 위로 무수히 많은 선이 도형을 만들어 간다. 신기한 것은 팔각형 모서리에 동대륙에서 쓰는 문자가 나타났다.

"팔괘네요."

"호오? 아는구나? 이쪽 대륙 아이들은 이런 문자 모를 거라고 생각했는데."

샨이 대답했다.

"저도 책으로만 읽었지 진짜로 보는 건 처음이에요. 그런데 마법은 서대륙의 것이잖아요. 룬 문자 대신 팔괘는 이상하지 않아요?"

"마법은 법규라고 배웠니? 마법사들은 적법한 절차로 적절한 대가를 치르고 마법을 쓴다고. 그게 세계를 이루는 근원의 법도라고 배웠겠지?"

사람들은 생각한다. 마법사는 천칭을 속이는 자라고, 신이 정한 법칙을 벗어나 자신만의 마법으로 세상을 바꾸는 존재라고. 그러나 다르다. 마법사는 법칙을 부수는 자가 아니다. 법칙을 이용해 마법을 부리는 자다. 세상을 구성하는 마나를 이용해 마법을 빚고, 세상을 만든 언어로 법칙을 지키고, 마침내 마법을 창조해 이적을 부른다. 마법사들은 모두 자신만의 고유한 규칙을 지켜 나간다. 이를테면 흑마법으로 유명한 란츠크네 가문의 경우, 모든 마법은 산 제물을 통해 이루어진다.

양, 염소, 뱀, 심지어 사람까지. 제물을 고통스럽게 죽여 그 피를 제단에 바치고, 제물이 죽기 직전 내뿜는 마이너스 파동을 이용해 저주를 건다. 제물을 바쳐 이적을 이루는 건 란츠크네 가문의 규칙이다. 희생이 없으면, 마법도 없다.

율케스가 태어나기 위해 가주는 고대 뱀파이어의 피와 자신의 자식을 제물로 바쳤다. 저주는 율케스 어머니의 태반을 파고들었고, 태아의 목숨을 빼앗았다. 태아는 죽었고, 사산한 태아의 육신을 빌려 40일 만에 부활한 자식은 인간도 뱀파이어도 아닌 어둠 속에 태어난 '무언가'였다. 가주는 그 무언가에게 율케스 란츠크네라는 이름을 붙여 피로 속박했다.

샨이 물었다.

"아닌가요?"

그녀가 웃음을 터뜨렸다.

"진짜 마법은 달라."

"진짜 마법이요?"

"진짜 마법은, 진짜 기적을 부른단다. 대가도 바라지 않고, 규칙에 얽매이지도 않지."

샨이 이마를 찌푸렸다.

"하아……?"

그녀는 샨의 머리칼을 쓰다듬었다.

"너라면 어쩌면 쓸 수 있을 거야. 진짜 마법이란 걸."

수은이 회전한다. 그녀의 손끝을 따라 수은은 계속해서 핑그르르 돈다.

액체이면서 고체, 그 자체만으로도 현자의 돌을 연성하는 가장 중요한 원소이자 가장 완전무결한 물질이라 일컬어지는 명약 엘릭서의 재료이기도 하다. 전기를 통과시키는 물과 같이 수은은 사용자의 마력을 통과시키며 파동을 증폭시킨다. 마법진이 점차 완성되어 감에 따라 수은이 공명하며 내는 마력의 파장은 점점 더 커져 간다.

그녀가 입을 열었다.

"천칭의 마스터가 될 준비가 되었니?"

샨은 카이를 바라보았다. 고대인들은 어째서인지 카이

를 천칭이라고 부른다. 어째서 카이를 천칭이라고 부르는지 머리에 김이 나도록 고민해도 모르겠다. 그러나 세계를 끝낼 수 있을 만큼 무언가 중요하고 강력한 힘이라는 건 알 것 같았다. 그렇다고 해도 변하지 않는 건, 카이가 카이라는 사실.

샨은 흔들림 없는 눈동자로 그녀를 올려다보았다.

"그런 건 처음부터 하고 있었어요."

"좋은 각오인데? 그러면 반지를 빼 줄래?"

샨은 잠깐 망설이다가 드래곤 스톤이 박혀 있는 반지를 손가락에서 뺐다. 반지를 빼는 것과 동시에 카이의 목걸이가 스스로 풀려 땅을 굴렀다. 그녀가 손가락을 튕기자 두 드래곤 스톤이 솟아올랐다.

"지금부터 내가 쓴 글대로 주문을 외워. 할 수 있지?"

샨이 뭐라고 대답하기도 전에 그녀는 유리잔에 맺힌 물방울을 손가락에 찍어 허공에 그려 나가기 시작했다. 율케스가 찌푸렸다.

"뭘 쓰고 있는 거지?"

"샨이라면 볼 수 있어. 달의 세례를 받았잖아?"

세례?

샨은 잠깐 망설이더니 눈에 마력을 집중했다. 망막에 초승달이 떠오른다. 세상이 금빛으로 보이기 시작했다. 동시에 그녀가 써나가는 글씨가 허공에 맺혀 보였다.

샨이 놀란 표정을 짓자 그녀가 미소 지었다.

"언어는 세계를 구성하는 약속이야. 나는 발음해서는 안 돼. 그랬다가는 내가 카이와 가계약을 하게 돼 버리거든."

같은 고대인이어도 에로카는 적어도 엘보다는 상냥하다. 아카데미에서 만났던 엘은 무엇 하나 친절하게 설명해 주는 법이 없었다. 그에 비해 에로카는 무엇이든 설명해 주었다. 샨은 그녀의 호의에 감사했다.

그녀는 떨리는 목소리로 입을 열었다.

"돌아라, 근원의 소용돌이여. 태초의 맹약을 담아 회전하라."

마법진에 맺힌 수은이 빛을 내며 천천히 오른쪽으로 회전하기 시작했다. 마치 커피에 프림을 타서 티스푼으로 젓듯 은색 물결이 끊임없이 회전한다.

샨은 계속해서 주문을 내뱉었다.

"너는 원이다. 너는 맹약이다. 너는 해를 삼키는 짐승이자, 존재와 존재의 경계를 허무는 뱀이다. 나, 뱀의 지식으로 간절하게 바란다. 사슬의 권능으로 말한다. 지금, 이 자리, 이 순간, 이 차원을 타고 운명과 운명의 경계를 허물기를."

드래곤 스톤이 진동한다. 그 소리가 너무나도 커서 저러다가 부서지는 건 아닐까 걱정이 되었다. 그러나 여기서 멈출 수는 없었다. 샨은 계속해서 발음했다.

약속의 언어를, 태고룡 이서릴이 알려 준 리얼 매직을.

샨은 그녀가 가르쳐 준 방향을 향해 발을 굴렀다.

북동, 북서, 남동, 정남쪽.

샨이 발을 구를 때마다 마력의 맥을 끊는다. 끊긴 마력은 마치 대하처럼 마법진 안으로 엉겨들어 갔다.

"존재와 존재를 잇는 거짓의 맹약, 그러나 그것은 진실이 될지니. 그것은 꼬리에 꼬리를 무는 뱀처럼 둘이서 하나, 운명을 수호하는 삼태성의 이름으로. 거울을 수호하는 자의 이름으로 나 바란다. 나는 맹세한다."

샨은 깨달았다.

이건 샨이 알고 있던 평범한 주문이 아니다.

이 언어에는 수없이 많은 상징성이 들어 있었다. 해를 삼키는 짐승, 뱀의 지식, 사슬의 권능, 운명을 수호하는 삼태성은 동대륙의 도교 신앙에 가까웠다.

마법진만큼이나 단 한 번도 들어 본 적 없는 주문이다. 주문이라면 갖추어야 할 최소한의 운율도 느껴지지 않는다. 그러나 마법은 활시위와 같다. 한 번 시위를 당기면 목표를 향해 쏴야 한다. 중간에 포기했다가는 화살은 엉뚱한 방향으로 날아가고 활을 당긴 주인은 손을 다치게 된다. 강한 마법일수록 더욱 그렇다. 강한 마법일수록 시위는 더욱 크게 당겨진다고 할 수 있다.

이 정도의 마법은 멈추는 게 불가능하다. 한 번 발동한 마법을 멈추기 위해서는 그 이상의 노력과 대가가 필요하다. 지금의 샨에게는 이 마법을 무효화시킬 때 필요한 대가를 치를 수 없다. 멈추는 건 불가능하다.

샨은 이를 악물고 마법을 발동시켰다.

"지금, 이 자리에서 운명의 경계를 허물어라. 컨트레이트!"

마력이 발동한다. 수은이 빛나며 부서진다. 강력한 마력이 차원을 가르고 하늘에서 내리꽂힌다.

콰아아앙!

샨은 본능적으로 양손으로 얼굴을 가렸다. 카이의 모습이 용에서 인간으로 변해 갔다. 강한 마력의 압박에 율케스는 피를 토했다.

그녀가 방긋 웃었다.

"이런, 뱀주인자리에서 부른 힘이 너무 강했던가?"

율케스가 기침을 내뱉으며 물었다.

"미친, 별의 힘을 직접 부른다고? 신의 힘이 아니고?"

"신이라고 전지전능한 건 아니라고. 그 녀석들이 얼마나 힘의 균형에 예민한데 그래? 원래라면 말머리성운을 이용해 부르려던 권능이었어. 샨은 아직 어리고 연약하니까 뱀 주인자리로 끝낸 거라고."

가뜩이나 불안정한 어둠의 존재에게 별의 마력은 지나치게 상극이다.

차원 바깥으로 튕겨 나갈 뻔한 것을 에로카가 붙잡아 고정시켰다.

샨은 눈을 감았다. 한 번도 본 적 없는 마력을 눈으로 좇는 건 지나치게 피곤하다. 별의 힘이라는 건 지독하게 강했다. 달의 힘과 비슷하면서도 생소했다. 적어도 지금의 샨이 함부로 다룰 수 없는 힘이라는 것 정도는 알 것 같았다.

카이의 윤곽이 점점 변해 갔다. 용의 모습에서 인간의 모습으로 변해 가기 시작했다. 동시에 샨의 몸에도 카이의 마력이 메마른 땅을 적시듯 점점 번져 나갔다.

보통이라면 몸에 부담이 갔을 정도의 양이었다. 그러나 어째서인지 힘들지 않았다.

마침내 마력이 흩어지고 두 사람이 눈을 떴다.

카이가 있던 자리에는 은발의 미소년이 앉아 있었다. 소녀와 소년을 반쯤 섞은 모습이 무척이나 매혹적이었다. 마치 정령처럼, 무색투명한 아침 이슬처럼, 금방이라도 사라질 것처럼 아름다웠다.

동시에 샨에게 엄청난 고통이 밀려들어 와 고통을 참지

못하고 의식을 잃었다.

율케스가 샨을 부축했다.

"어떻게 된 거지?"

하얀 살결 아래로 뼈가 스스로 움직인다. 쇄골이 살갗 위로 솟아오르다 스스로 들어간다. 큐브를 맞추듯 온몸의 뼈가 스스로 움직이기 시작했다. 그녀가 담배를 입에 물었다.

"별거 아니야. 내가 주는 선물이랄까?"

"선물?"

"용의 마력이 샨의 육체를 변형시키기 시작한 거지."

"뭐?"

"샨의 몸에도 이제 카이의 마력이 돌기 시작했어. 가계약의 힘으로 샨의 육신이 바뀔 거야. 보다 용의 마력을 흡수하기 적합하게."

율케스가 이마를 찌푸렸다.

"너네 같은 놈들의 선물은 다 이딴 식인가? 다 이렇게 아프고, 죽을 만큼 괴롭고, 위험한 것들뿐인가?"

그녀가 나른하게 목을 까딱였다.

"당연한 거 아니야? 작은 선물은 작은 대가를, 큰 선물은 큰 대가를…… 적법한 선물을 적법한 절차에 따라 안긴 것뿐이야. 방금 내가 한 선물에 비하면 이 정도 고통은 아

이서릴의 숲 133

무엇도 아니야, 오히려 감사해야 해. 나는 배달료밖에 받지 않았으니까."

"그게 이 녀석이 혼절할 정도로 아파야 하는 이유인가?"

그녀가 대답했다.

"샨은 강해. 달의 세례를 받은 녀석이니 이 정도는 견딜 수 있을 거야. 녀석은 불행의 별에게 사랑받고 있으니까."

"불행의 별에게 사랑을 받고 있는데 무슨 희망을 바라지?"

그 말에 그녀는 눈을 동그랗게 떴다.

"꼬마야, 행운과 불행은 같은 별에서 태어난단다."

정말이지. 고대인들치고 비유와 은유를 안 쓰는 놈이 없고, 존귀한 존재라고 떠드는 놈들치고 멀쩡한 놈이 없다.

그녀는 웃음을 터뜨리며 중얼거렸다.

"하룻강아지는 바다의 깊이를 모르나니."

놈들의 말을 이해하려고 노력할 바에는 차라리 샨을 간호하는 게 낫겠다.

율케스는 거기까지 생각하고는 샨을 침대에 옮겨 눕혔다.

Chapter 3

마도시대의 꿈

1.

 뼈가 덜컥 움직인다. 큰 핏줄에서 작은 핏줄까지 고통이 고통을 몰고 온다. 온몸이 개미에게 뜯어 먹히는 것만 같다. 살려 달라고도 빌어 보기도 하고, 차라리 이럴 거면 죽여 달라고도 애원해 본다. 그러나 통증은 매정하다. 비명을 지르고 싶지만, 목소리가 나오지 않는다. 가위에 눌린 것처럼 의식은 있어도 몸이 움직이지 않는다.
 지옥이라는 게 있다면 이런 게 아닐까.
 샨은 무서워졌다. 그러나 두려움조차도 몸을 움직일 수 없으니 표현할 수 없다.
 아프다. 아프다. 너무 아프다.

몸이 찢어질 것만 같다.

이게 죽는 건가, 이대로 죽어 버리는 걸까.

그때 무언가가 몸 위를 지나간다. 따뜻한 물로 적신 수건이다. 통증이 조금 잦아든다. 누군가가 말한다.

"괜찮아."

화가 났다. 나는 이렇게 아픈데 뭐가 괜찮다는 걸까. 그러나 물에 적신 수건이 계속해서 등을 쓸었다.

"괜찮아. 이겨낼 수 있어."

화가 조금 누그러든다. 왠지 졸음이 쏟아졌다. 샨은 그대로 의식을 놓았다.

근육 하나부터 뼈 한 점까지 모든 것들이 자리를 찾아갔다. 처음에는 고통을 이겨내지 못하고 머리카락이 모두 빠졌다. 그러나 얼마 지나지 않아 새로운 머리카락이 빠른 속도로 자라났다. 손톱과 발톱이 빠지길 일주일, 그리고 이 주일 만에 다시 새로운 손발톱이 자라났다.

도저히 평범한 사람이 견딜 수 있는 고통이 아니었다. 사지가 기괴하게 뒤틀리다가 다시 제자리를 찾는다.

율케스는 그녀를 책망하는 걸 포기하고는 샨을 간호하는 것만 전념하기로 했다. 카이는 샨의 옆에 앉아 두 손을 꽉 잡아 주었다.

샨의 신체는 여성인지 남성인지 모를 기이한 모습이다. 천사나 여신이라는 게 존재한다면 이런 모습이 아닐까 싶다.

이서릴은 눈을 감고 노래를 흥얼거렸다. 이제는 없는 오래된 노래들이다. 그녀에게 치료받은 용들은 하나둘 떠났다. 그녀는 떠나는 용들에게 보석이나 말린 먹이를 챙겨 주는 걸 잊지 않았다. 주인의 속박에서 벗어나고 싶은 용들의 목걸이를 직접 풀어 주기도 했다.

율케스가 물었다.

"처음부터 마을에 쳐들어가면 되지 않나? 그 정도 힘이라면 돈을 내놓으라고 협박해도 될 거고."

"옛 영웅 소설에 나오는 악룡처럼?"

"그렇지."

그녀가 웃음을 터뜨렸다.

"드래곤 슬레이어가 이 세계에 몇 자루나 풀려 있는지 알고 하는 소리냐?"

"당신은 강하지 않나?"

그녀가 미소 지었다.

"강하지. 누구보다 옛 마법에 대해 가장 잘 알고. 그러나 환상을 부정하는 드래곤 슬레이어 앞에서는 소용없어. 그런 칼이 알테리온가에 하나 있다는 걸 잊고 있나?"

만약 드래곤 슬레이어가 에론의 손에 들어가게 된다면?

상상만 해도 끔찍해진다.

그녀가 말했다.

"무식한 힘이지. 모든 환상을 부수는 힘이라니. 그 안에는 어떤 꿈도, 어떤 로맨스도 없어. 그저 육체적으로 강한 자가 이긴다는 차가운 진리뿐이지. 만약 이 세상에 그런 진리가 전부라면 마법은 왜 있고, 기도는 왜 있는 걸까?"

그녀가 미소 지었다.

"설사 드래곤 슬레이어가 없다고 하더라도 그럴 생각은 없다."

"어째서?"

그녀가 대답했다.

"적법한 기적을 얻어내려면 적법한 대가를 치러야 해. 운명의 손에 맡겨 버리고 대가를 치르는 걸 차일피일 미루다 보면 큰 재앙을 초래하게 되지. 운명은 냉혹한 사채업자들이거든. 나 하나에서 대가를 얻어내지 못하면 내 소중한 것들에게서 대신 받아낼 거야."

"재미있는 소리를 하는군."

그녀가 벽에 기댄 채 고개를 까딱까딱 흔들었다.

"당연하지. 나 같은 존귀한 자가 어떻게 이다지도 오래 살아남았는지 아나? 고대 신들이 죽고, 네피림들이 떠나고, 퍼스트 인류가 전멸하고, 마도 시대가 붕괴하는 와중에서도 이 몸이 어떻게 살아남았다고 생각하나?"

"……."

"모든 일에 제대로 대가를 치렀기 때문이지. 그건 '엘'도 마찬가지일 거야."

"아카데미에 있는 녀석 말하는 건가? 긴 은발에 토가를 입은……? 예전에 차원의 문을 열어 준 녀석."

"그 녀석은 나보다도 더 냉혹해. 원하는 걸 위해서는 어떤 대가도 치러 버리지. 내가 재미있는 이야기해 줄까?"

2.

과거 마도 시대에도 이 아카데미가 있었어. 그때에는 드래곤 스콜라라고 불리지 않고, 이 시대의 발음으로는 부를 수 없었던 다른 이름이었는데……. 음, 인간의 성대로 발음하자면 렐느…… 아니 그냥 드래곤 스콜라라고 부를게.

당시 마도 시대에는 이게 학생을 가르치는 학교 용도로 만들어진 건 아니었어.

정확히 말하자면 증폭기?

음, 넌 머리가 딸리니까 이해 못 하겠지?

미안 제발 그 칼 좀 내려놓고 말하자. 나 썰어 버리면 너 원래 차원으로 못 돌아간다니까.

뭐? 그건 나중에 생각한다고?

알았으니까. 제발 진정해라. 미친놈아.

내가 잘못했다.

어쨌거나 그때 목적은 증폭기였어. 그러니까 어떤 마법이든 전 세계까지 범위를 확장시키는 게 목적이었지.

아, 맞아. 만약 그 증폭기를 이용해서, 이동속도를 빠르게 해 주는 윈드 워커를 건다면.

전 세계의 인간들 모두 빠르게 달릴 수 있지. 그리고 힐링 웨이브를 건다면, 전 세계 모든 인간들이 치료돼.

그게 진짜 마법이야. 한 사람의 마력 분으로 전 세계 모두를 행복하게 할 수 있어.

대단하지 않니?

그러나 그런 마법은 운명이 무척 싫어해.

대가를 치르지 않거든.

너는 아까부터 대가가 무엇이냐고 묻더구나. 말해 주지.

대가는 말 그대로 대가야. 어떤 것을 얻을 때 치르는 것.

사람들은 말해.

'어째서 왜 나는 불행한 거지?'

'왜 이런 일이 나한테 생기는 거지?'

그건 행복하기 위해서야. 행복하기 위해 불행을 대가로 치르는 거야. 닥치는 불행을 견디지 못하고 자살한 사람들은 대부분 그다음에 있을 행복을 받지 못해.

그렇게 되면 꽤 재미있는 벌을 받게 되지만, 그 이야기는 나중으로 넘어가도록 하고.

운명은 냉혹한 사채업자지. 더할 것도 덜할 것도 없이 정확하게 대가를 받아가거든.

아무튼 그런 마법들이 계속해서 중첩되다 보니 결국 운명은 한꺼번에 대가를 요구하게 되더라고. 그리고 인류는, 그러니까 퍼스트 인류는 머지않은 미래에 달이 지구에 충돌할 것을 알게 돼. 그리고 이 행성은 죽음으로 뒤덮일 거라는 걸, 모든 게 남지 않을 거라는 걸.

소중한 친구, 부모님, 가족뿐만 아니라. 미래에 있을 자손들까지 대가를 치르게 될 거라는 걸 깨달아.

생명이 없어져.

가능성이 없어져.

모든 것은 한없이 허무로 수렴돼.

무엇이든 노력하고 행복을 위해 불행을 감내한다고 해도, 미래는 없어져.

자신의, 자식의, 자식의, 자식의 무한하게 있을 자손들의 미래마저 운명은 가져가게 돼.

아무리 강한 마법을 갖고 강한 기술을 갖고 있다고 해도 운명의 분노 앞에서는 필멸자들은 무력해.

신이라고 하더라도 운명을 벗어나지는 못해. 왜냐고?

운명은 '이념'이기 때문이야.

신은 '종교'이기 때문이지.

신은 희망으로 신앙을 낚아 인간의 바람을 무한하게 증폭시키지. 인간이 존재하지 않는다면 신도 존재하지 않아.

신이 낼 수 있는 기적은 인류가 낼 수 있는 기적이야.

과거, 현재, 미래의 인류가 낼 수 있는 기적만을 낼 수 있어. 맞아, 당시 미래의 인류는 죽은 사람조차 살릴 수 있어. 그러나 떨어지는 달을 막아내는 건 불가능해.

과거, 현재, 미래의 인류라도 그건 불가능할 테니까.

신앙은 이념을 이길 수 없어.

그래서 퍼스트 인류는 '선택'을 했지.

3.

샨은 작은 짐승처럼 몸을 웅크렸다.

메마른 등에 척추가 도드라진다. 숨을 쉴 때마다 갈빗

대의 윤곽이 드러난다. 눈을 감고 허파를 공기로 채워 나간다. 용의 마력이 손끝부터 흘러넘친다. 가계약을 했을 때도 이 정도인데 본격적으로 계약을 하게 되면, 그러니까 운명을 바꾸는 힘을 얻게 되면 어느 정도일까 가늠해 본다.

손톱 끝부터 발톱 끝 하나까지 새롭게 태어난다. 여전히 팔에는 마력이 돌지 않는다. 그러나 심장부터 다리까지, 눈을 잇는 부분까지 마치 거대한 강을 휘몰아치듯 마력이 휘돈다.

용이 마법의 생물이라고는 하지만, 이렇게 많은 마력을 가지고 있다는 말은 금시초문이다. 이래서야 꼭 고대에 나오는 용신 같지 않은가.

샨은 눈꺼풀을 열었다. 옆에는 카이가 자고 있었다. 어쩐지 샨의 얼굴과 닮아 있었다. 친형제, 친남매라고 해도 믿을지도 모른다. 여성인지 남성인지 모를 중성적인 얼굴에 다시금 놀란다.

정령이 이런 얼굴일까.

샨은 이불을 들어 카이의 어깨에 덮어 준다. 밖에서는 그녀와 율케스가 말소리가 들린다.

시간이 얼마나 지난 걸까 가늠하려다가, 그마저도 포기했다.

앞서 말했듯 여기는 다른 차원이다. 별의 위치를 보고 시간을 가늠하는 건 불가능하다.

그녀의 손에 의해 창조된 밤하늘이다. 실제 별이라기보다는 환영에 가깝다. 무슨 주술을 기반으로 썼는지도 알 수 없는데, 그걸 보고 시간을 측정하는 건 무리다.

샨은 숨을 몰아쉬고는 천천히 걸어갔다. 팔이 앙상하다. 몸이 변화하며 에너지를 얻기 위해 지방을 한계까지 태운 모양이다. 살아 있는 게 용하다며 작게 한숨을 내쉰다.

마치 탈피를 마친 매미처럼 샨은 거울 앞에 서서 못 박힌 듯 움직이지 않는다. 거울에는 창백한 표정의 소년이 서 있었다. 긴 머리카락이 허리 아래까지 내려온다. 노폐물이 전혀 들어 있지 않은 피부가 달처럼 투명했다. 새롭게 구성된 동공은 검은색에서 빛을 받으면 보랏빛으로 변했다. 마력을 왼쪽 눈으로 보내자 망막 위로 초승달이 떴다.

마치 호수 위에 뜨는 달그림자처럼, 샨의 투명한 눈동자에만 달이 맺힌다. 기이했다.

용의 마력을 휘몰아 본다. 예전에는 코로 물을 삼킨 것처럼 따끔따끔했는데, 이제는 그런 불쾌감도 느껴지지 않는다.

거울 속에 있는 소년은 누구라도 숨을 삼킬 정도로 아름다웠다. 다만 너무 말라서 눈 아래가 퀭해 있다는 것만 빼고는. 그러나 그런 어두워 보이는 면도 모성본능을 자극하는 것 같다.

 길고 곧은 손톱이 달빛을 받아 반짝였다. 티 한 점 없이 매끄러운 키틴질 위로 곧은 손가락이 이어진다.

 양손 모두 완벽한 대칭을 이룬다.

 마치 천재 건축가가 만든 조각상처럼, 인체의 모든 비례가 수학적으로 완벽하다. 샨은 입술을 달싹여 작게 숨을 내쉬었다. 새하얀 피부 위에 입술만은 유독 붉다.

 아름답다.

 지독하게 아름다웠다.

 그러나 샨은 조금도 남자다워지지 않은 자신을 내려다보며 작게 아쉬워한다.

 셔츠를 입으려 손을 뻗다가 다리에 힘이 풀린다.

 "아, 이런!"

 발이 미끄러진다.

 우당탕!

 난데없는 소리에 율케스가 몸을 일으킨다. 문을 여니 샨이 스웨터를 부여잡은 채 쓰러져 있다. 샨이 중얼거렸다.

 "배고파."

 율케스가 샨을 일으켰다.

"너 여기 시간으로 석 달이나 쓰러져 있었다."

"세, 석 달? 하, 학교는?"

에로카가 샨의 벗은 몸을 음흉하게 훑어보며 말했다.

"이곳 시간은 바깥 시간보다 훨씬 빠르게 돌려놨어. 밖은 일주일 정도밖에 지나지 않았어."

아, 여긴 그녀가 만든 다른 차원이라고 했지.

그녀는 샨을 보며 얼굴을 붉혔다.

'세상에 이거 진짜 진국이네.'

완벽하게 대칭을 이루는 얼굴 아래로 새하얀 목선이 매끄럽게 이어졌다. 유난히도 툭 튀어나온 목젖 아래로 마른 쇄골이 모습을 드러낸다.

원래도 아름다웠지만, 이제 그의 벗은 몸을 보고 가슴을 설레지 않을 여자는 없으리라.

얼마나 아름다운지, 남자라도 매혹시킬 지경이다.

그녀가 샨을 향해 다가간다. 율케스는 못마땅한지 겉옷을 벗어 샨을 가렸다. 그녀는 혀를 쯧쯧 찼다. 그러고는 샨의 턱을 붙잡고 한다는 말이······.

"누나랑 살래? 내가 평생 행복하게 해 줄게."

샨이 대답했다.

"배고파요, 누나. 저 장난 받아 줄 기분 아니에요."

진지한 청혼을 장난으로 넘긴다.

"내가 같이 살자는 남자가 어디 흔한 줄 알아? 니가 처음이야! 처음이라고! 나랑 살자? 응? 응? 이 누나가 뭐가 딸려. 돈이 없니, 능력이 없니? 아니면 미모가 딸려?"

마치 마흔을 앞두고 통장 다섯 개 들고 영계 꼬시는 노처녀보다도 처절하게 샨에게 달려들었다.

"나 고룡이야. 엘 녀석 빼고는 중간계에서 가장 오래된 존재라고? 내 위엔 신밖에 없다. 응? 세계정복을 원해? 아니면 부귀영화를 원하니? 응? 말만 해."

샨은 피곤한 기색으로 침대에 머리를 기댔다.

"누나 저 정말 배고프거든요. 한 달이나 쓰러져 있었잖아요."

난리에 카이가 깨어났는지 샨을 뒤에서 끌어안았다.

"우리 샨 건드리지 마! 노처녀야!"

"뭐? 이 새파랗게 어린놈이!"

"나랑 가계약 맺었지! 너랑 가계약 맺었냐!"

주인 앞에서는 위아래도 없어지는 법이다. 카이는 머리카락을 잔뜩 부풀리며 그녀를 위협했다. 두 용이 투닥거리는 동안 율케스는 조용히 샨을 들어 식탁으로 옮겼다.

"먹고 싶은 거 없나?"

샨이 식탁에 기대며 대답했다.

"아무거나. 목으로 넘길 수 있는 거."

"크림 스튜가 좋겠군. 건더기는?"

"씹을 힘도 없어."

"최대한 으깨 주지."

그리고 보니 율케스가 요리를 했던가.

샨은 흐릿한 정신으로 생각했다. 율케스는 뱀파이어라 인간이 만든 요리는 싫어할 텐데 요리를 배우다니…….

한 달 동안 대체 무슨 일이 생겼던 걸까.

율케스는 무뚝뚝한 얼굴로 앞치마를 허리에 둘렀다. 그러고는 식칼을 들었다.

소드 마스터가 집어 든 식칼은 섬뜩한 광채를 빛냈다.

옆방에서는 여전히 두 용이 살기를 방출하며 싸워대고 있었다.

"꺼져! 노처녀! 울 마마 건드리면 죽여 버린다!"

"천박한 자식, 천칭 망신은 네놈이 다 시키고 있구나!"

샨은 작게 한숨을 내쉬었다. 도대체 한 달 동안 무슨 일이 있었던 걸까.

4.

샨이 기력을 모두 회복하기까지 일주일이나 걸렸다.

일주일 동안 샨이 한 일은 먹고 자고 또 먹고 자고, 일어나서 또 먹는 것뿐이었다. 그 가느다란 체구에 어떻게 그 많은 음식이 다 들어가는지 모를 정도로 먹는 데에 집중했다. 먹고 나면 또 배가 고팠다. 그래서 또 먹기를 반복했다. 결국 식재료가 떨어지자 이서릴이 인간계로 가 재료를 사 들고 올 정도였다. 그렇게 하자 놀랍게도 팔에 빠르게 살이 붙기 시작했다. 처음, 사람 팔인지 수수깡인지 알 수 없을 정도로 앙상했는데 제법 도톰해지기 시작했고, 근육이 재생되기 시작했다. 율케스나 형들만큼 굵고 단단한 팔이 되지는 못했지만, 제법 검을 익혔다 싶은, 마른 듯하지만 속이 꽉 찬 근육이 엉겼다. 뼈대 역시 전보다 단단하고 탄력이 생겼다. 시험 삼아 율케스와 맨손 격투를 나눠 봤는데, 온몸이 용수철처럼 충격을 받아 분산시켰다. 몸이 무척 가벼워졌다. 특히 마력을 끌어 쓸 수 있는 다리는 힘이 놀랄 만큼 강해져서 샨이 전력으로 걷어차면, 바위가 팰 정도의 위력이 생겼다.

 율케스조차 맨손으로 막을 생각은 못하고, 검을 뽑아 검 면으로 흘려내야 할 정도다.

 기다란 머리카락은 자르려고 몇 번이나 시도했지만, 그때마다 이서릴의 방해로 실패했다. 그녀는 샨의 머리카락을 붙잡으며 절규했다.

"아니 대체 이런 보물을 왜 자르냐고? 죽을래!"

이 보물을 자를 바에는 내 목을 먼저 베라는 그녀의 성깔을 이겨 내지 못하고, 결국 번번이 포기해야 했다. 결국 동대륙식 비녀로 틀어 올리거나 끈으로 촘촘하게 묶어 버렸다. 이서릴은 그것조차도 못마땅한지 볼을 부풀렸지만, 끝내는 타협해 줬다.

샨이 점점 기력을 찾아가자, 그녀는 차원의 시간 축을 최대한 빠르게 돌렸다.

인간의 육신에 한계가 가지 않는 선까지 돌려놓고는 샨에게 제의했다.

"처음 약속한 거 기억나니?"

"강하게 해 주겠다는 거요? 인간으로 만들어 준다는 거요?"

"둘 다."

가계약을 맺게 되었고, 결과적으로 샨은 더욱 강한 힘을 얻게 되었다. 그녀로서는 약속을 지킨 셈이다. 그녀는 긴 손가락을 뻗어 샨의 턱을 쓸어 올렸다.

"힘을 얻었지만 다룰 줄은 모르잖아. 그건 배우고 가야지."

욕심이 나는 건 사실이다. 그러나 여기서 너무 많은 시간을 보냈다.

그녀가 웃었다.

"시간 축을 최대한 빠르게 비틀었어. 현실 시간으로 사흘이면 이곳 시간으로 한 달이다. 어때? 할 만하지 않아?"

샨이 살짝 눈썹을 찌푸렸다.

"왜 그렇게까지 하는 거죠?"

그녀가 솔직하게 대답했다.

"얼굴이 내 취향이거든."

"……"

"……"

그랬다. 샨은 아름답고 아름다우며, 아름답기만 했다.

그것 말고는 아무것도 없었다. 설상가상으로 가계약 후에 육체가 재구성된 이후로 미모는 한결 더 업그레이드되었다.

과거 마도 시대 때, 미소년을 이서릴에게 바치면 나라가 풍년을 맞기도 했다. 물론 그해 미소년의 미모가 마땅찮을 때에는 천둥 벼락에 메뚜기 떼를 풀어 분노를 표현하기도 했다.

'나에게 감히 추남을 바치다니, 네놈들이 간이 부었구나!'

대정숙 후에 지금이야 조용히 살고 있지만, 버릇이 어디 가는 게 아니다. 아주 오래된 역사서에서는 분노한 용을 잠재우기 위해 333명의 미소년을 바친 전례가 있었다. 그때 그녀는 진시황 부럽지 않게 살았다.

그녀가 한마디 덧붙였다.

"대신 누나라고 귀엽게 불러 주면 안 되겠니?"

"……."

"어디 소설에 나온 것처럼, '누나는 내 꺼야'라든가 아니면 '누나는 내 여자야'도 좋을 것 같고. '누난 너무 예뻐'도 좋을 거 같고."

"……."

샨은 정신이 아득해지는 걸 느꼈다. 카이가 샨을 꽉 끌어안았다.

"노처녀! 샨에게서 떨어져!"

"뭐, 이 자식이 또 해 보자는 거냐?"

그녀의 손끝에서 스파크가 튀었다. 이러다가는 또 한바탕 하겠다 싶어 샨은 두 사람, 아니 두 용을 막았다.

"진정해요! 말할게요! 누나!"

이서릴의 얼굴이 확 붉어진다.

"다, 다시 말해 봐!"

샨이 그녀를 향해 우렁차게 소리 질렀다.

"누나아아아!"

엔돌핀이 피어난다. 그랬다. 만 년 전의 그녀는 이런 소리를 늘 듣고 살았다. 지금이야 운명의 눈을 피해 조용히 살고 있지만, 그때는 그랬다. 물론 만 년 전에 그녀에게 진상된 수많은 미소년을 통틀어도 샨만큼 특등품은 없었다.

이서릴은 샨의 손을 꼬옥 잡았다.

"누나가 도와줄게!"

흡사 호스트에 걸린 노처녀처럼 그녀는 샨의 손을 붙잡고 눈을 빛냈다. 샨이 드래곤 하트라도 달라고 하면 빼줄 기세였다.

율케스는 조용히 국자를 젓다말고 인간과 고룡이 만들어내는 촌극을 감상했다. 그러고는 고개를 절레절레 흔들었다.

사람이 오래 살면 망령이 난다던데, 용도 너무 오래 살면 망령이 드는 모양이다.

5.

그녀는 오두막, 숨겨진 지하실 문을 열었다.

있었는지조차 몰랐는데, 지하실은 방대할 정도로 넓고, 아늑했다.

그도 당연했다. 그녀는 이 차원의 창조자고, 그녀가 만든 이 세계는 오직 그녀의 집을 위해 존재한다.

오두막은 어디까지나 그녀와 다친 용들을 위한 곳이다. 보물이나 고서들을 보관할 곳이 따로 있는 게 당연했다.

그녀가 말했다.

"율케스에게 들었는데 블루 타워에 있다고 들었어. 엘의 손길을 거친 곳 중에 블루 타워는 각별하지. 물의 마력을 배웠니?"

샨이 대답했다.

"물을 이용한 명상법은 배웠어요."

"수경법은 배운 모양이구나. 잘 됐네."

그녀가 손가락을 탁 튕기자 지하실 벽이 투명해졌다. 과거 처음으로 이 아카데미에 왔을 때 시험의 문 안에서 봤던 것과 비슷한 원리다.

타일이 투명해지며 주변의 모습이 보였다.

물속이었다.

예전에 엘을 만났을 때는 하늘 위였는데, 이번에는 물속이라니. 샨이 입을 쩍 벌렸다.

"여기 지하실 아닌가요?"

지하실 계단으로 올라가니 원래 오두막 선반이 보인다. 그러나 내려가니 심해 속이다. 이걸 대체 어떻게 설명해야 할지 이해가 가지 않는다.

그녀가 말했다.

"말했잖아. 여긴 내가 만든 차원이라고."

대체 어떤 술식을 사용해서 어떻게 만든 건지 짐작도 되지 않는다. 생각하다가는 끝도 없다.

그냥 느끼자.

샨은 그렇게 마음을 정리했다.

거대한 홀 안에는 마법진이 박혔다. 창밖에는 거대한 고래가 스쳐 지나간다.

샨이 물었다.

"생명 창조는 못하시는 걸로 알고 있는데요?"

"뭐 그렇게 거창할 것까지야. 그냥 잡아다가 풀었어."

그게 그렇게 쉬운 일인가.

생각하지 말자. 생각하지 말자.

샨은 몇 번이나 되뇌었다.

그녀는 샨을 안쪽으로 안내했다. 책장이 파도처럼 이어져 있었다. 책장 안에는 감히 돈으로도 구하지 못할 고서들이 줄지어 이어졌다. 광적인 독서가이자 수집가로서는 여기 있는 책 한 권이라도 들고 가고 싶었지만, 그건 도둑질이다.

샨은 욕구를 꾹꾹 눌러 참았다.

그녀는 책 몇 권을 꺼내며 말했다.

"으음, 천칭에 대한 자료는 너무 오래되서 말이야. 나도 기억이 가물가물하단 말이지."

그녀는 다음 방으로 샨을 안내했다. 그건 방이라기보다는 거대한 수영장에 가까웠다. 방 가득 차 있는 새카만 물을 바라보며 샨이 물었다.

"여기서 뭘 하면 되는 거죠?"

"일단 들어와."

그녀는 물 위를 자연스럽게 걸어갔다. 샨은 물 표면에 손을 얹고는 주문을 외웠다.

워터 워크.

물 위를 걸어갈 수 있는 마법이 발현되자 물은 마치 얼음처럼 샨의 발아래에서 미끄러졌다. 물결이 출렁일 때마다 균형을 잡는 게 쉽진 않았지만, 다리에 마력을 보내며 걸었다.

수조 가장 가운데에는 넓적한 기둥이 세워져 있었다.

샨은 마법을 풀고 기둥을 밟고 섰다. 기둥의 높이는 수심보다 낮았는데 물이 발목까지밖에 차오르지 않았다.

"우선 인장을 만들어야 해."

샨이 이마를 찌푸렸다.

"그런 이야기는 교과서에서 본 적도 없는데요?"

"그럼 가계약은 교과서에서 봤니?"

그것도 그렇다. 샨은 곤란한지 말없이 목울대를 삼켰다. 그녀가 벌인 일들치고 괴롭지 않은 게 없었고 위험하지 않은 게 없었다. 생각 같아서는 그냥 날 내버려 두라고 하고 싶었다. 그녀는 눈을 빛내며 말했다.

"해낼 때까지 안 보내 준다?"

맙소사! 협박까지 한다.

샨은 간절히 율케스가 보고 싶어졌다. 그런 샨의 마음을 아는지 모르는지 그녀가 말을 이었다.

"인장이란, 마법사의 마법을 나타내는 상징 같은 거야. 너를 나타내는 표식이자 모든 마법의 근원이지."

"교과서에 없던데요?"

그녀가 짜증스럽게 대답했다.

"아, 진짜 그건 다 가짜라니까?"

아무리 말해도 듣지 않으려는 모양이다. 샨은 결국 가부좌를 하고 그녀가 말하는 대로 따르기로 했다.

6.

'인장'은 중요한 거야.

마나를 태워 마법을 사용하는 개념인 마법사와는 달리,

드래곤 메이지는 마나를 용에게서 끌어 써. 굳이 축적할 필요는 없지. 다만, 몸에 부담을 줄이기 위해 빠른 속도로 마법을 완성해야 할 필요성이 있어. 그래, 주문조차 사용하지 않고 자기 최면을 이용한 마법이 많아.

모던 매직과 비슷하다고?

그것보다는 염동력에 가깝겠지. 염동력은 그저 바라보는 것만으로도 물체를 움직이거나 태울 수 있으니까. 그러나 이 능력은 언제나 축복받은 소수의 드래곤 메이지만이 가능해.

강한 드래곤 메이지의 인장은 그저 그려 놓기만 해도 잡귀들이 도망칠 정도로 강력해.

처음에는 네 인장을 정하고, 그 도형을 끊임없이 마음속에 박아 넣어. 그려도 보고 오려도 보고 태워도 보고, 핥아도 보고, 씹어도 봐. 그러고 나서 인장을 완전히 익히게 되었을 때, 너무나도 익숙해서 없어져도 만들 정도가 되면 비로소 드래곤 메이지로서 첫발을 들인 거지.

맞아. 인간에게 용언을 쓰라고 요구하는 거야.

코끼리보고 두 발로 뛰라고 시키는 것과 같아. 걷지도 못하는 걸 뛰어야 한다니. 그게 쉬울 리가 없지.

꾸준히 노력하고, 꾸준히 채찍질하는 수밖에 없어.

왜 못할 것 같니?

재미있는 소리를 하는구나, 샨 알테리온.

맞아.

이런 방식으로 수련하는 드래곤 메이지는 이제는 없어.

잊힌 고대의 기억이니까.

진짜 드래곤 메이지는, 용과 인간이 같아지는 데 있어.

단순히 주종 관계가 아니야.

형제가 되는 거야.

궁극에 다다른 드래곤 메이지는 자신의 용과 본인의 모습이 쌍둥이처럼 똑같아진다고 하지.

조금 무섭니?

걱정하지 마. 카이는 춤추는 천칭이야. 인간의 몸을 하고, 네가 카이의 형상을 닮을 수도, 카이가 너와 똑같은 모습으로 변신하는 것도 불가능해.

그래.

천칭은 말이지, 시대에 단 하나이기에 가치가 있거든.

그것은 시대에 종지부를 찍을 수 있는 재판관이니까.

또 궁금해하는구나. 궁금할 필요 없어, 샨 알테리온. 때가 되면 알게 될 테니.

다만 너는 카이를 성장시키고, 카이 역시 너를 성장시키면 되는 거야. 그리고 '그때'가 오면 부디 망설이지 마렴.

샨은 기둥 위에 서 있었다.

블루 타워에서 사용하는 명상법은 수경법이다.

마력으로 물을 진동시켜 동기화한다. 보통 접시 같은 그릇에 물을 담아 놓고 한 손을 접시 안에 담근다. 그리고 몸 안에 마력을 회전시키면 물 표면이 흔들리는데, 잡생각이 많다는 뜻이다. 물 표면을 흔들리지 않고 마력을 회전시키는 게 목적이다. 그러나 장난스러운 선배들은 수면에 야한 그림을 띄우기도 하고, 물을 격렬하게 진동시켜 흰옷을 입은 여학생에게 끼얹어 죽을 만큼 두드려 맞기도 한다. 원하는 그림을 물에 띄우려면 그만큼 고도의 집중력이 필요하다. 전심전력으로 그것만 생각해야만 가능하다. 참고로 티스는 자신과 교제한 모든 여성의 알몸을 이름순으로 정렬해 띄울 수 있다.

샨은 생각에 잠겼다.

'동물도 좋고, 사물도 좋아. 네가 쓸 마법의 성향과 그 방향을 고려해서 만드는 게 가장 좋지.'

샨은 한참 동안 생각에 잠겼다.

7.

이서릴은 오두막으로 돌아왔다.

율케스는 검을 늘어뜨리고는 정원에 서서 명상에 빠져 있었다. 뭔가 검에 대한 깨달음을 얻은 모양이지만 그녀는 율케스를 건드리지 않기로 했다.

깨달음은 화살과 같아서 붙잡지 않으면 아차 하고 스쳐 지나간다. 혼자서 되씹고 생각하는 시간을 갖지 않으면 다시 놓쳐 버리고 만다.

카이는 셔츠에 대충 몸을 꿰매 입고는 차를 끓이고 있었다. 레몬 허브티에 꿀을 조금 섞어서 은은한 불에 올린다. 서당 개 삼 년이면 풍월을 읊는다고, 샨의 어깨 너머로 보던 것이 어디 가는 게 아닌 모양이다. 그러나 인간의 옷이 아직 어색한지 연신 셔츠를 만지작거린다. 또 벗어젖혔다가는 샨에게 혼쭐이 나는 타라 꾹 눌러 참고 있었다.

그녀는 문가에 기대 팔짱을 꼈다. 단순한 동작에도 기척이라고는 전혀 느껴지지 않았다. 오래된 나무가 그 자리에 있듯, 생동감이라고는 조금도 없다. 열을 감지하는 눈을 가진 카이조차도 그녀의 존재를 눈치채지 못하고 있었다.

그녀는 카이를 내려다보았다.

오랜 세월을 살아온 그녀도 천칭을 딱 세 번 봤다. 하나는 네피림들 사이에서 태어나 시대를 끝냈다. 당시 네피림의 천칭은 누구보다 엄격하고, 누구보다 고고(孤高)했다.

고고한 천칭은 인간과 네피림 모두에게 심판을 내리고 돌아갔다. 다른 하나는 성장하기도 전에 인간들의 손에 죽었다. 마지막으로 본 천칭은 엘프였다. 하이엘프의 마지막 자손인 그는 누구보다 온화했다. 인간들의 눈을 피해 조용히 성장했다. 그러나 성장을 마친 후에도 누구도 천칭의 존재를 알지 못했다. 그는 심판하지 않았다. 그저 관조할 뿐이었다. 엘프들의 천칭은 시대의 종말보다는 유지를 선택했고, 있는 듯 없는 듯 시간 속에 스러져 갔다. 그 엘프가 마지막에 어떻게 되었는지는 그녀도 모른다.

천칭이란 종(種)의 의지다.

천칭은 선택한다.

정확히 어떤 선택을 하는지는 아무리 샨이라고 하더라도 말해 줄 수 없다. 만약 알게 된다면, 샨은 결코 제정신으로 카이를 키울 수 없을 테니까. 모르던 시절로 돌아갈 수 없을 테니까.

그걸 알기에 그녀는 침묵한다.

카이는 얼굴을 붉히며 샨의 찻잔에 찻물을 따른다. 용에게 있어서 마스터는 부모이자 연인이자 가족이다. 만약 카이를 중성체가 아닌 여성체로 만들었다면 둘 사이에 불꽃이 튀는 것도 금방이다. 그래서인지 드래곤 메이지들은 독신이 많았다.

당연하지 않은가. 늙지도 죽지도 않으며 자신을 절대적으로 신뢰하는 존재가 늘 곁에 있다. 종족을 뛰어넘은 사랑이라고까지 하기에는 촌스럽고, 뭐랄까. 배우자의 필요성을 못 느끼게 된다는 표현이 맞으리라.

그런 의미에서 카이를 정령들과 같은 중성체로 만든 건 혜안이다.

뭐, 성룡이 되고 정식으로 계약하게 되면 분명히 여성체를 하겠다고 또 싸워대겠지.

설마하니 샨이 거기까지 생각하고 고른 건 아니지만 그 꼬마는 본능적으로 이런 선택을 잘한다.

"앗, 뜨거!"

찻물이 튀었는지 카이는 빨개진 검지를 빨았다.

가계약을 하게 되면 용의 정신은 마스터와 같은 정신연령을 갖게 된다. 샨은 조숙한 편이지 적어도 10대 후반에서 20대 초반의 정신연령을 갖는 게 맞다. 그런데 지금의 카이는 지나치게 전과 똑같다. 오히려 조금 어려진 것 같다.

어디 한번 떠볼까?

그녀가 카이에게 물었다.

"우리 용들에게서 천칭이 태어났다는 건 어떻게 해석해야 할까?"

카이가 뒤를 돌아보았다.

"……."

늘 샨에게 보였던 아방한 얼굴이 아니었다. 카이는 검지를 들고는 그녀의 입술에 갖다 댔다.

"쉬잇."

카이는 천사처럼 미소 지었다. 그녀는 조금 혼란스러워졌다.

"천칭이라면 성장할 때마다 고대의 지식을 기억해낼 텐데? 전혀 변하지 않은 거야?"

이상하다. 천칭이 괜히 천칭이 아니다. 성장할 때마다 조금씩 고대의 기억이 머릿속으로 흘러들어 온다. 누가 가르쳐 주지 않아도 지식은 들어온다. 가계약이라면 분명 막대한 지식이 들어오는 게 당연하다.

카이가 입을 열었다.

"그런 이야기하면 안 돼."

"뭐?"

"카이(Kai)가 깨어나거든."

"그게 무슨……."

그녀가 뭐라고 말하려던 찰나, 카이의 머리카락 색이 순식간에 검은색으로 물들었다. 표정이 변한다. 천 년은 살아온 현자처럼 조용하고, 여우처럼 요염하다.

그리고 그녀가 뭐라고 하려는 순간 카이가 그녀의 목을 틀어쥐었다.

"컥, 커헉!"

카이의 손톱이 그녀의 목에 붉은 자국을 만든다. 카이가 장미꽃 같은 입술을 아래로 꺾는다.

"카이(Cai)를 귀찮게 하는군, 암컷."

평소 카이의 목소리가 아니다. 그제야 그녀는 불현듯 샨과 했던 이야기를 떠올렸다. 카이가 탈피를 할 때는 언제나 검은색과 흰색 비늘이 반복해서 돋아났다고. 어릴 때와 성룡의 모습이 다른 용은 많아도 이렇게 허물을 벗을 때마다 흰색, 아니면 검은색으로 변하는 건 처음이라고.

그녀는 어째서 카이의 허물이 흰색과 검은색을 반복해서 돋아났는지 깨달았다.

"다중……인격?"

검은 머리칼의 카이가 고개를 저었다.

"아니야. 암컷, 우리는 처음부터 둘이었다. 한 몸에 두 개의 용이 머무는 거지."

"그런 천칭은……큭, 들어 본…… 적 없어."

그녀는 자신의 목을 틀어쥔 손을 꽉 붙잡았다. 그러나 꿈쩍도 하지 않는다. 이건 카이의 악력이 아니다.

그가 말했다.

"미안하지만, 샨에게는 비밀이거든. 이런 이야기로 카이(Cai)를 귀찮게 하지 마라."

같은 카이지만, 묘하게 발음이 달랐다.

"카이(Cai)가 흰색의 성격인가? 목소리를 들어 보니 여성 인격일 테고, 검은색의 너는 남성 인격의 카이(Kai)겠군."

"오래 살아서 눈치가 제법 있군."

오만한데다 맞이 가기까지 하다.

남성 인격인 카이(Kai)녀석은 현존하는 최고룡인 자신에게 조금의 경애도 비치지 않을 모양이다. 게다가 방심했다곤 하나 한 손으로 자신의 목을 틀어줄 만큼 강하기까지 하다.

그 순간, 그녀의 머릿속에 한 가지 생각이 스쳐 지나갔다.

"너희, 우로보로스의 뱀이군. 꼬리에 꼬리를 무는 뱀, 영생의 성배를 삼킨…… 크읔!"

카이는 손에 힘을 주었다.

"그런 이름도 있지."

"헤르메스의 창인가?"

"차라리 히포크라테스의 지팡이라고 해 주지?"

그녀는 신음을 내질렀다.

"대체 운명은 이 세계를 멸망시킬 생각인가? 이미 대가를 치렀지 않는가. 네피림들은 모두 떠나고, 퍼스트 인류는 몰살했어. 찬란하던 마도 시대는 멸망했고, 이제 그들을 기억하는 자들은 없어. 그들이 따르던 신들도 함께 사라졌다. 이제는 그 누구도 사라진 신들의 이름을 기억하지 않는다. 자식이 죽고, 보물이 약탈당했다. 천년 여왕도 그를 따르던 영웅들도 이제 기억하는 자도 없고 역사 속에 모두 무너졌어. 그걸로 부족해?"

카이는 대답하지 않았다. 고개를 숙인다. 검은색 머리카락이 어깨 아래로 흘러내렸다. 새카만 물결 같았다. 흑해의 밤이 카이의 머릿결 위로 반짝였다.

이윽고 카이가 말했다.

"……대가를 치렀다? 정말 그렇게 생각해?"

샨, 샨 알테리온.

정말 지독하게 운 나쁜 녀석.

소년은 지금 자신이 보듬고 있는 상대가 누구인 줄 까맣게도 모르리라. 아무리 불운과 행운은 동전의 양면이라고는 하지만, 이건 정말이지 지독했다.

그녀가 떨리는 목소리로 물었다.

"인간은, 용의 미래는 이제 어떻게 되는 거지?"

카이는 장미꽃 같은 입술을 부드럽게 꺾었다.

"그건 내가 정할 문제야."

"미친 자식, 네놈이 신이냐?"

카이는 그녀의 얼굴에 자신의 입술을 바짝 다가갔다. 키스라도 할 것 같은 거리에서 카이가 속삭였다.

"당신은 그냥 첫날밤의 새색시처럼 아무것도 모른다는 얼굴로 가만히 있으면 돼."

소름이 돋았다. 이번 천칭은 그녀가 알고 있던 그 어떤 천칭과는 달랐다.

카이가 웃었다. 칼을 품은 미소가 어떤 건지 그녀는 그때 처음 알았다. 누구보다 오래 살았지만, 지금처럼 선연한 미소를 본 일이 없었다.

"⋯⋯샨에게는 비밀이다?"

"⋯⋯."

"카이(Cai)에게도 비밀이야."

그녀가 고개를 끄덕이자 카이가 손을 뗐다. 그러고는 카이의 머리카락이 평소와 같은 순결한 백은발로 변한다.

카이는 평소와 같은 아방한 목소리로 고개를 까닥인다.

"우우, 심술쟁이! 둘이서만 이야기하고! 카이(Kai)가 뭐라고 그랬어?"

그녀가 물었다.

"무슨 이야기했는지 몰라?"

"까만 카이는 알아, 하지만 하얀 카이는 몰라. 성룡이 될 때까지 육체의 소유권은 까만 카이가 갖기로 했거든."

그녀가 이마를 찌푸렸다. 카이가 하얗게 미소 지었다.

"하지만 괜찮아. 난 더 중요한 걸 갖기로 했어."

"그게 뭔데?"

카이가 개구진 표정으로 미소 지었다.

"비밀!"

그녀는 식탁을 냅다 뒤집어엎었다.

"알고 싶지도 않아! 이 무서운 용 새끼들아아아!"

카이는 찻물을 뒤집어쓰며 우에에엥, 울음을 터뜨렸다.

마침 깨달음을 정리하고 율케스가 안으로 들어왔다. 벽에 걸린 수건으로 땀을 닦아냈다.

"뭐 하고 있는 거지?"

카이는 울상을 지으며 소리 질렀다.

"차 끓였는데, 나 차 끓였는데! 율케스 주려고 끓여 놓은 건데에에에!"

그녀는 지끈지끈 밀려오는 두통을 누르며 말했다.

"내가 끓이마. 고만 울어라."

8.

보름달이 뜬 날 거울을 들고 동쪽에 머리를 대고 눕는다. 자기 전에 질문을 떠올리며 잠이 든다. 이튿날 꾼 꿈을 되짚어 보면 질문에 대한 답변이 드러난다.

이런 것들은 주로 의식 마술이다. 기원을 따지면 샤먼들이 그날 사냥이 잘되도록 나뭇가지를 들어 하늘에 대고 기도했다는 게 그 시작이라고 한다.

의식 마술, 모던 매직이라고 불리는 이것들은 효과가 있는 것도 있고, 효과가 없는 것들도 무척이나 많다. 단순한 미신인지, 아니면 효과가 있는 주술인지 판명하기 위해 마탑에서는 일일이 사람을 파견해 검증해 보곤 하지만 이런 것들은 대부분 기복 신앙에 집중되기 때문에 쉽사리 검증하기가 어렵다.

동대륙의 풍수신앙은 꽤 효과가 있는 걸로 검증됐다. 다만, 기맥이 흐르는 곳과 수맥이 흐르는 곳을 찾고, 귀문을 누르고 길한 방향을 찾아 터는 방식 같은 게 현대의 마탑이 추구하는 합리주의와 많이 상충한다.

동대륙의 주술의 뿌리는 음양오행 사상이다. 서대륙의 마법 중 동대륙과 가까운 걸로 치면 자연의 힘을 사용하는 녹마법 정도겠지만, 근원이 다르니 같은 마법이 될 수가 없다. 결국 남는 건, 샨이 사용하고 있는 이런 수문법(水問法) 정도. 그러나 마탑에서는 이걸 미신이라고 치부했다.

그런데 이런 것에도 매달릴 만큼 샨은 절박했다. 전혀 효과가 없다. 아무리 생각해 봐도 진짜 떠오르는 게 없다.

오늘도 허탕으로 보내면 인장이고 뭐고 다 때려치울 거라고 샨은 마음 깊이 결심했다.

샨은 눈꺼풀을 감고, 부디 인장을 얻을 수 있기를 기도했다. 샨의 가슴이 천천히 높아졌다가 꺼지기를 반복했다. 이윽고 얼마 지나지 않아 숨이 점점 규칙적으로 변했다.

하룻강아지는 하룻강아지로구나.
진리는 가까운 곳에 있음에도 찾지를 못하고 마니.
눈이라도 먼 게냐?

낯익은 남자의 목소리가 들렸다. 샨은 눈꺼풀을 떴다. 수면에 토가를 입은 청년이 서 있었다. 평소 즐겨 입은 가죽 슬리퍼 대신, 오늘은 맨발로 서 있었다.

샨이 입술을 열었다.

"엘?"

"기억하긴 하는 모양이구나."

그의 목소리가 어쩐지 흐릿하게 번진다. 샨이 물었다.

"여긴 어떻게…… 걸어서 올 수 있는 곳이 아니라 다른 차원이라고 했는데."

엘은 샨에게 걸어왔다.

"시계를 보거라."

코볼트 창고에서 약탈해 온 손목시계다. 라미아라는 글씨가 반짝인다. 창백한 유리 아래로 시침과 분침이 제멋대로 움직인다.

"어째서?"

고장 난 건가, 하고 시계를 흔들어 본다. 그러나 시침과 분침이 빠른 속도로 회전한다. 멈추지를 않는다. 그가 말했다.

"늘 가지고 다니던 물건이 다르게 보인다면, 그건 현실이 아니라는 증거지."

"현실이…… 아니라고요?"

"여긴 꿈속이란다, 하룻강아지야."

샨이 몸을 움직였다. 손에 물기가 찰박 묻었다. 그가 말했다.

"아, 조심하렴. 물에 빠지면 꿈에서 깨거든."

샨이 물었다.

"그러면 제 꿈에 들어오신 건가요?"

"네가 내 꿈으로 들어온 걸 수도 있지."

"왜 오신 거죠?"

"딱히 올 생각은 없었단다. 하룻강아지야. 다만, 네가 나를 애타게 불렀단다."

부른 적 없다. 아니 부르기는커녕 생각조차 하지 못하고 있었다.

엘은 샨을 향해 걸어갔다. 맨발인데도 어색하지 않다. 꿈속의 그는 현실에서 본 것보다 훨씬 편안해 보인다. 그는 샨의 머리에 손을 얹었다.

"꿈은 곧 나란다. 꿈을 통해 답을 구하고자 한다는 건, 곧 나를 통해 답을 구하고자 하는 거지."

그는 샨의 손목에 있는 손목시계를 손으로 쓸었다.

"재미있는 물건이구나."

"마법이라도 걸려 있나요?"

"전혀."

샨이 고개를 갸우뚱했다.

"그럼 뭐죠?"

엘은 시계에서 손을 뗐다.

"지금 궁금한 건 그게 아닐 텐데?"

정말이지 이서릴과는 하늘과 땅 차이다.

똑같이 오래되고 존귀한 존재면서 왜 이렇게 성격이 다른 건지. 이서릴은 그래도 물어보는 건 꼬박꼬박 대답해 주던데.

불평을 한들 절대 들어 주지 않으리라는 걸 알기에 샨은 순순히 입을 열었다.

"인장을 찾고 있어요. 이서릴 말로는 음…… 자신과 관계되어 있는 것으로 해야 한다고. 한번 결정하면 평생 써야 하니까. 마법 속성도 고려해야 하고 또……."

"정말 멍청하군."

"네?"

"어리석어. 원래 필멸자들이 다 그러나?"

샨이 살짝 눈썹을 찌푸렸다. 그러자 엘이 대답했다.

"네가 아무리 천칭의 사랑을 받는 존재라지만 나까지 유혹하려 하지 마라. 하룻강아지야."

"그런 적 없거든요!"

샨이 버럭 화를 내자 그가 작게 웃음을 터뜨렸다.

"넌 잘 모르는구나. 네 힘이 얼마나 존귀한 존재들에게 유혹적인지. 지금 너 때문에 쟁탈전이 벌어졌단다."

샨이 물었다.

"쟁탈전이요?"

그는 실수라도 했다는 듯 입을 다물었다.

"나이가 드니 말이 많아지는군."

작게 투덜거리면서.

그는 손뼉을 짝 쳤다.

"자, 인장을 원한댔지?"
"네."
그가 천장을 가리켰다.
"여기 있지 않으냐."
샨은 그의 손끝을 따라 천장을 쳐다보았다. 그리고 거기에는······.

9.

샨은 눈을 떴다.
시계를 보니 제대로 시침과 분침이 움직이고 있었다.
'늘 가지고 다니던 물건이 다르게 보인다면, 그건 현실이 아니라는 증거지.'
엘의 목소리가 귓가에 달라붙어 떨어지지 않는다.
4시 30분.
바깥 차원과는 다른 시간으로 흐르고 있기에 사실 이 차원에서 시계란 아무짝에도 쓸모가 없다. 그래도 허전한 마음에 풀지 않은 게 운이 좋았다.
꿈인지 현실인지 끝까지 몰랐으면, 엘이 또 비웃었을 테니까.

"찾았다."
꿈에서 봤던 그 장면을 붙잡기 위해 샨은 눈을 감았다.
엘의 말이 맞았다.
자신은 어리석었다.
가장 가까운 것을 놔두고 먼 곳에서 찾고 있었다. 샨의 의지에 따라 물결이 술렁이기 시작했다. 물결은 연결되고 이어지며 선을 그린다.
선은 면이 되고, 면은 도형을 만들었다.

같은 시간, 마력의 자취를 느낀 이서릴이 계단을 타고 내려왔다. 지하실에는 배꽃 향기가 진하게 풍겼다.
"설마 그 녀석이 왔다가기라도 한 건가?"
꿈결은 어디에나 이어져 있다. 그렇다고 해도 이 안에 있는 누군가가 그 녀석을 부르지 않는 한 함부로 침입할 수는 없다.
꿈을 걷는 녀석치고 평범한 성격이 없다 보니, 다음 행동을 종잡기가 어렵다. 놈의 힘이라면 꿈을 통해 차원을 잠식하거나 샨을 해코지하는 것도 가능하다.
"그랬단 봐! 가만 안 둬!"
그녀는 기세 좋게 수조의 문을 열었다. 그러나 눈앞에 보이는 광경에 그녀는 말을 잊었다.

샨은 검푸른 새벽을 밟고 서 있었다. 수면에 달이 떴다. 보호와 내면을 상징하는 원 위로 달이 떴다. 샨의 눈동자에 뜬 달과 똑같은 문양이 물살을 가르며 떠올랐다.

그랬다.

샨은 달을 밟고 있었다.

그녀가 중얼거렸다.

"사고……쳤다."

왜 하필 달일까.

Chapter 4

달의 마법

1.

잘 들어 샨.

달은 이 세계에서 가장 위험한 별이야.

괜히 '미친 자의 달'이라는 게 아니야.

달이 물과 여성을 수호하는 어머니의 별로 아는 모양인데, 놈들은 무의식과 광기, 살육도 주관한다고!

괜히 늑대인간이 달을 보고 미치는 게 아니고, 뱀파이어가 달만 보면 강해지는 게 아니야.

마물들은 달의 힘으로 더욱 강해지고, 미쳐 가.

피에 젖은 달을 본 적 있어?

붉은 달?

웃기는 소리 하지 마.

너는 어리니까 못 봤겠지만, 예전에 마도 시대를 직접 종지부 찍은 놈이 이놈이라고?

그래. 마도 시대!

율케스 네놈도 궁금한 모양이구나. 지난번에 했던 이야기 다음 편을 해 줄까?

그래. 마도 시대 때 달이 추락한다는 소식을 듣고 세계는 절망에 빠졌어.

미래가 없고, 자손이 없고, 이 세계가 죽음으로 뒤덮일 텐데 누가 아니겠어?

그래서 인간들은 선택했어.

대정숙.

모든 생명체가 한날한시에 고통 없이 잠이 드는 거야.

한번 잠이 들면 깨어나지 않아.

그래, 그것 말고 무엇이 필요하겠어?

죽음을 기다리는 암환자처럼, 그들에게 필요한 건 마약 같은 진통제였어.

달이 청명한 날. 드래곤 스콜라에서 마법은 발동되었고, 세계가 눈을 감았어.

존귀한 자들을 제외한 모든 것들은 잠이 들었어. 모든 것들은 마지막 꿈을 꾸었어. 그러나 그들의 무의식은 절박하게 외치고 있었어.

　삶을.

　후손을.

　미래를.

　마침내 대기권을 돌파한 달이 땅과 입을 맞추고, 세계가 무너지는 순간.

　기적이 일어났어.

　존귀한 자들 중에 가장 존귀한 자가 내려왔어.

　신은 아니야.

　말했잖아? 신은 아무것도 하지 못한다고.

　이념도 아니야.

　운명은, 모든 이념 중에 상위에 속한 존재야.

　다만, 그 자리에 임한 건 무의식의 마지막 비명이자, 무의식 그 자체.

　엘이었어.

　사실 진짜 이름은 '엘'이 아니야.

　다른 이름이지만 말할 수는 없어. 왜냐하면 존귀한 자들의 이름에는 힘이 있어서 잘못 불렀다가는 엄청나게 무서운 존재가 내려오거든.

　누구냐고?

　엘의 약혼녀……랄까.

맥족의 족장이자 꿈의 여왕이랄까?

뭐 그런 존재가 있어. 그 여자는 엘을 찾느라고 혈안이 되어 있는 모양인데, 엘은 보시다시피 가출 중이지.

무의식의 부름을 받고 오기 전까지 그는 평범한 환수였어.

환수가 뭐냐고?

거기까지 설명하기 귀찮구나. 정 궁금하면 '환수의 주인'을 보렴.

네 후손의, 후손의, 후손의, 후손의, 후손의……쯤 되는 녀석이 나오거든.

없다고? 생각해 보니 아르테이아 세계에는 그런 게 없겠네.

어찌 되었거나.

엘은 꿈을 걷는 맥족의 가장 뛰어난 청년이었지.

꿈을 걷는 재능이 남달랐어.

녀석도 나이를 먹고 환수의 틀에 벗어나 환수왕의 존재 가까이 되었을 때, 모든 생명체들이 부르짖는 최후의 무의식과 조우하게 되었지. 그리고 그 순간, 엘은 이념이 되었어.

다 같은 꿈이 아니냐고?

꿈에도 양과 질이 있단다. 꿈을 걷는 환수들에게 밀도

높은 꿈은 능력을 향상시켜 주지.

네가 드림 워커의 자질을 타고난 게 아닌 이상, 알 수 있는 방법은 없을 거야. 평생이라도.

다만 집단 무의식이 지르는 마지막 꿈에 그는 마침내 도달했어.

거기에는 살고 싶다는 욕망을 뛰어넘는 욕망이 버티고 있었어.

후손을 남기고 싶다는 생각.

단순한 성욕이 아니야.

생명체가 자신의 미래의 무언가를 준비하는 건, 살아가는 이유야.

단언할 수 있어. 모든 생명은 더 나은 자손을 남기기 위해 진화했어.

유전자에 각인된 본능은 생명을 움직이고, 싸우고, 먹게 해.

강한 집단 무의식에 붙잡혀.

엘은 그렇게 '이념'이 되었어.

뭐? 달이 떨어졌는데 왜 아카데미는 멀쩡하냐고?

후후후, 고백해야겠네.

아카데미는 달이 떨어지는 날 이미 부서졌어. 처음부터 존재하지 않지.

이제 그곳에 서 있는 건, 한없이 진짜에 가까운 '무언가'
그래, 그곳에 있는 건.
한없이 진짜에 가까운 엘의 꿈이다.
엘이 만들어낸 진짜에 가까운 꿈이야.
그래? 그러면 이 세계는 뭐냐고?
만약 그게 진짜라면, 달이 떨어지면 모든 생명체가 이미 사라졌어야 하는 게 아니냐고?
……너 퍼스트 워터에 대해 알고 있니?
최초의 물방울.

2.

그렇게 이곳 시간으로 2주가 지나갔다.

이서릴이 아무리 샨을 말린다고 해도 듣지 않았다. 처음으로 인장을 완성한 순간, 무언가 이게 내 것이라는 느낌이 들었다. 그녀의 만류에도 샨은 이것을 인장으로 삼았고, 수련할수록 마력의 특성은 도드라졌다.

우선, 백마법인 보호 마법과 축복 마법.

모든 여성의 수호자답게, 샨의 마법은 강력한 보호 마법과 축복 마법을 주특기로 활용한다. 단, 수시로 변하는 달의 모습답게 마력이 고르지 못하고 가끔 마법이 실패하는 경우가 생겼다. 그동안 마법이 아예 발동하지 않은 적은 있어도 중간에 실패한 적은 없었다.

고른 마법을 펼치기 위해 무던히 노력했지만, 주문을 완성하기도 전에 폭발하는 일이 생겼다.

그리고 공격 마법이 주축인 원소 마법.

물과 대지에 있어서는 굉장히 강한 면모를 보여 준다. 특히 물에 관해서는 주문도 외우기 전에 형상화시킬 수 있을 정도로 빠르고 강력한 완성도를 보여 준다. 다행히 원소 마법은 단 한 번도 실패한 적이 없다. 대신 불과 바람 속성 마법의 위력은 절반으로 줄었다. 꽤 뼈아픈 희생이지만, 전체 마법 발동 속도가 무척이나 향상된 걸 생각하면 이 정도는 치를 만한 희생이다.

마지막으로 흑마법인 어둠 마법.

이서릴은 샨을 끝까지 말렸지만, 샨은 피를 보더라도 봐야 했다.

그녀는 작게 한숨을 쉬었다.

"너는 모르나 본데, 달은 한없이 어둠에 가까운 빛의 속성이야."

이게 의미하는 게 무엇인지 샨으로서는 알 수 없다. 그러나 실수를 하려면 지금 하는 게 나았다. 무슨 일을 초래하는지도 모르고 겁내고만 있는 건 마법사로서 옳은 자세가 아니다.

샨은 우선 가장 간단한 흑마법을 시전하기로 했다. 어두운 한밤중, 이서릴은 식량을 구하기 위해 밖으로 나갔다. 기회는 지금뿐이다. 샨은 닭 피를 접시에 담아 집 밖으로 나갔다. 율케스는 그루터기에 걸터앉아 검을 닦고 있었다.

"끝까지 할 거냐?"

샨이 고개를 끄덕였다.

"당연하지."

"니 고집을 누가 말리겠나."

샨은 입술을 삐죽거렸다. 솔직히 말하면 하지 말라고 자꾸 그러니까 더 하고 싶어지는 것도 사실이다.

샨은 닭의 피를 바닥에 뿌리고는 저주용으로 만든 지푸라기 인형을 꺼냈다. 율케스가 물었다.

"뭐 하려고?"

"저주 마법. 가장 간단한 거."

율케스가 머리를 벅벅 긁었다.

"누굴 저주할 건데?"

샨은 잠깐 망설이더니 솔직하게 말했다.

"웃지 마?"

"안 웃을게."
"진짜로 웃지 마?"
"안 웃는다니까?"
샨은 자기 자신을 가리켰다.
"바로 나."
"……."
카이가 샨의 옷자락을 붙잡았다.
"샨, 진짜야? 진짜야? 세상 살기가 싫어졌어? 가뜩이나 재수 없으면서 왜 자기 자신을 저주해?"
샨이 팔을 파닥였다.
"그러면 어떻게 해! 멀쩡한 사람 저주했다가 큰일 나면 어쩌라고?"
율케스가 대답했다.
"그렇다고 자기한테 하는 건 괜찮고?"
"그렇게 심한 건 아니야! 그냥 코피 조금 나는 거야. 제일 흔한 거. 가장 약한 걸로."
"……."
율케스는 친구가 하는 희대의 바보짓을 바라보았다. 티스라면 창자가 꼬일 정도로 배를 잡고 웃어댔겠지만 그에게는 그런 유머감각은 탑재되어 있지 않다.
다만 걱정이 될 뿐.

'저러다 죽지······.'
저걸 뭐라고 할 수도 없고 한숨만 나온다.
들을 놈도 아니다.
결국 율케스가 말했다.
"내가 하지."
"응?"
"나는 마물의 주인이다. 나보다 흑마법에 내성이 강한 자는 없다."
"하지만 만약에······."
율케스는 지푸라기 인형을 뺏어다 손가락을 씹었다. 피를 흘려 넣으려다가 문득, 뱀파이어의 피는 강한 주술력을 갖고 있다는 걸 떠올렸다. 그래서 핏방울 대신 머리카락을 인형 배속에다 쑤셔 넣었다.
"흑마법에 있어서만큼은 가장 예민하기도 하지, 조금의 변화라도 생기면 먼저 감지할 거다."
샨이 걱정스러운 표정으로 바라보았다. 율케스가 차분하게 말했다.
"지 얼굴에 코피 내는 것보단 낫겠지."
"그게 뭐 어때서!"
율케스가 진지하게 대답했다.
"그런 게 친구라는 거다. 이럴 때 정도는 이용해도 돼."

"……."

샨은 지푸라기 인형을 물끄러미 바라보았다. 그리고 다시 율케스를 한 번 더 바라보았다. 지금 이 남자는 친우의 저주 인형에 자기 머리카락을 쑤셔 넣으며, 우정을 고백하고 있다. 이제 이 고백에 답할 차례, 샨은 못으로 인형을 누르며 망치를 집어 들었다.

"네 미친 우정이 가끔 무서워."
"훗, 뭘 그런 걸 갖고."
샨은 우정의 저주 인형에 힘껏 못을 박았다.
쿵! 쿠웅!
음산한 주문을 외우면서…….

3.

이서릴은 잔뜩 음식을 사고 있었다. 평소에는 발걸음을 서두르지만, 오늘은 장터가 열리는 날이다. 결국 마을 아래까지 걸어 내려가서 생닭과 포도주를 샀다. 호밀 빵에 잘 익은 치즈까지 사고 나니 하루가 훌쩍 지나갔다. 막 돌아오려는 찰나, 머리가 깨질 것 같은 통증이 밀려왔다.

"뭐지?"

호수에서 빛이 쏟아졌다. 차원이, 그녀가 만든 이차원이 무너진다!

그녀는 짐도 버리고 달려갔다. 뭔가 사달이 난 게 틀림없다.

땅이 울린다. 인위적으로 만들어진 지진에 샨은 당황했다. 카이는 샨을 막아서고는 용으로 변신했다.

"샨!"

샨은 카이의 등에 올라갔다. 저주를 건 것까지는 좋았다. 짚단에 못을 다 박았을 때까지만 해도 아무 일도 일어나지 않았다.

'효과가 없나 보네.'

샨이 중얼거렸다.

그때 율케스는 깨질 것 같은 두통을 느꼈다. 무언가가 목 뒤에 박힌 것 같은 껄끄러운 고통이 밀려왔다. 율케스가 이마를 붙잡고 중얼거렸다.

"샨."

"응?"

"도망쳐."

몸 안에 억눌러 왔던 마물의 피가 끓어올랐다. 고대 뱀파이어의 피가 맹렬하게 혈관을 타고 오른다. 의지로 억누를 수 있는 문제가 아니다. 이건, 영혼의 문제였다.

율케스는 몸을 웅크렸다.

땅이 흔들린다. 차원이 뒤틀렸다. 율케스가 비명을 지른다. 그리고 그의 등에 새카만 무언가가 돋아났다.

"Cwda!"

그는 생전 처음 들어 본 언어를 내뱉었다

그렇게 차원이 붕괴됐다.

카이는 율케스 위로 높이 날아올랐다. 대체 뭐가 어떻게 돌아가는지 모르겠지만 놈에게서는 무척이나 위험한 기운이 풍겨 왔다. 본능이 외치고 있었다. 놈에게서 도망치라고.

그런데도 바보 같은 마스터님은 지 친구라고 또 맴돌고 있다.

"율케스으으으!"

율케스가 위를 올려다보았다. 얼음처럼 시린, 푸른색 눈동자가 그를 올려다보았다. 눈빛이 너무나도 맑아서 샨은 그가 되돌 온 거라고 생각했다. 그러나 율케스가 샨을 향해 손을 뻗었다. 그의 그림자에서 새카만 사슬이 솟구쳤다.

"이런! 아이스 실드"

샨의 발아래에 달의 문양이 떠오른다. 고작 시동어만 사용했는데 보호 마법이 샨을 감싼다.

 탕, 타당!

 사슬이 실드에 튕겨 나갔다. 조금이라도 망설였다가는 사슬에 휘감겨 추락이다. 카이는 샨의 능력에 감탄했다. 용의 마력을 운영해 보다 빠르게 마법을 완성할 수 있을 거라는 건 알고 있었다. 그러나 이 정도 되면 거의 즉시라고 해도 과언이 아니다. 단, 마법을 발동할 때마다 샨의 발아래에 달의 인장이 뜨는 게 조금 거슬리긴 하다. 그러나 이 정도로 빠르게 기술을 향상시킨 것이 인장과 관계가 있음은 카이라도 느끼고 있었다.

 율케스의 등에 솟아난 새카만 그림자는 이윽고 날개가 되어 맺혔다. 평범한 날개가 아니었다. 어둠, 그 자체가 압축된 날개는 공간마저 일그러뜨리고 있었다. 그 현상은 경전에서나 읽었던 타락천사와 비슷했다. 아무리 빠르게 마법을 완성할 수 있다고 한들, 반 마족급인 율케스를 제압하는 건 불가능하다.

 율케스가 맑은 눈동자로 웃었다. 그리고 그의 손끝에 플라즈마가 맺혔다. 빛을 굴절시키고 중력을 부술 만큼 강력한 플라즈마가 주문도 없이 샨을 향해 꽂혔다. 샨은 추락하다시피 그의 공격을 피했다. 그러나 샨을 스쳐 지나간 플라즈마는 샨 뒤쪽에 있는 기암절벽에 부딪혔다.

쿠우우웅!

산 하나가 통째로 날아가는 걸 보고 샨은 생각을 수정했다. 반 마족이 아니다. 마족, 그 자체다.

"율케스! 정신 차려! 진짜 미치기라도 한 거야? 왜 그래!"

율케스가 새빨간 입술로 손끝을 깨문다. 핏방울이 떨어진다. 아니, 떨어지다 말고 공중에 멈춘다. 그가 손짓하자 핏방울이 스파크를 내며 변형된다. 피로 만든 창날이 샨을 향해 정확하게 조준된다.

샨은 다급하게 주문을 완성한다. 얼음의 창날 수십 개가 샨의 양옆으로 날개처럼 생성된다. 적을 공격하는 게 아니라 얼리는 데 목적이 있는 창날은, 닿은 자를 동결시킨다. 그러나 이런 것으로는 율케스를 막을 수는 없다. 다만, 움직임을 조금 둔화시킨다면 가능할지도 모르겠다.

율케스의 창날이 샨을 향해 날아갔다. 동시에 샨도 얼음의 창날을 날렸다.

두 창날이 부딪치며 폭발한다.

이제 그 자리에는 아무것도 없었다. 기껏 생성한 얼음 창날이 손짓 하나에 날아간 셈이다.

이래 보여도 가계약을 통해 잠재능력을 굉장히 끌어 올렸다. 마법에도 자신이 생겼다. 그러나 상대가 이렇게 강해서야 강해진 기분도 안 든다.

그 순간.

"샨 가만히 있어."

하늘 위로 수천 개의 빛의 탄막이 내리꽂혔다.

쿠쿠쿠쿠쿠—.

한발 한발이 최고위 빛의 마법, 라틸트급의 위력이 있다. 단 한 발만으로도, 스치기만 해도 하급 마족 정도는 증발시켜 버릴 공격을 율케스는 손길 하나로 공간을 일그러뜨려 탄막을 튕겨낸다.

투두두두두—.

지축이 울린다. 숲이 무너진다. 호수가 증발된다. 쏟아지는 빛의 탄막 속에서 율케스는 눈을 감지 않았다. 오히려 본능적으로 공격하는 적의 위치를 가늠하는 것 같았다. 그리고 율케스가 걸음을 옮기려는 순간, 그의 등 뒤에 이서릴이 나타났다. 그녀의 손에는 샨의 알테리온 소드가 들려 있었다. 모든 이능을 거부하는 검이 율케스의 보호막을 찢고 그의 심장을 찌른다!

"……!"

눈치챘을 때는 이미 늦다.

그녀의 빠른 공격에 율케스는 고스란히 등을 내줬다. 칼날이 그에게 파고드는 순간, 환상을 부수는 검은 율케스의 모든 피를 식혔다.

원래부터 죽었을 놈이다.

원래부터 시체였을 몸이다.

모든 것을 본래 운명으로 돌리는 힘. 뒤집어 말하면, 환상을 거부하는 힘이 율케스의 심장을 마침내 찔렀다. 그녀는 칼날에 손을 놓고는 그대로 순간 이동했다.

율케스 등에 있던 새카만 날개가 주인을 잃자 바싹 마른다. 카이는 율케스에게서 최대한 멀어지기 위해 도망친다. 범위를 채 벗어나기도 전에 율케스의 날개가 부풀어 오른다. 그리고 어둠이 폭발한다.

쿠구구구구궁!

솟아오른 어둠이 폭발하며 새카만 별을 그린다. 순수한 어둠이 폭발하면 별을 그린다던데, 책으로만 봤지 진짜로 본 건 처음이다.

그날, 영원의 숲 절반이 날아갔다.

4.

짜악!

화끈하다. 샨은 뺨을 붙잡았다. 이서릴은 다시 손을 들어 샨의 뺨을 후려친다.

짝!

 맞아도 할 말 없다. 샨을 때린 그녀의 손은 새카맣게 타서 회복되지 않고 있다. 그녀 같은 존귀한 존재들에게 드래곤 슬레이어는 치명적이다. 장갑을 끼고 쥐었는데도 손이 이 지경이다. 회복력을 이끌어도 좀처럼 낫지 않고 있다. 그녀는 화가 풀리지 않는지 나무를 붙잡고 시근거리고 있다. 방금 싸움으로 인해 이 나무도 위쪽이 완전히 날아가 있다. 이 일대는 완전히 폐허가 되었다.

"고대 뱀파이어의 피를 물려받았다고 했지?"

"네."

"근데 왜, 아바돈(Abaddon)의 권능이 저놈에게 나왔냐고?"

"……그게 뭐죠?"

그녀가 눈을 가늘게 떴다.

"무저갱의 어둠, 멸망한 나라의 천사, 아홉 번째 지옥의 군주."

"마족……이라는 거죠?"

그녀가 샨을 향해 다시 뺨을 짝 후려쳤다.

"마왕급이라는 거다."

마왕.

 샨은 고통도 느끼지 못한 채 그녀를 바라보았다.

그녀는 친절하다. 물론 엘에 비해서는. 모르는 게 있으면 설명을 아끼지 않는다. 그러나 그녀도 이번만큼은 이를 악물고 있다.

그녀는 샨의 턱을 붙잡으며 물었다.

"샨 알테리온, 네놈 정체가 뭐냐?"

"……?"

아름답다. 여자도 남자도 마음만 먹으면 누구라도 홀릴 수 있을 만큼 아름답다. 긴 속눈썹을 아래로 내리깔면 성서에나 나올 법한 천사의 형상이 나온다. 아니, 천족에서도 이 녀석만큼 아름다운 이는 드물다. 단순히 중성적인 아름다움으로 치부하기에는 아깝다. 뭐랄까, 인간이 감히 더럽힐 수 없는 그런 종류의 아름다움이다. 그러나 샨의 주변에는 시대에 종지부를 찍을 만한 것들이 얽혀 있다. 춤추는 천칭부터 아홉 지옥의 군주, 무저갱의 아바돈까지.

이건 정말 우연치고는 절묘해서, 운명이라고밖에 할 수 없다.

운명?

그녀는 저도 모르게 샨에게서 손을 뗐다.

"네가 끌어당기고 있는 거냐?"

샨이 대답했다.

"무슨 소리를 하고 계시는지 모르겠습니다."

"너 세계를 멸망시키고 싶다는 소원 빈 적 있냐?"

샨이 고개를 세차게 저었다. 그녀가 다시 물었다.

"아니면 뭐, 나 빼고 다 죽어 버려라 싶을 때는?"

"아주 어릴 적에 형들끼리만 놀러 갔을 때는…… 그런 생각도 한 적 있습니다만."

그런 생각이야 누구라도 한 번쯤 한다. 고작 이런 생각으로 세상이 멸망했다면, 수천 번, 수만 번…… 아니 수억 번이라도 멸망했어야 했을 것이다.

그녀는 작게 한숨을 쉬었다.

"샨 알테리온, 잘 들어."

"네?"

"단순하게 고대 뱀파이어의 피를 이어받아 만들어진 인공 생명체라는 말은 잘 알겠는데 아마 그 고대 뱀파이어가 생전에 마왕 아바돈의 피를 마신 것 같아. 아니면 아바돈 아들의, 아들의, 아들의…… 어디쯤 되던가. 아무튼 아바돈의 피를 받은 건 사실일 거야."

샨이 되물었다.

"피가 조금 섞인 거로 그렇게까지 깨어나나요?"

"보통이라면 그렇지 않지. 그러나 달의 축복을 받는 네가 춤추는 천칭의 마력을 사용해 저주를 걸었다면 다르지."

"……."

그녀는 머리를 벅벅 긁었다. 그녀의 손가락 사이로 긴 금발이 흘러내렸다.

"너는 그림자를 몇 백 배로 증폭시켜 줘. 달은 한없이 어둠에 가까운 빛이거든?"

"그게 어째서?"

"빛이 없다면 그림자도 없어. 그렇기에 빛은 그림자를 부를 수도, 없앨 수도 있는 거야."

"……."

"달은 어떤 흑마법이라도 증폭시켜 버려. 한계를 넘어선 증폭은 폭주를 부르지. 거기에 춤추는 천칭의 마력을 사용하면 상황은 최악이 돼. 그래, 샨 너는 율케스를 폭주시킨 거야. 네 힘으로……."

샨이 고개를 흔들었다.

"그, 그럼 율케스는……!"

"저놈의 정체는 몰라. 확실한 건 엄청 위험한 자식이라는 거야. 내가 방금 드래곤 슬레이어로 봉인하지 않았다면, 놈은 마왕이 됐을 거야! 알아? 방금 본 건 아바돈의 사촌이 아니라 아바돈 그 자체였어. 네 호기심이 지옥을 부른 거라고!"

샨은 옆을 돌아보았다. 율케스는 아직도 드래곤 슬레

이어에 심장을 찔린 채 쓰러져 있었다. 그러나 목이 날아간 게 아니다. 성스러운 말뚝이 심장을 찌른 것도 아니다. 뱀파이어의 치유력은 율케스의 몸을 끊임없이 이어 붙이고 있다. 그러나 재생될 때마다 드래곤 슬레이어가 치유력을 흩어 버린다. 모든 환상을 거부한다.

마법이 남지 않는 곳에는 현실의 골격이 앙상하게 웅크린다. 상처에 살이 차오르다 다시 붕괴되기를 반복한다.

그녀는 이런 기괴한 광경을 무심한 얼굴로 바라본다.

"생각 같아서는 이 상태로 영원히 땅에 묻어 버리고 싶다."

그녀는 눈을 내리깔고 율케스를 바라보았다.

"그러나 그러기에는 치러야 할 대가가 너무 크겠지."

존귀한 존재가 이 세계에서 오래 살아남기 위해서는 운명의 법칙을 준수해야 한다. 어떤 것을 뒤틀고자 하면, 그에 합당한 대가를 치러야 한다.

엘 녀석이야 자기애(自己愛)가 없는 놈이니 몸뚱이 하나쯤 초개처럼 내던져 버릴지 모르지만 그녀는 달랐다. 알테리온 가문의 권속 드래곤 슬레이어와 율케스가 가지고 있는 인과율, 란츠크네 가문이 벌인 업보의 대가까지 대신 치러야 한다. 아무리 그녀가 오래된 존재라고 해도 죽음은 공평하다. 지금까지 운명을 피해 생을 연장시켰다고 해도,

이 정도로 일을 치면 그다음은 없다.

그녀는 머리를 벅벅 긁었다.

"샨 알테리온, 율케스를 지킬 수 있어? 율케스는 한 번 선을 넘었어. 한 번 넘었다는 건 두 번도 넘을 수 있다는 거다. 네 목숨으로도 못 막을지도 몰라. 아니, 소중한 사람들까지 위험에 빠질 수 있을 거다."

샨은 눈동자를 굴려 율케스를 바라보았다. 그곳에는 샨의 저주 인형에 머리카락을 쑤시며 진지하게 우정을 고백하던 남자가 누워 있었다. 그 남자는 순전히 친우의 호기심 때문에 저쪽 세계로 건너갔다. 무슨 운명의 조화인지는 알 수 없었다. 어쩌면 샨, 자신을 늘 따라다니던 지독한 불운 때문인지도 모른다.

아니면 이서릴의 말대로, 엘이 운명을 속여 이 세계를 지킨 그 대가를 치르고 있는 걸지도 모른다. 그게 아니라면, 순수하게 란츠크네 가문이 쌓아 올린 업보의 사슬이 드디어 막바지에 치달은 걸지도 모르고.

"할게요."

"일단 새롭게 봉인할 거야. 하지만 불완전할 거다. 한 번 자각한 힘은 또다시 자각할 수 있다는 거다."

"네."

그녀가 손가락 세 개를 폈다.

"봉인을 각인할 거야. 넌 율케스에게 절대 명령을 세 번 할 수 있어. 절대 명령은 반드시 실행돼. 혹시라도 그가 힘을 다시 자각하게 되면, 명령을 내려 다시 봉인시키는 거야."

그녀가 새끼 손가락을 들어 샨에게 가져다 댔다.

"약속하겠어? 마지막 명령은 율케스의 죽음을 말하겠다고."

지독하다.

샨은 그녀의 새끼손가락을 바라보기만 했다.

그녀가 다시 말했다.

"맹세해. 마지막 명령을 하게 될 때는 율케스에게 자살을 명령하겠다고."

"……."

샨의 입술이 달싹였다.

"싫어요."

"싫다면 대가를 치르는 한이 있어서라도 저놈을 맨틀 아래로 파묻어 버리겠어. 아무리 네게 대단한 친구가 있다고 해도, 설령 엘의 허락을 받고 다시 소망의 문을 연다 해도 그 속에서 율케스를 빼내는 건 무리일 거다."

"……."

"약속해. 세 번째 명령을 하게 되는 순간이 오면, 율케스를 자살시키겠다고."

샨의 눈동자가 새카맣게 가라앉았다.

그녀가 샨의 멱살을 붙잡았다. 그러자 카이가 그녀의 팔을 쳐 낸다.

"한 번만 더 손대면 죽여 버린다. 늙은 것."

카이의 머리카락 일부가 새카맣게 변한다. 그러나 샨은 카이의 다른 인격을 눈치챌 여력이 없었다. 샨은 새카만 눈으로 율케스를 바라보았다.

처음, 도서관에서 율케스가 샨에게 질문한 것이 있다. 언제든지 자신을 죽일 각오가 되어 있냐고. 그게 친구가 될 수 있는 최소의 조건이라고.

망설임을 끝낸 샨이 입을 열었다.

"하겠습니다. 그러나 약속하지는 않겠습니다."

"호오, 왜지?"

"후회를 남기고 싶지 않으니까요."

샨은 속눈썹을 내리깔았다. 이서릴은 더 이상 샨을 몰아붙이지 않기로 했다.

그녀가 발을 구르자 물방울이 떠올랐다. 그리고 율케스 주변에 마법진을 그려 나가기 시작했다. 그녀는 율케스에게 다가가 알테리온 소드에 손잡이를 쥐었다.

치이익—.

알테리온 소드는 그녀의 손바닥을 태웠다. 그녀는 고통을 내색하지 않은 채 샨을 동정 어린 눈으로 돌아보았다.

"샨, 왜 이 세계에 마왕이 나타나는지 알아?"

샨은 대답하지 않았다. 그녀가 대신 말했다.

"이 세계 스스로가 멸망을 바라기 때문이야."

이미, 이 세계는 죽었어야 했다. 달이 대지에 키스했을 때, 모든 건 허무로 되돌아갔어야 한다.

그녀가 빨간 입술을 벌렸다.

"샨, 왜 이 세계에 용사가 나타나는지 알아?"

샨이 눈을 들었다. 허리를 펴고 턱을 든다.

"인간의 무의식이 미래를 바라기 때문에."

그녀가 씁쓸하게 미소 지었다.

"인간이 아니야. 모든 생명이지, 모든 생명의 무의식이 미래를 갈구하기 때문이야."

세계와 생명은 계속해서 싸워 왔다. 세계는 과거로 회귀하기를 원했고, 생명은 앞으로 나아가길 원했다. 영원히 엉키며 싸우는 헤르메스의 나선처럼, 생(生)이 살아가는 한 끊임없이 싸워 나가야 한다.

그것이 생이기에, 삶이기에 치르는 대가.

한 번의 패배도 용납할 수 없고, 단 한순간의 패주도 용서받지 못한다.

운명에게, 이 세계의 의지에게.

잡아먹히지 않기 위해서.

마법진이 완성되자 그녀의 마력을 받고 가속하기 시작한다.

그녀가 말했다.

"그런데 있잖아. 샨, 너는 마왕이야? 용사야?"

"……."

샨은 대답할 수 없었다.

그녀가 말했다.

"오랜 세월 동안, 이 세계를 멸망시키려는 자를 봤고 그들과 싸우는 용사들도 봐 왔어. 하지만 나는 아직도 네가 무엇인지 모르겠어."

마법이 발동된다.

동시에 그녀는 율케스의 몸에서 알테리온 소드를 뽑았다. 율케스의 몸이 활처럼 휘었다. 그의 몸이 빠른 속도로 회복되기 시작했다.

그녀가 주문을 외운다.

"끓어라, 끓어라, 끓어올라라. 무의식의 가마솥이여. 끓고 끓어 생을 잡아먹고 깨어나라. 구속의 뱀이여. 큰곰을 밟은 사냥꾼의 별의 이름으로 명하노니. 내가 원하는 건 기원의 구속구, 광기의 사슬."

끓어라, 끓어라, 끓고, 끓어올라라.

그녀의 목소리가 대기를 울린다. 머리가 어지러워진다. 듣는 것만으로도 피가 끓어오를 것 같다. 그녀의 주문은 노래처럼 울린다. 마법진 안은 늙은 마녀의 가마솥 같다. 불길함과 증오를 압축한다. 그녀의 영창이 막바지에 이른다.

"그대는 어둠의 맹약자, 나는 그대를 붙잡는 사슬! 지금 생과 별의 이름으로 말하노니 붙잡혀라! 어둠이여!"

하늘에서 빛이 쏟아진다. 율케스의 양 손목에 은색 팔찌가 맺힌다. 그의 귀에 피어싱이 세 개, 그의 뒷목에 세 개의 원이 다트 판처럼 겹친다.

원 가운데에는 검은 별이 거꾸로 선다.

그녀가 샨에게 손을 뻗는다.

"내 손을 잡아! 지금!"

샨이 손을 붙잡는다.

그녀의 손을 타고 열기가 피어오른다. 손목 안쪽이 화끈하다. 율케스와 똑같은 문양의 흉터 세 개가 다트 판처럼 겹친다.

그녀가 말한다.

"봉인구야. 율케스에게 명령을 할 때마다 흉터가 하나씩 사라지게 될 거야. 잊지 마. 네가 내릴 세 번째 명령은……."

샨의 눈에 눈물이 맺힌다.

"율케스의 죽음."

"맞아."

그는 이런 일을 예지라도 한 걸까. 아이러니하게도 처음 그와 맺었던 약속이다. 죽일 수 없다면 사귀지도 말라는 그의 목소리가 아직도 선연하다.

그녀가 말했다.

"부디 그때가 되면 망설이지 말아 주렴."

그리고 그녀는 샨의 손을 놓았다.

샨은 의식을 놓았다.

5.

덜컹거린다. 금속의 진동이 희미하게 귓가를 술렁인다.

샨은 천천히 눈꺼풀을 열었다. 카이가 작아진 채로 샨의 무릎 위에 누워 있다. 흰색 비늘이 석양에 반사되어서 눈이 부시다.

바로 앞자리에는 율케스가 책을 읽고 있다.

샨이 물었다.

"어떻게……?"

"하도 오래 쓰러져 있어서, 열차로 데려왔다. 이 이상 결석하면 봐주지 않겠다고 에녹 교수님이 편지까지 썼더군."

"아."

샨은 시트의 감촉을 느낀다. 침대칸이다. 그것도 특실로 잡았는지, 침대에 테이블, 간단한 미니바까지, 어지간한 일류 여관 못지않다.

율케스는 다시 책에 눈을 돌린다. 날씨가 쌀쌀한데도 얇은 흰 셔츠에 조금 헐렁한 바지만 입었다. 반듯한 이목구비와 쭉 뻗은 어깨가 단정하다. 책을 넘기는 큰 손가락마저 샤프하다. 겉으로 봐서는 도저히 광기와 살육을 먹고 사는 마물들의 왕이라고는 믿기지 않는다. 그러나 손목에 단단히 채워져 있는 은색 구속구와 귀에 세 개나 박힌 봉인 피어싱이 그가 인간이 아님을 말해 주고 있었다. 봉인구 하나하나가 굉장한 위력이라 만약 평범한 사람이 하나라도 차게 된다면, 10초도 버티지 못하고 모든 마력이 빨려 죽고 말 테니까.

율케스는 책장을 넘겼다.

깨어난 율케스에게 샨을 건네며 그녀가 말했다.

'널 보면 인간이 곱게 미치면 어떻게 되는지 알겠다. 미친 놈아.'

장담할 수 있다. 란츠크네 가문은 미쳤다.

단정할 수 있다. 그 가문이 불러낸 어둠도 미쳤다는 걸.

샨은 다시 잠이 든다.

침묵 속에서 율케스는 책장을 넘긴다. 자신의 몸 상태가 어떤지는 굳이 설명을 듣지 않아도 알고 있다.

마침내 그가 책을 탁 덮는다. 얇은 셔츠 안쪽 뒷목에는 세 개의 원이 그려져 있다. 율케스는 몸을 일으켜 샨에게 다가간다. 기이하게도 열차가 덜컹거리는데도, 그의 걸음걸이는 전혀 흔들리지 않는다. 그는 시트를 끌어 샨의 어깨에 덮어 준다. 샨이 몸을 뒤척이자 손목 안쪽에 율케스의 것과 똑같은 문양의 흉터 세 개가 모습을 드러낸다. 율케스는 샨의 손목 안쪽을 물끄러미 바라본다.

열차가 흔들린다. 두 사람 사이에 긴 그림자가 나타났다 사라진다.

이윽고 샨이 뒤척인다. 율케스는 제자리로 돌아간다. 의자 뒤에는 그의 애검 스톰 브레이커가 비스듬히 걸려 있었다.

Chapter 5

아카데미 축제

1.

애초에 결석계로 제출한 날짜에 2주나 지나친 바람에 두 사람은 벌로 신전 청소를 해야 했다. 에녹 교수님이 수시로 다니는 곳이다. 조금이라도 게으름을 부리면 처음부터 다시 청소를 시켜댄다.

"악마야. 악마가 틀림없어."

티스는 턱을 괴고는 두 사람이 청소하는 걸 지켜본다.

샨이 고개를 저었다.

"2주밖에 지나지 않았다는 게 신기한걸."

이서릴이 만든 차원 덕분이다. 차원에서 보낸 시간까지 따진다면 2주가 아니라 몇 달을 지났을 거다. 뒤에서는 인간으로 변신한 카이가 소매를 걷고 양동이를 끌고 왔다.

학교에 오자마자 긴 백은발을 가지런히 정리한 덕분에, 지금은 얄짤 없이 짧은 머리다. 그렇다고 해도 워낙 중성적인 외모이다 보니 저절로 시선을 끈다.

"물 붓는다."

"응."

샨이 대답하자 카이가 물을 힘껏 마루에 부었다. 샨은 대걸레를 힘주어 밀었다. 역시 마스터와 용 사이라 그런지 걸레질도 호흡이 환상이다.

티스는 가는 눈을 뜨고 둘을 바라보았다.

영원의 숲에 다녀온 이후 샨은 무슨 일이 있었는지 입을 다물었다. 그저 화해했고, 카이와 더욱 친해졌다는 것 정도? 그리고 어떤 수련을 거쳐 전보다 강해졌다는 것만 말했다.

에녹 교수님이야 워낙 무심한 사람이라 그러려니 하고 벌 청소를 시켰다.

샨은 가계약이라든가, 용을 인간으로 변신시킬 수 있는 학생이 자신임을 밝히고 싶지 않다고 말했다. 그 말에 에녹 교수님도 동의했고, 이사장님께 양해를 구해 카이를 위한 학생증과 교복을 주문했다.

다른 학생들에게는 카이가 다른 나라에서 온 특별 입

학생 정도로 알려졌다. 수시로 인간 모습으로 변해댈 테니 이편이 편하긴 하다.

티스는 붉은 눈을 들어 율케스를 바라보았다.

"솔직히 귀찮은 건 질색인데 말이야. 듣고 싶지도 않거든?"

티스가 운을 띄우자 율케스는 걸레질을 멈추고 돌아본다.

티스는 머리를 벅벅 긁는다. 오늘은 터번도 쓰고 오지 않아서 금발 머리카락이 마구 흐트러진다.

"아, 진짜 물어보면 열라 귀찮아질 것 같은데, 근데 안 물어볼 수도 없거든?"

"……."

율케스는 다시 걸레질을 한다. 티스가 소리를 버럭 질렀다.

"야, 야!"

율케스가 드디어 대답한다.

"귀 안 막혔다."

"왜 너한테 봉인구가 덕지덕지 붙어 있는데? 저 정도로 마력을 묶어 버리면 아무리 너라도 반나절도 못 돼서 죽는다고?"

율케스가 대답했다.

아카데미 축제 219

"이젠 안 죽어."

"그래서 이상하다는 거다! 이 개새끼 같은 새끼야!"

샨은 푸흡 웃음을 터뜨렸다.

두 사람의 만담을 보고 있으니 이제야 학교에 돌아온 것 같다. 율케스는 별로 대답하고 싶지 않은지 걸레질만 해댄다.

"썩을 놈아 말 좀 해 봐! 대체 어떻게 된 거야?"

카이가 물을 다시 뿌린다. 율케스는 직선으로 곧게 걸레를 민다. 이번에는 티스가 샨을 붙잡는다.

"애기야, 넌 알고 있지?"

율케스가 대답했다.

"말해 주지 마."

아무래도 티스를 걱정시키는 게 싫은 모양이다.

어떡할까?

샨은 망설이다가 결국 입을 조개처럼 다문다. 티스는 속이 터지겠는지 가슴을 치고 만다.

"진짜 뭔 일 있었냐고! 안 되겠다. 이렇게 된 이상, 샨을 괴롭혀서라도……."

그 말을 듣자마자 율케스가 대걸레를 집어 티스의 얼굴을 향해 꽂아 넣는다!

퍼억!

아차, 힘이 너무 들어갔다!

봉인구를 여덟 개나 찼으면서도 힘 조절이 안 된다. 티스의 몸이 성당 의자째로 뒤로 주르르륵 밀려 나간다. 의자가 의자에 부딪히며 의자 세 개가 그대로 작살났다.

대걸레가 또르르륵 티스의 얼굴에서 내려간다. 대걸레 뒤로 티스의 팔이 보인다. 뭔 놈의 대걸레가 미친 에론 놈 칼질만큼 빠르다. 팔이 조금만 늦게 올라갔어도 최소 뇌진탕이다.

티스가 이를 빠드득 갈았다.

"이…… 쉑……히……가…… 감히…… 이…… 황자님의…… 면상에…… 걸……레를…… 던져?"

일 쳤다. 일 쳤다!

샨의 안색이 파랗게 질렸다. 사과하면 될 일이다. 율케스가 정중하게 말했다.

"손이 미끄러졌다."

그 말이 끝나자마자 율케스를 향해 암기 두 발이 날아온다. 그러나 율케스에게는 검이 없다. 징계를 받는 동안 무기는 모조리 압수당했다. 결국 그는 손톱으로 암기를 막는 무식한 묘기를 선보였다.

깡, 까앙!

손톱으로 막는 놈도 무식하지만, 친구를 향해 진심으로

암기를 던지는 놈도 만만치 않다. 뭔 놈의 암기에 그렇게 힘을 실어 던지는지 율케스의 강철 손톱이 부러질 정도였다. 티스가 다리를 꼬며 말했다.

"흥, 나도 미끄러졌다."

유치해. 유치해에에! 그 나이 돼서 그러고 살고 싶습니까아아!

샨은 절규라도 지르고 싶었다.

율케스는 부러진 손톱을 물끄러미 바라보더니 티스가 던진 암기를 집어 들었다.

날이 손목 길이까지 오는 장침. 철쇄라고도 부르는데, 중간에 고리가 달려서 잡고 던지기 쉽게 고안된 물건이다.

암살자들이 주로 사용하는 물건인데, 그런 걸 친구에게 던지고 앉았다니!

율케스는 철쇄를 핑그르르 돌리더니 거꾸로 쥐고는 티스를 향해 집어던졌다. 티스는 기다렸다는 듯 고개를 돌려 암기를 피하고는 율케스를 향해 몸을 띄운다.

율케스는 티스를 향해 주먹을 날렸다. 두 사람의 공방이 부딪친다.

샨이 중얼거렸다.

"손톱…… 부러진 거 화 많이 났나 보다."

문제는 두 사람 모두 교내 사물을 부수며 싸우고 있다

는 거다!

이대로 두면 분노한 에녹 교수님이 무슨 짓을 저지를지도 모른다.

샨이 소리 질렀다.

"그만해!"

티스가 암기를 다시 던진다. 율케스는 몸을 핑그르르 돌려 회전력을 담아 암기 하나를 낚아챈다. 그러고는 소태도를 다루듯 역수로 쥐고는 티스를 공격한다.

샨이 다시 소리 지른다.

"그만하라니까!"

안 듣는다.

샨은 카이를 용으로 되돌린다. 카이가 인간으로 있을 때보다 용으로 있을 때 훨씬 마법을 사용하기가 쉽다. 카이에게서 마력을 끌어 올린다. 샨이 양손을 모으자 양손 한가운데에 압축된 물보라가 구슬처럼 맺힌다.

"하이드로 펌프!"

샨의 발아래에 달의 문양이 떠오른다. 해방된 물줄기가 두 사람 사이로 폭발한다.

티스가 깜짝 놀라 율케스에게서 떨어진다.

율케스는 팔을 들어 급소를 방어한다.

콰아아앙!

성당이 온통 물바다가 되었지만 두 사람을 말릴 수는 있었다.

샨은 헉헉거리는 숨을 가다듬으며 말했다.

"둘…… 다…… 그만…… 둬. 물건…… 부……수면…… 허억…… 에녹…… 교수님이…… 허억."

"이미 잘 보았다. 샨 알테리온."

신전 문 앞에는 에녹 교수님이 서 있었다. 샨이 발출한 물에 푹 뒤집어쓴 채로. 에녹 교수님의 신관복이 아기 기저귀처럼 척척해졌다. 에녹 교수님은 이를 빠드득 갈며 젖은 금발을 뒤로 넘겼다. 금발아래로 드러나는 교수님의 눈빛이 무시무시하다.

"나는, 너희들이 충분히 반성했으리라 생각해서 벌을 줄이러 왔건만……."

에녹 교수님 주위로 분노의 살기가 뻗쳐올랐다. 신전이 부서진 건 둘째치고 물바다다. 변명의 여지가 없다!

교수님의 분노가 폭발하려던 찰나, 티스는 손을 들었다.

"아디오스, 아미고!"

놈이 밖으로 튀려고 하자 샨이 소리 질렀다.

"잡아!"

샨의 말에 카이가 티스의 뒷목을 꽉 붙잡았다. 사람과

용이 바닥을 구른다. 티스가 비통하다는 목소리로 소리질렀다.
"으아아악! 난 죄 없어, 죄 없다고!"
율케스가 모두를 대신해서 대답했다.
"이 새끼, 지금 이 상황에서 혼자 튀면 사람도 아니다."
그리고 에녹 교수님의 시뻘건 분노가 공평하게 세 사람 모두에게 폭발했다.

2.

차라리 접싯물에 코 박고 죽지 그러냐, 그렇게 싸움이 좋으면 용병 생활이라도 하지 왜 아카데미에 와서 학비를 축내는 거냐?
너희는 버러지다. 학비를 갉아먹는 버러지 새끼들이다.
차라리 그 돈으로 나가서 장사나 하지 왜 여기서 숨 쉬고 있는 건가. 버러지 새끼들아.
……교수님의 분노가 다다다 쏟아졌다.
샤인 알테리온, 내가 너는 그래도 괜찮을 줄 알았다. 못된 친구를 만들더니 물이라도 들은 건가? 유유상종이라는 말이 있다. 버러지랑 놀고 있으면 너도 버러지가 된다는 거다. 내가 지금 샤인 알테리온이라는 신규 버러지를 어떻게 처리할지 생각해 본 적 없나? 윤리적이며 교육적이면서 인권을 침해하지 않는 기준에서 네놈들을 어떻게 엿 먹일지 고민해야 하는 교수의 심정을 생각해 본 적 있나? 샤인 알테리온 버러지 군.

에녹 교수님의 폭풍 같은 독설이 쏟아진다. 중간에 율케스가 반쯤 조는 바람에 더 혼났다.

결국 세 사람은 벌로 2주간 신전 청소와 더불어 1주일간 블루 타워 대욕실 청소를 해야 했다.

샨은 교수님의 독설에 정신이 너덜너덜해질 것 같았다. 아니 이 이상 교수님에게 찍 하면 나는 사람의 자식이 아니라 개의 자식이라고 맹세 또 맹세했다. 그런데 카이가 옆에서 티스와 친구하는 한 언젠가는 개의 아들이 될 테니, 차라리 용의 아들이 되는 건 어떠냐고 말했다.

그랬다. 티스는 모든 일의 원흉이자 악의 근원 같은 존재다.

그리고 보니 티스의 배다른 형제인 류인 황자님은 요즘 들어 테러가 줄어들었다.

"주모자라도 잡은 거야?"

샨의 질문에 티스가 쓴웃음을 지으며 고개를 저었다.

"평생 안 잡힐걸?"

줄어들었을 뿐, 없어지지는 않았다. 그렇다곤 해도 예전처럼 목숨의 위협이 될 만큼 큰 부상도 당하지 않았다.

샨이 물었다.

"티스는 이제 형이랑 안 싸워?"

"누가 들으면 사이 나쁜 형제인 줄 알겠다."

"사이 나쁜 형제 맞잖아."

티스가 대답했다.

"그런 게 아니야. 골육상잔이지. 그냥 사이가 나쁜 게 아니야. 철천지원수라고 한단 얘기야."

샨이 이마를 찌푸렸다.

"어쨌든 요즘은 안 싸우잖아. 거기다가 류인 황자는 너와 대화하고 싶은 눈치고."

수업이 끝날 때마다 류인 황자는 티스에게 말을 걸기 위해 부단히 움직였다. 그러나 티스의 움직임이 빨랐다. 그가 말을 꺼내기도 전에 티스는 부리나케 교실 밖으로 튀었다. 그렇게 좋아하는 여학우와의 대화마저도 때려치우고는 일단 튀는 게 우선이었다.

샨은 그게 마음에 들지 않았다.

서로 미워하는 거야 어쩔 수 없다고는 해도, 그래도 형제 아닌가.

한쪽이 대화를 하려고 한다면 들어줄 여지는 있지 않을

까.

심지어 복도를 걷다 300미터 앞에서 그를 발견하면 창밖으로 뛰어내릴 정도로 티스는 질색하며 도망친다.

티스는 샨의 이마에 손을 얹었다.

"애기야. 넌 애기라 모르는 모양인데, 세상에는 피해야 하는 이야기가 있단다."

"그렇다는 말은 류인 황자가 뭔 이야기할 줄 안다는 거네?"

"그렇지."

샨은 침대에 비스듬히 기댔다. 율케스는 두 사람의 대화에 참여하지 않고 책장을 팔랑거리며 넘기고 있었다. 각성한 이후 율케스의 수면 시간은 부쩍 줄어들었다. 예전에 하루 12시간을 잠으로 보냈으면서 이제는 겨우 하루 4시간, 평범한 사람의 수면 시간에 훨씬 밑돌 정도였다. 그렇게 생긴 시간에는 책을 읽거나 수련을 한다. 사실상 신체 능력으로 봤을 때 소드 마스터를 뛰어넘는 경지를 갖게 되었지만, 만족할 줄 몰랐다.

샨이 말했다.

"율케스도 뭐라고 좀 해 봐. 아무리 그래도 류인 황자는 형이잖아, 나쁜 이야기를 할 것 같지도 않은데, 이러는 건 아니라고 봐."

율케스는 책장을 탁 덮었다.

"저놈 가족 일에 왜 내가 끼어들어야 하지?"

냉정하다.

볼 때마다 느끼지만 참 희한한 친구 관계다. 서로에게 간섭하는 일이 없다. 자신의 사생활에 대해 털어놓는 법도 없었다. 그러나 샨은 달랐다. 샨은 카이를 쓰다듬으며 말했다.

"형이잖아."

"생물학적으로는 형이지."

"하지만……."

"몇 번이나 다시 말하지만 말이야. 샨, 우리는 따뜻한 난롯가에서 가족 놀이나 하며 스튜나 퍼먹고 있을 관계가 아니야."

늘 능글맞던 티스는 율케스의 말을 듣고 신경질적으로 머리를 쓸어 올렸다.

"앞으로 그렇게 되면 되잖아!"

샨은 답답하다는 듯 소리 질렀다. 그 말을 듣자마자 티스가 몸을 일으켰다.

"샨 너 좀 귀찮다."

그러고는 문을 쾅 닫고 나가 버렸다.

샨이 율케스에게 물었다.

"내가 잘못한 거야?"
율케스가 대답했다.
"사람마다 예민한 부분이 하나씩은 있다."
"그러면 티스에게는 가족이 예민한 부분이라는 거야?"
"거의…… 역린이지."

샨은 생각에 잠기다가 머리를 막 헝클었다. 카이가 그 모습을 보고 눈을 동그랗게 뜨더니 인간의 모습으로 변했다. 그리고 벌거벗은 채로 샨을 껴안았다. 카이는 입술을 삐죽 내밀었다.

"샨 말이 맞아. 가족은 행복한 거야. 티스 나빠!"
율케스가 무뚝뚝하게 대답했다.
"그건 네 주인이니까 편드는 거고."

3.

티스는 머리를 벅벅 긁으며 밖으로 나왔다. 기분이 좋지 않았다. 그렇지 않아도 류인 황자가 티스에게 말도 안 되는 귀찮은 일을 시키려 하고 있는데, 샨은 한술 더 뜬다.

가족? 가조옥?

황실에 그런 게 있었으면 아마 제국의 영지전이 80퍼센트는 줄었을 거다. 세계평화를 이루어도 결코 그런 날은 오지 않는다.

아니나 다를까 복도를 나서자마자 류인 황자가 말을 걸러 다가온다. 티스는 자연스럽게 등을 돌려 오던 길로 다시 걸어간다. 류인 황자의 걸음이 점점 더 빨라진다. 티스는 혀를 차더니 그보다 빠르게 달려갔다.

류인 황자가 소리 질렀다.

"잡아!"

그러자 어디서 숨었는지 네 명의 가디언들이 어둠 속에서 티스를 향해 바람처럼 달려온다.

"쳇."

티스는 혀를 한 번 차더니 전력으로 뛰었다. 이래서야 술래잡기가 끝나지 않는다. 류인 황자는 한숨을 쉬더니 가디언들에게 돌아오라고 시킨다.

싫다는 사람에게 억지춘향을 시킬 수도 없다.

그렇다고 포기할 생각은 없다. 다만, 그에게 남은 시간이 이제 얼마 남지 않았을 뿐.

일주일 뒤, 블루 타워에서 대규모 기숙사 회의가 열렸다.

학생회만이 모인 게 아닌 기숙사생 전원이 집결하는 것으로, 타워 최상층, 수중 정원의 오페라 광장에서 열렸다.

인원을 모두 확인한 후, 학생회장 카이렌 슈비츠가 직접 단상에 올라왔다.

"친애하는 물의 생도들 안녕하십니까."

단상에 오른 그는 안경을 추어올리며 회의 주제를 말했다.

"아시다시피 이번 축제 때 사용할 예산이 총학생회에서 집행되었습니다. 이 예산으로 블루 타워에서 할 만한 게 뭐가 있을까요?"

학생들이 하나둘 의견을 냈다.

유령의 집, 카페, 무도회장.

작년에 나왔던 것들에서 조금도 벗어나지 않은 의견에 카이렌은 짜증을 냈다.

"어떻게 500년 동안 의견이 하나도 변하는 게 없단 말입니까!"

샨은 생각했다.

'아, 그래도 500년 전에는 다른 것도 있었나 보다.'

천 년이고, 만 년이고, 개국 이래로 같은 레퍼토리만 우려먹을 줄 알았는데, 그래도 이 타워에 개척자가 있긴 했나 보다.

그때 티스가 손을 들었다.

"무도회장으로 하죠!"

카이렌이 짜증스럽게 대답했다.

"이미 나온 의견입니다."

"그게 아닙니다. 일반 무도회장이 아니라 선남선녀들의 즐거운 유흥을 적극 권장하자는 겁니다."

티스는 자신이 구상한 무도회장에 대해 읊어 나갔다.

조명은 어둡게, 의상은 가볍게, 부킹도 자유롭게.

이건 마치 단테스가 경영하고 있는 윤락가의 그곳과 매우 흡사했다.

단테스는 그 무도회장을 이렇게 불렀다.

나이트클럽 댄싱 퀸

"오오오오오오!"

그러나 놀 줄 모르는 귀족가의 청년들은 티스의 의견이 신선한지 적극 박수를 치기 시작했다. 티스는 쇼맨십이라도 발휘할 예정인지 자신의 이름을 구호로 만들어 크게 외쳤다. 당황한 학생회장이 소리 질렀다.

"신성한 아카데미에 그런 불온한 것을 들여올 수는 없습니다!"

가만히 듣고 있던 단테스가 손을 들었다.

"입장료 및 부킹비를 기숙사비로 쓰시면 됩니다."

"그, 그게 무슨! 축제에서 얻은 수익금의 절반은 총학생회로 갑니다!"

단테스는 전교생에게 당당히 나이트를 운영해 세금을 포탈하자고 말하고 있었다.

"입장비와 음료 판매비는 총학생회에서 파악할 수 있지만, 부킹비는 파악하는 게 불가능합니다. 이중장부를 만들어 납세금을 포탈하면 차익이 80퍼센트 이상 나오게 되어 있습니다. 그 돈을 웨이터들에게 조금 나눠 주고, 남은 돈을 블루 타워 학생회를 위해 쓰면 되는 겁니다."

강하다.

과연 프로의 솜씨였다. 샨은 단테스가 무도회장을 여덟 개나 운영하고 있다는 사실을 떠올렸다.

그거 다, 세금 포탈해서 운영하고 있었니.

범죄라고 말하고 싶지만, 이미 그는 마피아 총수 아드님이시다.

도둑놈이 평민이라 치면 단테스는 범죄자 왕국의 진골 귀족 정도 된다.

그는 주체적인 나이트 운영 방식과 기자재 대여 금액을 설명하기 시작했다. 주판은 어디서 얻어 왔는지, 빠르게 계산하며 예상 수입을 부르고 있었다.

"학생회의 방해를 예상해 볼 때, 저희는 별도 암호를 사용하는 삼중 장부를 만들면 됩니다. 가장 수익을 극대화시키는 방법은 술을 밀반입해서 팔아치우는 겁니다. 술은 교칙상 금지되어 있기에, 그쪽에서 세금을 먹일 방법이 없습니다!"

오오오오오!

이건 가히 광란의 도가니다.

여자도 만나고, 술도 마시고, 돈도 벌어 보자.

님도 보고 뽕도 따겠다는 저 노골적인 외침을 막아서며 카이렌이 소리쳤다.

"만약 걸리면 어쩔 셈입니까? 블루 타워의 총인원이 몇이라고 생각하십니까? 이 계획이 학생회 귀에 안 들어갈 것 같습니까?"

그 말에 단테스가 뭘 걱정하느냐는 듯 태연하게 대답했다.

"제일 만만한 놈을 잡아 그놈에게 다 뒤집어씌우시면 됩니다."

"네, 네에에?"

"기숙사장님은 몰랐던 일이라고 하시고, 그놈이 다 저지른 일이라고 하세요. 그리고 수익금은 놈이 도박으로 다 탕진해서 이제 줄 돈이 없다고 하세요. 놈이 정학을 먹게 되면 보상금 차원에서 숨겨 놓은 비자금의 8퍼센트 정도를 떼 주시면 됩니다."

카이렌이 물었다.

"그, 그럼 신고자는요? 이 인원 중에 신고할 사람이 없다고 생각하십니까?"

그 말에 단테스는 두 손을 모아 하늘을 바라보았다.

"신께서는 모두 아시니까요. 놈이 밤길을 혼자 걷는 그날, 신께서 직접 그놈에게 천벌을 내리시지 않을까요?"

단테스 피라미드 회사의 대지주이자, 파라오의 아들이 경건한 표정으로 친히 신탁을 내렸다.

찾아내서 직접 응징하시겠다는 말이다.

카이렌은 할 말을 잃었고, 회의장은 숙연해졌다. 단테스는 두 손을 곱게 들고 경건하고 엄숙한 표정으로 다시 말했다.

"신께서는 모두 보고 계십니다. 누가 착한 악당이고 나쁜 악당인지. 그날 밤에 다녀가실 겁니다."

샨은 우주를 보고 있었다.

기숙사생들은 광란의 도가니에 빠졌다. 티스는 모두를 주도해 구호를 연호했다.

결국 카이렌 회장이 입을 열었다.

"다수결로 정하겠습니다."

건국 이래 최초, 최대 스케일을 보여 준 물 나이트의 오픈 배경이다.

4.

세부 계획을 진행하며 단테스는 모두에게 말했다.

"수질은 중요합니다. 음악의 신께서는 언제나 맑은 곳을 좋아하셨습니다. 오염되고 탁한 면상을 가진 분들은 신성한 무도회장를 더럽힙니다. 이건 성전입니다. 이건 음악을 지키기 위한 투쟁입니다!"

단테스의 등 뒤에서 에녹 교수님의 아리아가 울려 퍼지는 것 같다. 파라오의 아들은 엄숙하게 선언했다.

"우리는 매일 밤 투쟁해야 할 것입니다! 목도리로 얼굴을 가리는 자, 화장을 두껍게 바른 자, 신분증을 위조한 자, 마지막으로 유부남까지. 성전의 연속입니다. 매일 입구에 우리의 수질을 관리할 성기사를 배치할 것이며, 웨이터들은 틈틈이 수질 검사에 나설 겁니다."

그는 이렇게도 말했다.

"단속 오는 놈들은 쳐 죽여야 마땅한 놈들입니다. 음악의 신은 저희를 사랑하십니다. 우리를 괴롭히는 못된 단속들은 어두운 밤길, 홀로 걷는 날 심판의 날을 맞이하실 것이며, 단속에게 밀고한 자, 심판의 철퇴가 따라갈 것이니. 우리는 서로 믿고 의지해야 합니다."

아멘.

그는 마치 교주처럼 노도 같은 목소리를 냈다.

"웨이터는 발이 넓은 사람으로 배정하시되, 최소한 2주는 교육을 시켜야 합니다. 주류를 몰래 빼돌릴 수 있는 자, 회계장부를 조작할 수 있는 자, 그럼에도 신이 무서운 줄 알고 우리에게 정직할 수 있는 인재가 필요합니다."

그런 의미에서 티스는 안타깝게도 탈락되었다.

티스가 그에게 항소했다.

"이런 법이 어디 있소! 신께서 보고 계실 거요. 보복이 두렵지 않소? 단테스 형제!"

단테스는 두 손을 모으고 가볍게 묵살했다.

"주식회사 알파도 상회는 신전을 네 개나 건립하였답니다."

신전은 제국법상 세금을 내지 않는다. 그 신전이 돈세탁용으로 지어졌다는 사실을 모르는 이가 없었다. 참고로 알파도 신전의 이중장부는 넬이 운영 중이다.

단테스는 두 손을 공손히 모으고 천장을 바라보았다.

"신께서는 기부하는 자를 사랑하십니다."

교회 4개를 소유한 신의 아들은 담담하게 자신의 확고

한 위치를 설파했다.

그밖에 조명과 음악, 밀거래할 주류 포장 문제를 보다 섬세하게 관리함으로써 그가 물 나이트의 진정한 공식 매니저임을 모두에게 입증해냈다.

샨은 의자에 머리를 포개며 작게 한숨을 쉬었다.

단테스는 샨을 웨이터로 주목했다.

"나, 나, 나 그런 거 절대 못하는데?"

"샨 군은 총학생부에서 감찰 오면 앞에서 웃어 주시면 됩니다."

"……?"

"곧 알게 될 거예요."

티스는 무대 담당, 율케스는 문 앞의 수질 검사 기사단에 들어갔다.

준비는 착실하게 이뤄지고 있다. 처음에는 설마 정말로 하겠냐고 생각했는데, 이제는 구체적으로 하나둘씩 쌓아가고 있다.

물 좋은 이성들과 가벼운 옷차림으로 만나고 싶다는 청춘의 부름과 어떻게든 삥땅 쳐서 내년 예산에 보태고 싶다는 블루 타워 학생회장의 시커먼 욕망이 초래한 결과다.

그렇게 물 나이트는 대망의 오픈을 맞이하게 된다.

"레드 타워는 뭐한데?"

"본격 불꽃 요리 대회."

"불꽃 요리? 예전처럼 무도회장은 안 하고?"

샨은 몸을 웅크린 채 주변 아이들이 하는 소리를 들었다. 레드 타워라면 보통 인맥을 총동원한 호화로운 무도회가 보통이었다. 그런데 '불꽃 요리 대회'라니!

티스가 샨의 어깨를 툭 쳤다.

"그쪽도 변화를 주고 싶었나 보지."

그런가 보다. 그런데 크롬은 매운 음식은 질색하던데, 어떻게 먹을 수나 있을까나. 워낙 권력을 좋아하니 심사위원 자리 하나는 꿰찼을 텐데…….

나중에 꼭 가 봐야겠다고 샨은 주먹을 꾹 쥐었다.

샨이 있는 블루 타워 수중 정원은 어느새 '물 나이트클럽'으로 교체되었다. 현란한 간판에는 마법으로 만든 빛의 구슬들이 일제히 꺼졌다 켜지기를 반복하며 그림을 만들었다. 그 그림에는 벌거벗은 여인의 실루엣이 춤을 추고 있었다.

"괜찮아? 이런 거 올려도?"

"규정상 문제는 없습니다."

과연 문제가 없을까.

입구 앞에는 리본이 길게 이어져 있었다. 단테스는 커다란 가위를 가져와서 뒤에 웅크려 앉은 샨에게 건넸다.

"자, 끊어 주세요."

"응? 나? 왜?"

세 단어의 짧은 질문이 다다다 쏟아졌다.

단테스는 환하게 웃으며 대답했다.

"샨 군은 우리 나이트의 이미지니까요. 샨 군 얼굴만 봐도 수질이 좋아 보이거든요."

개입되었다. 빌어먹을, 연루되어 버렸다!

기숙사를 대표해 테이프를 끊는 순간, 이 물 나이트에 대한 책임은 샨도 지게 되는 것임을 깨달았다. 가급적, 정말 가급적, 끊고 싶지 않았지만…… 할 수 없다.

샨은 몸을 일으켜 덜덜 떨리는 손으로 가위를 잡았다. 테이프 앞에 있던 학교 기자들이 크로키를 위해 연필을 쥐었다. 인파를 헤치고 샨이 밖으로 나오는 순간, 모두가 감탄했다.

저렇게 아름다운 소년이 세상에 있단 말인가.

카이와 가계약을 통해 골격은 완벽한 대칭으로 재구성되었고 육체의 불순물이 완전히 제거되었다. 샨이 여자로 태어났으면 땅을 울리고 하늘을 찌르며, 각 나라의 왕들이 기함을 지르고 전쟁을 일으킬, 경국지색의 미녀였을지도 모른다. 실제로 각 나라의 공주님들이 머리를 감싸 안고 쓰러지고 있지 않은가.

그걸 아는지 모르는지 샨은 가위를 들고 어색하게 웃음을 지었다. 단테스와 카이렌은 샨의 양옆에 서서 가위에 손을 얹었다.

"그러면 자릅니다. 하나, 둘, 셋!"

테이프가 끊어졌다. 폭죽이 터지며 사방에서 환호성과 박수 소리가 울렸다. 이렇게 사람 많은 곳은 샨도 처음이다. 빛이 터질 때마다 웃음을 유지하기가 어렵다.

이튿날 신문 1면에 가위를 들고 어색하게 미소 짓고 있는 샨 알테리온의 크로키 초상화가 인쇄되었다. 워낙 미모가 출중하다 보니 1면에 실지 않을 수가 없었다. 그 바람에 레드 타워와 화이트 타워가 2면, 3면으로 밀려 나가며 각 학생회장들이 분노를 터뜨렸다.

한편, 귀족가의 여성들은 신문을 사들여 샨의 얼굴을 오려 액자에 넣기 시작했다. 신문은 최대 판매량을 이루었고, 누구도 물 나이트에 대해 모르는 이가 없었다. 미모 하나로 마케팅이 된다는 단테스의 계략이 성공한 셈이었다.

5.

에론은 휴가를 냈다.

"안 돼에에에! 니가 나가면 누가 그 일을 다 한단 말인가!"

"휴가계입니다. 명절도 휴일도, 심지어 새해마저도 사무실을 지켰는데 이걸 안 받아 주신다는 말은 하지 않으시겠죠?"

"그래도 지금 타이밍이…… 예산 서류가 몰려오고 있단 말일세!"

재무대신과 군무대신이 에론의 옷자락을 잡아끌었지만 에론은 단호하게 그들의 손을 쳐냈다.

"사랑스러운 아우가 독사의 소굴에 빠졌는데 어찌 형으로서 가만히 본단 말입니까!"

그랬다. 에론의 손에는 학생회 신문이 구깃구깃하게 쥐어져 있었다.

한 번 보고, 두 번 보고, 세 번도 봤지만, 이건 틀림없이 샨의 얼굴이다. 기저귀 찰 때부터 고이고이 길러온 순수, 그 자체의 동생이 나이트클럽 때문에 타락하게 생겼다.

테이프까지 끊다니!

이건 중요 자리에 올랐다는 뜻 아니겠는가!

그동안 학교에서 잘하고 있겠거니 하고 철석같이 믿었건만, 이게 무슨 일이란 말인가.

물 나이트?

남녀 사교의 메카?

이건 샨의 잘못이 아니리라. 샨을 타락의 길로 이끈 나쁜 친구들 탓이리라.

티메리스 황자, 그 자식을 그때 썰어 버리지 않은 게 천추의 한이다.

샨의 또 다른 타락한 친구, 단테스를 모르는 에론으로서는 그저 티스를 썰어 버릴 생각만 가득했다.

아무리 나이트 음료가 주스와 홍차라고 하지만, 속일 걸 속여라.

티메리스 이타카르 황자. 미들 네임까지 붙여 주기도 아깝다. 남의 금쪽같은 동생을 타락시키려 한 죄는 크다.

에론은 칼 두 자루를 허리에 맸다. 그의 뒤에서 재무대신의 비명이 울렸다.

"가지 마아아아!"

에론는 문을 닫았다.

콰아아앙!

1.

축제가 시작되기 전에 큰 관문이 가로막고 있었다.

바로 기말고사.

실기 시험이 중심인 중간고사에 비해 오로지 필기로만 승부하는 기말고사는 공부할 게 많다.

율케스는 봉인을 푼 이후로 성적이 크게 올랐다. 잠을 자는 대신 그걸 고스란히 공부에 쏟은 덕분이다. 그에 반해 티스는 변동이 없었다. 애초부터 공부를 못하는 게 아니라 안 하는 거다. 단테스야 학비가 아깝고 장학금을 노리고 있으니 성적이 우수했지만, 문제는 샨이었다. 샨은 머리를 움켜쥐고는 룬 문자의 124가지 대유법을 외우고 있었다. 그동안 웨이터 연습을 한다고 잠도 못자고 혹독하게 훈련했다. 공부할 시간이 부족한 게 당연했다.

"마마, 힘들어?"

카이가 차를 내왔다. 인간으로 변한 카이도 함께 웨이터를 하게 되었는데, 워낙 미모가 출중한데다 남성체로 할지 여성체로 할지조차 아직 정하지 않은 만큼 특유의 중성적인 미모가 남녀 모두를 끌었다.

카이는 여전히 샨과 다른 성별을 하고 싶은 모양이다. 샨은 남녀가 유별한데 어찌 같은 방에서 잠을 자겠냐고 주장하고 있다. 티스는 아쉬운지 카이와 함께 샨을 설득했지만 들어먹지를 않았다.

거기다가 라온 교수님은 대체 점수를 어떻게 줄지 짐작도 안 가서 그게 더 불안하게 했다.

그렇게 기말고사 기간이 폭풍처럼 스쳐 지나갔다.

샨은 작게 한숨을 쉬고는 방 안에서 답안지를 채점했다. 서술형 문제의 경우 교수님의 주관이 들어가기 때문에 오차율이 높다. 그러나 그냥 주관식이나 객관식의 경우 점수를 예측하는 건 어렵지 않다.

평균 점수가 떨어졌다. 그건 확실하다. 지난번에는 아슬아슬하게 장학금을 탔지만, 이번에는 못 탈 수도 있다.

등수가 대체 얼마나 추락할 건가.

무엇보다 율케스가 생각 이상으로 성적이 올랐다. 샨을 위협할 정도까지는 아니지만, 이미 기초과정을 마치고 응용문제를 풀고 있었다. 다음 시험에는 율케스와도 경쟁해야 한다는 생각에 가슴이 답답해졌다.

시험이 끝나자 모두 환호성을 지르며 거리로 뛰쳐나갔다.

지젤은 우리의 얼굴마담인 샨에게 입힐 옷을 주문하러 나갔다. 여학우들은 샨에게 옷을 입히는 걸 낙으로 살고 있다. 모든 웨이터들의 옷을 검은색 턱시도 조끼로 맞추고, 샨의 것만 흰색으로 맞추자는 의견에 샨은 강력하게 반발했다. 만약 정말 그렇게 했다가는 도망치겠다는 굳건한 주장에, 결국 지젤과 그의 일파들도 포기하고 대신 어두운 블루로 타협했다.

가계약으로 길어진 머리카락을 단정하게 묶고는 샨은 본격적인 서빙 연습에 나섰다. 원래부터 소질이 있던 것이, 아르고 형의 누베스 상회에서 받은 훈련 덕분에 좀 더 주문에 예민하게 반응할 수 있었다. 음료 7잔에 음식 세 접시를 한 쟁반에 모두 담고도 어깨 위가 거의 움직이지 않았다.

역시 얼굴마담.

모두가 샨을 보며 감탄했다.

생각해 보면 여기 있는 애들은 모두 집안에서 한 가락씩 하는 애들이다. 서빙을 받는 입장이지, 자기가 서빙을 할 줄은 누가 알았겠는가.

샨은 모두에게 자신만이 알고 있는 요령을 알려 줬다. 그러나 술을 밀거래하는 일에서 샨은 제외되었다. 거짓말을 하면 얼굴에 다 드러나는 성격 때문인지 남을 속이거나 몰래하는 데에 재능이 없었다. 아직도, 주류 판매는 반대하는 입장이었고.

축제까지 나흘, 모두 심기일전하는 분위기였다.

2.

첫날, 인공 호수 위로 학교의 도개교가 내려갔다. 오늘부터 일주일간은 도개교가 올라가지 않는다. 교문을 활짝 열어 놓고, 방문객들을 맞는다.

제3342기 드래곤 스콜라 아카데미 축제

손님들이 하나둘, 들어오기 시작하면 각 학교의 얼굴마

담이 팸플릿을 돌린다. 샨은 검푸른색 연미복을 입고 특별히 미모가 출중한 귀부인들과 소녀들, 그리고 돈이 있어 보이는 젊은 귀족들에게 팸플릿을 돌렸다.

"호오, 호오, 블루 타워에서 나이트라고?"

오늘의 나이트 삐끼를 맡은 샨은 식은땀을 흘리며 대답했다.

"물 좋아요."

뭐라고 물으면 무조건 이렇게 대답하라는 단테스의 교육이 여기서 빛을 발한다.

같은 학교 학생이건, 방문자건 가리지 않고 전단을 돌린다. 어차피 낮부터 시작하는 나이트는 없다. 블루 타워 축제는 저녁부터 시작된다. 그렇기에 더욱 열심히 삐끼 활동을 해야 한다. 게다가 이것은 단지 삐끼 역할만으로 끝나는 것도 아니었다. 샨은 얼굴마담, 가게의 간판, 나이트의 수질 종결자 역할을 해야 했다. 미리미리 얼굴을 내비쳐놓는 것만으로도 효과적이었다.

"삐끼가 이 정도면……"

"물 좋다는 게 정말이겠군."

"와, 너랑 놀 수는 없니? 호호호……. 부킹도 잘 될 거 같은데."

삐기를 하는 샨에게 몇 가지 수작이 다가왔지만, 그때마다 카이와 티스와 율케스가 나타나서 수작은 무산되었다.

그렇게 부산을 떠는데, 샨의 앞에 왠지 낯익은 인물이 나타났다.

"이따위 짓이나 하고 있다니, 귀족의 긍지는 어디다 팔아먹었나?"

크롬 마이어하트다. 어쩐지 기분이 몹시 나빠 보였다.

샨은 목울대로 침을 꿀꺽 삼켰다. 일전에 샨과 아웅다웅했던 크롬이 얼굴이 이마를 찌푸린 채로 노려보고 있었다. 샨은 태연하게 전단지를 건네줬다.

"어? 크롬 왔어? 너도 올래?"

크롬은 샨의 전단지를 뿌리쳤다. 바닥에 전단지가 와르르 쏟아졌다. 샨은 으악 비명을 지르며 전단지를 주섬주섬 주웠다. 그런 샨을 향해 크롬은 거만하게 팔짱을 꼈다.

"너 바보냐? 적탑에도 행사가 있다. 그리고 나 역시 준비해야 하지. 그런데 청탑에서 수상한 일을 꾸민다고 하기에 왔더니……. 이런 파렴치한 짓이나 하고 있다니!"

"파, 파렴치한 짓이라니?"

"그런 복장을 하고 사람들을 꾀어내는 게 파렴치한 것이 아니…… 읍읍!"

"자자, 손님. 흥분은 건강에 해롭습니다요."

티스가 다가와 크롬의 입을 막아 버렸다. 그가 손가락

을 까닥이자, 덩치 큰 친구들이 나타나 티스와 함께 크롬을 끌고 나가려 했다.

"큭! 놔, 놔랏!"

"자자! 블루 타워에서 오늘 밤 나이트를 개장합니다! 모두 모두 관심을 가져 주십시오!"

티스가 분위기를 전환하려는 듯 화려하게 움직이며 사람들을 끌어 모았다. 그렇게 삐끼 활동은 성황리에 끝났다.

같은 시간, 이서릴은 꿈결을 걸었다. 꿈의 환수들인 맥족만큼 꿈을 잘 넘나드는 건 아니지만, 적어도 한 번 가 본 곳은 다시 가 볼 수 있었다.

이서릴은 걸었고, 꿈의 문고리를 열었다. 문이 열리자 한 청년이 서 있었다.

엘, 그는 백은발을 흩날리며 학교 가장 높은 지붕 위에 서 있었다. 그는 그녀를 보더니 손가락을 까딱였다.

"초대를 수락한다, 고귀한 용이여."

"호오, 공격이라도 할 줄 알았는데, 초대까지 해 주는 걸?"

그녀의 말에 그가 어깨를 으쓱였다.

"이런, 이런. 왜 이렇게 뿔이 나셨나?"

"닥치시지 엘, 네놈이 무슨 생각인지 모르는 줄 알아?"

두 사람은 입을 다문 채 서로 마주 보았다. 두 사람은 아주 오래전부터 존재해 왔고, 앞으로도 존재할 것이다. 마치 마술 거울의 양면처럼 두 사람은 서로 바라본다.

어느새 인간처럼 돼 버린 이서릴과 인간을 버린 엘은 지친 기색으로 서로 바라보았다.

"내가 무슨 생각을 하는지 그대가 안다 하였나?"

"그래. 네 녀석이 춤추는 천칭으로 무슨 짓을 하려는지 모를 줄 아나!"

"긴긴 세월 동안 있었던 유희 아닌가, 이런 유희 없이 어떻게 우리가 긴 세월을 살아가겠나."

그녀는 이마를 찌푸렸다.

"닥쳐! 네놈의 그런 수작에 내 애들이 다치는 것은 용납 못 해!"

"춤추는 천칭의 저울추는 네가 간섭할 성질의 것이 아닐 텐데?"

엘의 말에 이서릴은 이를 갈 뿐 대꾸하지 못했다.

긴 적막이 흐른다. 그녀가 입을 열었다. 그러고는 엘을 향해 물었다.

"지친 거냐. 엘? 너는 이런 녀석이 아니었어."

"내가 어떤 녀석이었지?"

"적어도 유희 삼아 세계의 파멸을 갖고 놀지는 않았어."

엘이 대답했다.

"이 세계는 이미 멸망했어."

그 순간, 학교가 사라진다. 학원 도시가 사라지고, 사람들이 없어진다. 풀 한 포기조차 남지 않은 황량한 폐허 위로 모래바람이 불어온다.

엘은 눈을 감았다가 뜬다. 그제야 세계가 맥동하기 시작한다. 모든 것이 원래대로 돌아온다.

엘은 손을 들어 그녀의 턱을 붙잡는다.

"이서릴, 유일한 오래된 자여. 그대라고 하더라도 내 피로를 막을 순 없어. 지금의 나는 아틀라스와 같아. 세계를 나 혼자 힘으로 떠받치지. 나는 이제 모든 인간과 모든 생명과 모든 죽음이 꾸는 꿈을 꿔. 그런데 이서릴."

"……"

"내 꿈은 누가 꿔 주지?"

그는 피로한 목소리로 말을 내뱉었다.

그녀가 고개를 저었다.

"그럴 바엔 네 손으로 멸망시켜. 춤추는 천칭과 관계없잖아? 녀석들을 건드리지 마!"

엘은 웃었다. 그저 웃기만 했다.

"깨지 않는 꿈은 없어, 이서릴. 하지만 깨어나고 싶어서 깨어날 수 있는 꿈도 없지. 나는 이 세계를 멸망시킬 수 없어. 내가 할 수 있는 건 오로지 이 세계를 유지하는 것뿐."

"미친 새끼."

"존귀한 존재는 모두 미쳤어. 너도 이미 제정신은 아닐 텐데?"

엘은 그렇게 말하고는 악마 같은 미소를 지어 보였다.

"그리고 우리 모두는 아주 먼 옛날에 미쳤지. 너무 미쳐서 정상으로 보일 정도로. 그러니 이런 의미 없는 논답은 그만두자. 너는 내 일을 방해할 수 없어. 내가 네 일을 방해할 수 없는 것처럼."

그녀가 고개를 저었다.

"아니, 방해 좀 해야겠어."

"어떻게? 운명을 거스를 셈이야? 그 대가가 뭔지 알 텐데?"

"운명을 어기지 않더라도 할 수 있는 방해는 있어. 춤추는 천칭은 그렇다 쳐도 샨은 내 축복을 받았으니까."

"그래? 재미있겠군. 그 소년이 그토록 특별한 모양이지?"

엘이 손짓하자 체스 판이 생겼다. 고귀한 두 존재는 마주 보고 앉았다. 그리고 엘은 흰색 폰을 움직였다.

3.

"어서 오십시오, 신사숙녀 여러분! 지금까지 본 적 없는 새끈한 무대와 즐거움이 가득한 물 나이트에 오신 걸 환영합니다아아!"

목청 좋고 말씨 좋은 예쁘장한 청년이 소리를 지른다. 그 뒤로 물의 마법에 능숙한 학생들이 물로 만들어낸 가지각색 형상들이 춤을 추었다.

누가 보면 전 세계적인 축제라도 하는 줄 알겠지만, 그런 것도 아니다.

이거야말로 블루 타워의 야심 찬 계획인 물 나이트!

물도 좋다고 스스로 선언한 곳이다.

"자. 손님들께서는 웨이터를 지명하시면 됩니다! 그럼 신나게 놀아 볼까요? 오늘을 위해서 초빙했습니다! 제국을 떨어 울리는 초대 가수! 드래곤 보이스!"

"이예이예에에에에!"

무대에서는 아주 난리가 났다. 여학생들은 드래곤 보이스를 보기 위해서 꺅꺅거리며 달려들었고, 손님들 중 일부 여성도 거기에 동참하고 있었다.

샨은 그 정신없는 상황 속에서 자기의 자리와 본분을 지키기 위해서 고군분투하고 있었다.

"새끼 양?"

새끼 양은 샨의 닉네임, 물론 웨이터로서의 이름이었다. 누가 지었는지 잘 어울리는 이름이었다.

당연한 말이지만 그런 닉네임 때문에 샨의 머리 양쪽에는 조그마한 양 뿔이 달려 있었고, 그것은 더더욱 샨을 돋보이게 했다.

샨이야말로 수질 종결자!

"예, 손님. 어서 오세요!"

샨은 바로 싹싹하게 대답해 주면서 두 손을 비비적거렸다.

이거야말로 아르고 형의 상단에서 배운 두 손 비비며 아부하기!

"자자. 오늘 물이 끝내줍니다. 줄 서신 거 보이시죠? 제가 안쪽으로 자리를 드릴게요."

샨은 즉시 젊은 남자 세 명을 자리로 안내했다.

"아시겠지만 기본 안주 세트는 50골드입니다. 그리고 추가로……"

샨의 모습은 거침이 없었다. 젊은 남자 세 명은 그런 샨의 외모와 언변에 압도당해 버렸다.

"그럼 부킹을 원하시면 다시 저를 불러 주세요!"

"야, 저게 우리가 알던 샨 맞아?"

"셋째 형에게 다녀온다고 하지 않았던가? 그 이후로 무언가가 어긋난 것 같군."

"빠릿빠릿해지기는 했는데…… 영 껄적지근한걸?"

티스와 율케스는 그런 샨을 바라보면서 어딘지 모르게 떨떠름한 표정을 짓고 있었다.

아아! 우리의 순진무구한 친우 샨은 어디로 갔단 말인가?

그 사이에 단테스는 장막 뒤에서 음험한 미소를 지으며 샨을 바라보고 있었다.

"후후후. 역시 샨 군이군요. 제 친구답습니다. 이번 축제에는 부가 수입을 상당히 많이 벌을 수 있겠어요."

그의 뒤에 재신이 강림한 것은 아닌가 싶을 정도였다.

그렇게 블루 타워의 나이트는 별다른 문제 없이 손님들을 폭풍흡입하면서 막대한 수익을 냈다. 다른 마탑들이 그런 블루 타워를 이기려고 노력했지만, 애초에 가당치도 않은 일이었다.

이쪽은 철저한 상업주의!

그러나 저쪽은 문화와 전통을 중시하는 가게들이다. 어찌 청탑의 상대가 될 수 있을까. 게다가 청탑의 행사에는 단테스 알파도라는 악당과 그 악당에 버금가는 티스 이타카르라는 자가 존재했다. 거기에 뛰어난 능력을 지닌 넬과서 있는 것만으로도 존재감을 만방에 과시하는 율케스도 있다. 그러니 더더욱 이 행사의 성공은 떼놓은 당상이다. 그리고 그런 음모와 상업성의 중심에 선 샨은 바쁘게 서빙을 하고, 손님에게 부킹을 시켜 주면서 등에 땀나도록 돌아다니고 있었다. 그러다가 자신을 찾는 손님이 있다 하길래 갔다가 분노의 화신 같은 표정을 짓고 있는 미청년을 만나게 되었다.

크롬 마이어하트!

"너, 너 지금 그런 차림으로 무엇을 하는 거야!?"

고래고래 소리를 지르는 크롬. 하지만 나이트클럽은 시끄러운 음악과 춤이 어우러져 크롬이 소리를 지른다고 해도 아무도 신경 쓰지 않았다.

덥석.

"나가자. 네가 귀족의 타락한 모습을 보이는 것은 내가 친구로서 용납할 수 없는 일이다!"

"에? 이게 타락한 모습이야?"

"당연하지 않나!"

"그럼 티스랑 율케스도……."

"그놈들은 옛적에 타락한 놈들이니까 필요 없어!"

크롬의 열변에 샨은 조금 움찔해 버렸다. 사실 샨으로서는 크롬이 왜 화를 내는지 알 수 없었다.

이게 어째서 타락한 귀족의 모습일까?

"잠깐 손님, 저희 직원에게 손을 대는 것은 금지입니다."

"손님, 잠시 동행해 주시겠습니까?"

덥석, 덥석.

크롬이 막 샨을 끌고 나가려는데 양옆에서 누군가가 크롬의 손을 각각 잡아챘다.

한쪽에는 빙글빙글 웃고 있는 단테스 알파도!

그 반대쪽에는 냉혹한 표정의 율케스 란츠크네!

둘 다 만만한 자들은 아니었다.

"놔, 놔랏! 이 타락한 종자들아!"

"어허 손님, 누가 타락했다고 하시나요."

"조용히 퇴장하도록."

단테스가 정령을 이용해 크롬의 입을 틀어막았고, 율케스가 힘으로 크롬을 질질 끌어냈다. 결국 크롬은 낮과 동일하게 끌려 나가서 샨의 시야에서 사라지고 말았다.

미안해 크롬. 하지만 나도 청탑의 학생인걸.

샨은 그렇게 생각하면서 조용히 손을 흔들어 안녕을 고했다. 그리고 다시금 열심히 웨이터 일에 종사하기 시작했다.

"하우우, 힘들어."

"마마, 괜찮아?"

"으응, 아직은. 힘들어도 해야지."

휴식시간에 샨은 휴게실에 앉아서 거칠게 숨을 내뱉었다. 아무리 샨이 최근에 여러 가지 일들을 겪어 체력이 예전에 비해서 좋아졌다고 할지라도, 상당히 빡 센 일정이 아닐 수 없었다. 그러나 휴식을 언제까지 할 수는 없다. 샨은 오후 10시까지는 일을 해야 했다. 오후 10시가 넘으면 2조가 와서 교대해 주기로 한 것이다. 그때까지는 열심히 해야만 한다. 그 이후에는 자유 시간이다.

사실 학생들을 위한 축제인데, 학생들 본인이 즐기지 못해서야 어불성설 아닌가.

그래서 두 개조가 근무하게 된 것이다.

그 시간은 곧 다가왔다. 샨의 영업력 덕분인지, 아니면 단테스의 기획이 탁월해서인지 블루 타워 주최의 나이트는 대성황을 이루고 있었다. 그와 동시에 샨에게 자유시간이 찾아왔다.

"수고했어."

"샨 수고."

다른 학생들이 샨에게 수고했다고 말한다. 2조는 이제부터 새벽 4시까지 일해야 한다.

"응! 수고해!"

샨은 밝게 말하고는 옷을 갈아입고서 밖으로 나왔다. 그런데 같이 놀기로 한 티스와 율케스가 보이지가 않았다.

"어?"

둘이 어디로 간 걸까? 기다려야 하나? 찾으러 가야 하나?

샨이 그렇게 생각하는 사이에 반 친구인 지젤이 다가오고 있었다. 샨은 그녀를 보고는 조금 주춤했다. 저번 일 때문에 사실 그녀가 꺼림칙한 샨이었다.

"샨, 그렇게 움찔거리면 레이디에게 실례잖니."

"미, 미안."

"호호호. 뭐 용서해 줄게. 그리고 전언이 있어."

"전언?"

"티스는 회계 정리. 율케스는 가문에서 사람이 와 나갔다 온대. 그러니 12시까지는 혼자서 구경하라고 하던데?"

"뭐?"

"그리고 12시에는 중앙 광장에서 보자더군. 나는 말 전했어. 또 봐~."

그녀는 손을 흔들면서 가 버렸다. 둘 다 바쁜 모양이었다. 그럼 카이와 둘이서만 봐야 하나?

"마마. 왜 그래?"

"응? 아니야. 조금 당황스러워서. 일단 구경 가 보자, 카이. 나 이런 거 처음이거든."

"응. 나도 좋아!"

카이를 품에 안고서 샨은 걸음을 옮겼다.

학교 축제는 아주 성대했다. 마탑마다 서로 다른 볼거리를 제공했지만, 그것이 전부는 아니었다.

민간의 축제 상인들이 들어왔고, 각지에서 온 예인들이 여러 가지 장기를 보여 주고 있었다. 자기를 고무 인간이라고 말하면서 팔다리가 늘어나는 사람도 있었고, 자신이 그린 그림이 살아 움직인다며 마법을 선보이는 사람도 있었다.

샨에게는 모든 것이 놀라운 것투성이였다.

집을 나와서 이렇게 떠들썩한 축제는 처음이었으니까.

"우와. 저건 어떻게 하는 걸까?"

마술은 단순한 눈속임이지만, 그래서 더욱 재미있었다. 왜냐하면 어떻게 눈속임을 해야 저런 게 가능한지 알 수가 없기 때문이다. 샨은 한 광대의 비둘기 마술에 눈을 떼지 못하다가 카이가 양꼬치 구이가 먹고 싶다고 칭얼거리는 바람에 걸음을 옮기고 있었다.

툭.

그렇게 걸음을 옮기던 샨은 앞을 제대로 보지 못했고, 결국 누군가와 가볍게 부딪치고 말았다.

황태자.

티스의 형제.

그리고 티스의 목숨을 노리는 사람!

하지만 샨은 그 사실을 잘 믿을 수가 없었다. 그는 샨에게 친절했고, 또한 언행도 부드러웠으니까.

원래 황자들간의 싸움이 엄청나다는 것은 들어서 알고 있었지만, 그렇다고 해서 이 사람이 나쁜 '악인'은 아니라고 생각했다.

"아, 미안합니다. 샨 군?"

그가 샨을 알아보았다. 그보다 키가 현저히 작은 샨이었기에, 부딪히고 조금의 시간을 소모하고 나서야 샨을 알아본 것이다.

"이거 참 우연입니다. 그렇지 않아도 한번 만나고 싶었습니다."

"예? 저를요?"

"예, 그런데 옆의 분은 누구신가요?"

"아, 카이예요. 카이, 이분은 티스의 형님이셔."

"안녕!"

카이는 쾌활하게 인사를 한다. 인간의 예법은 아직도 잘 이해하지 못하는 카이었다.

"그런데 저는 왜 만나시려고……."

"별건 아닙니다. 동생과 이야기를 하고 싶은데, 그 녀석이 저를 너무 피해서요. 도움을 받을 수 있을까 여쭈어 보려고 그런 겁니다."

"그런 거라면 당연히 도와드려야죠."

샨은 즉시 답했다.

티스와 류인이 사이좋게 지내면 얼마나 좋을까!

샨은 진심으로 그렇게 생각했던 것이다.

"어떻게 도와 드리면 될까요?"

"티스는 샨 군을 몹시도 믿고 있더군요. 그를 설득하는 데 도움을 조금 주시면 좋겠습니다. 이건 저희 모두를 위한 일이니까요. 일단 자리를 옮길까요? 사정을 설명드리겠습니다."

류인은 샨을 향해 부드럽게 미소를 지어 보였다.

* * *

"자. 고귀한 용이여. 이 수를 쓰면 어떻게 할 건가?"

엘은 빙글빙글 웃으면서 퀸을 움직인다. 새하얀 퀸의 머리 위로는 어떤 인물의 얼굴이 떠올라 있다.

* * *

"이 녀석은 어딜 간 거야?"

티스는 툴툴거리면서 물 나이트를 빠져나왔다. 그 옆에는 무표정한 얼굴을 한 율케스가 서 있다. 둘 다 잔업을 마치고 지금에서야 해방된 참이었다. 교대 조가 남은 일을 처리할 것이고, 이익금은 균등하게 분배된다. 알코올이 적당히 들어간 음료가 반입된 덕분에 블루 타워의 나이트는 그야말로 광란의 도가니 상태였고, 단테스는 음험하게 미소 지으며 돈을 세고 있었다. 물론 티스도 이 일에 한 다리 걸쳤으니, 그 역시 만족스럽긴 했다. 다만 잔업을 해야 한다는 사실이 그에게 짜증을 불러일으켰을 뿐이다.

"이쪽이다."

율케스가 돌연 입을 열었다.

"어떻게 알아?"

"향기."

"네가 개냐?"

티스는 그렇게 말하면서도 순순히 율케스를 따라나섰다. 샨이라고 하는 친구는 티스와 율케스에게는 참으로 미덥지 못한 새끼 양 같았으니까.

혼자 돌아다니게 내버려 두면, 어디서 어떤 사고를 칠지 알 수가 없었다.

그러고 보니 웨이터 네임도 새끼 양이었지.

속으로 투덜거리면서 티스도 부지런히 율케스를 따라나섰다. 이놈이 샨과 다녀오더니 분위기가 확 바뀌었고, 하는 행동도 조금 바뀌었다.

율케스와 조금은 한산한 거리로 들어섰다. 이 떠들썩한 축제와 다르게 조금은 조용한 분위기의 찻집들이 있는 곳이었다. 사람 수는 상대적으로 적었고, 그나마 조용했다. 그런 거리에 들어서는데 율케스의 안색이 변했다.

"피 냄새다."

"피? 아 젠장. 우리 친우께서는 또 무슨 일을 당하고 계신 거야?"

티스가 입을 오리처럼 툭 튀어나오게 만들고는 달리기 시작했고, 율케스 역시 빠르게 내달리기 시작했다.

피라니!

티스와 율케스의 심장이 거세게 뛰기 시작했다.

* * *

위대한 용 이서릴은 엘의 도발에 코웃음을 친다.

"꿈쟁이. 너도 이 수는 생각 못 했을걸?"

그리고 그녀의 새하얀 손가락이 비숍을 움직이고 있다.

*   *   *

 샨은 '어째서 일이 이렇게 되었을까?'라고 생각했지만, 그런 생각을 한다고 해서 지금의 상황에 도움이 되는 것은 아니었다.
 "마마!"
 카이의 머리카락이 곤두선다.
 일전에 이서릴의 계곡에 다녀온 이후로 카이는 자신의 힘을 다루는 것에 대해서 어느 정도 알게 되었는데, 자신의 마력을 끌어내서 무식하게 휘두를 수 있게 되었다.
 카이가 손을 휘두르면, 시퍼런 마력 덩어리가 날아가 상대를 후려갈긴다. 마법도 뭣도 아닌 그냥 마력을 던져내는 행동이지만, 강한 힘이기에 한 번으로도 상대는 피떡이 되어 쓰러져 버렸다.
 샨은 그런 카이의 폭력적인 행동에 불만을 가지면서도, 빠르게 몸을 움직이고 있었다. 강화된 눈과 다리는 샨에게 모든 공격을 아슬아슬하게 피해낼 수 있는 재주를 선사했다.
 카가강!
 여기는 찻집 거리의 뒷골목.
 단검과 암기가 하늘을 날고, 수십 명이 벽이나 천장에서 떨어져 내리며 공격을 가해 오고 있었다.

류인 황자의 곁에는 어느샌가 그림자 같은 사내가 한 명 나타나 그를 보호하고 있었고, 그 역시 검을 꺼내어 싸우고 있었다.

샨도 카이도 제법 강하다. 그리고 류인과 그의 보호자로 보이는 자도 제법 강했다. 그러나 적들의 수는 상당히 많았다.

그러자 카이의 두 눈에 새파란 빛이 뿜어져 나오기 시작했다.

"마마를 지킬 거야!"

후와아악!

그것은 거대하고도 거대한 마력이었다. 일반적인 용이라고 해도 낼 수 없는 마력이 휘몰아치더니 그대로 허공에서 둥글게 뭉쳐진다. 그것은 마치 살아 있는 것처럼 꿈틀거리더니 폭발을 일으키면서 사방으로 파편을 쏘아 보내었다.

"으악!"

습격자들이 그 마력의 파편에 격중당해 비명을 토하면서 쓰러졌다. 마법도 뭣도 아닌, 그저 마력을 터트린 것에 불과했지만 그 위력은 너무나도 치명적이었다. 류인 황자조차도 그 힘에 놀라서 적들에게서 시선을 돌릴 정도였다.

"샨 군, 당신은 대체……."

그가 놀라서 넋을 잃고 샨에게 무어라고 말하려는 그 순간, 찰나에서 영원으로 이어질 것 같은 그 시간 사이로 무언가가 날아들었다. 그것은 아주 빠르고, 작은 화살. 류인은 그것이 샨에게 향하는 것을 알았고, 자신에게 선택의 여지가 없음을 알았다.

그것은 본능이었을까? 아니면 이성이었을까?

화살이 날아가는 궤도에 류인은 자신의 몸을 날렸다.

푸욱.

작은 화살은 그의 늑골에 박혀들었다. 폐를 찌르지는 않았지만, 가벼운 상처는 아니었다.

"컥."

"류, 류인 씨!"

샨의 눈동자가 커졌다. 세상 모든 것이 느려진다 싶은 기분이 든 순간에 류인이 샨 대신에 화살을 맞았다.

사아악!

그리고 다시금 화살이 이어져서 쏘아졌다. 그것은 기이하게도 류인을 노리는 것이 아닌, 샨을 노리는 것이었다.

죽음을 담은 화살.

아주 짙은 죽음의 향기가 화살에 담겨 있었다.

콱!

그러나 그 화살은 허공에서 멈추었다. 기다란 머리카락

이 화살을 강하게 움켜잡은 상태였다.

"감히!"

카이의 눈동자가 검게 변한다.

"카 라토 나쉬!"

그리고 들어 본 적도 없는 언어로 카이는 외쳤다.

쿠오오오오오!

보이지 않는 공기의 거인이 주변을 뒤흔드는 듯했다. 폭풍이라도 일어난 것처럼 강렬한 바람이 불어 모든 것을 집어 들어 날려 버렸다.

"나 명하노라. 분노하라 용의 아이들아!"

그 사이에서 카이가 포효를 내지른다. 그러자 허공에서 반투명한 형태의 바람으로 이루어진 용들이 나타났다.

카아아아!

바람의 용들이 포효를 지르면서 습격자들을 덮친다. 그것은 더 이상 싸움이라고 부를 수도 없는 거였다.

카이의 분노가 이런 이변을 만들어낸 것이었다.

* * *

"황가에는 용의 피가 흐른다. 그걸 이용한 수로군. 그러나 넌 비숍을 잃었어."

엘이 말했다.

위대한 용인 이서릴의 가호를 받는 샨.

그렇기에 용들은 샨을 보호하려는 본능을 지닌다.

"흥! 내 비숍이었지만, 애초에 죽을 운명이었잖아?"

"그렇다면…… 이 수는 어떻지? 춤추는 천칭이 화를 낼 거야."

엘이 록을 움직였다.

*　　*　　*

카이의 강력한 마법이 사람들을 쓸어버렸다. 그 사이에 샨은 류인의 늑골에 꽂힌 화살을 뽑아내고 즉시 치료 마법을 사용했다.

물의 마법의 특기는 치료. 게다가 샨은 마법이 없을 때에도 치료술에 일가견이 있다.

"물로 정화되고, 치료되어라."

카이의 마력을 빌려 마법을 사용한다. 샨의 손에 물이 맺히고, 그것은 상처로 떨어져 내린다.

치이익!

"끄으으윽!"

그러나 치료가 되지 않았다. 도리어 물에 닿은 부위에서 검고 매캐한 연기가 뿜어져 나와 코를 괴롭혔다.

독, 그리고 저주.

보통의 화살이 아니었다.

"이, 이건……."

샨도 독과 저주를 알아보았다. 이런 거라면 어떻게도 할 수가 없다. 샨의 실력으로는 지금 이 독과 저주를 해결할 수 없다.

"류, 류인 씨!"

샨이 당황한 사이, 바람이 그쳤다. 카이가 다시 용으로 변하여 샨의 옆에 날아와 앉았다.

"마마, 이제 안전해."

"카, 카이. 류인 씨가……. 이거 어떻게 할 수 없을까?"

카이에게 말해 보지만, 카이는 고개를 젓는다.

"마마, 모르겠어……."

"그, 그런……."

"큭! 방심했군요. 축제에 섞여 이렇게 많은 이들이 왔을 줄은……."

여기가 인적이 뜸한 뒷골목이라고 할지라도, 축제인 이상 사람들이 오게 될 거다. 습격자들의 시체는 곧 발견될 테지만, 그 사이에 류인이 어떻게 될지는 알 수 없었다.

"류인 씨, 업히세요. 이대로 학교로 가면……."

"놔, 놔두세요. 샨. 틀, 틀렸습니다."

류인은 자신의 몸에 빠르게 퍼지는 죽음을 느꼈다. 이 독과 저주에는 해독제와 해제법이 있다. 하지만 그럴 시간을 주지 않는 종류의 것이다. 독에 당하고 단지 몇 분 안에 죽음에 이른다. 류인은 그것을 알았다.

"티, 티스에게…… 말을……."

"할 말 있으면 직접 하시지."

티스가 붉은 눈동자를 빛내면서 어둠 속에서 걸어 나왔다.

*   *   *

"흥! 그게 왜 네 록이지? 그도 황가의 자식이야."

위대한 용은 코웃음 쳤다.

"그래? 하지만 그는…… 패스 파인더이기도 하지. 어떨까? 춤추는 천칭, 그리고 저 샨 알테리온은 옳은 선택에 들어갈까?"

엘은 느긋이 미소 지었다.

"자, 이제 지켜보기만 하면 돼. 하지만…… 내가 이기든, 네가 이기든. 나는 상관없어. 나는 꿈꾸는 게 일이잖아?"

*   *   *

"경고했을 텐데, 류인. 나를 내버려 두라고. 이게 대체 무슨 꼴이지? 암살자들을 불러들이다니."

"큭! 그렇게 나무라지 말게나. 이제…… 다시 못 볼 사람인데."

"뭐라고!?"

붉은 두 눈이 꿈틀거리고, 티스는 성큼 다가와 류인의 상처를 살폈다.

"테라스큐라스의 독! 거기에…… 알 수 없는 저주까지. 너……."

"방, 방심한 탓이지. 이제 남은 시간은…… 2분 남짓."

류인이 손을 뻗었다. 그 손은 티스의 손을 힘주어 잡는다. 샨은 안절부절못하는 상태로 그 모습을 바라보고, 율케스는 샨의 뒤에 섰다.

"멍청한!? 왜 이렇게 되도록 만들었지?"

"말하지 않았던가? 너는…… 막아야만 해. 알겠나, 형제여? 막아야만 해. 그걸 할 수 있는 건…… 패스 파인더인 너뿐이야."

콰릉!

하늘에 먹구름이 몰려든다. 갑작스럽게 번개가 치고 기

상이 사나워지고 있었다.

"나의 또 다른 형제를 누가 막을 수 있겠나? 용맹한 타이라스? 뛰어난 테리크? 아니…… 판단의 티스뿐이야."

"너……."

"쿨럭!"

류인의 입술 사이로 피가 흘러나왔다.

"다가오는 게 느껴지는군. 죽음이 내게 오고 있어. 살고 싶었지만…… 살아서 내 형제를 막고 싶었지만…… 그건 내게 허락되지 않은 모양이야."

꽈악.

그의 손에 힘이 더해진다. 티스의 손을 잡은 그의 손은 한계까지 힘을 내었다.

"할 수밖에 없……어. 알겠지? 너의 능력이라면…… 알 거야. 이제 선택지는…… 하나……. 황……황위를…… 네가…… 그를……."

새파랗게 변해 버린 입술 사이로 피가 더욱더 많이 흘러내렸다.

"류, 류인 씨!"

샨이 놀라서 소리를 지르며 달려들려는 순간 티스의 손이 샨을 제지했다.

"그게 유언이냐?"

"나, 나의 아이들을 부탁······."
툭.
그의 손에서 힘이 사라진다. 그의 고개는 힘없이 떨어져 내렸다. 티스는 그를 눕히고 조용히 눈을 감겨 주었다.
"그래······. 선택지는 이제 하나뿐이지, 형제."
티스의 두 눈동자는 붉은 태양처럼 타오르고 있었다.

* * *

"재미있게 되었지? 그렇지 않나?"
"흥! 어차피 샨만 무사하면 돼."
"체스는 더 멀리, 수십 수 앞까지 내다봐야지. 이제 정말로······ 재미있어질 거야."

〈다음 권에 계속〉

외전

수호자의 나무

1.

이름 없는 신이시여, 들으소서.
나는 밤을 감시하는 검이니.
세계가 가고 혼돈이 오고 마침내 일어날 황혼을 감시하오리다.
나와 내 등불은……
별의, 별의, 어머니가 쏟아내는 황혼을 지킬 것이오며.
일평생 단 한 평의 땅도 소유하지 않고,
일평생 누구도 사랑하지 않으며.
일평생 황혼만을 바라보며 살으리오다.
이름 없는 신이시여, 받으소서.

나는 황혼을 지키는 파수꾼이 되리니.
내게 올 제액들은 모두 오롯이 내 것이오며,
내가 흘릴 업보들도 모두 나의 것이오.
지금부터 내 피는 나의 것이 아니고, 내 살점 역시 나의 것이 아니매.
내 심장은 그대의 것이고, 내 연민 역시 그대를 위한 것이로다.
이름 없는 신이시여.
맹세를 들으소서.

2.

리오 알테리온은 나무 아래에 무릎을 꿇고 있다.

거대한 고목나무에는 새하얀 꽃이 피어 있다. 알테리온 가문의 시조가 심은 나무로 이제는 아득한 세월을 삼키고 그 거대한 몸을 불리고 있다.

리오는 그의 아버지가 한 것과 똑같이 칼을 들어 손가락을 긋는다.

신주 위에 술이 차오른다. 맑은 술이 피로 붉어진다. 그렇게 술잔을 피로 채우고 리오는 제단에 피맺힌 술을 올린다.
 아버지가 말했다.
 "더스크 워커의 맹세는 너무 이른 건 아니더냐."
 리오가 입을 열었다.
 "이 정도가 딱 좋습니다, 아버지."
 아버지는 하늘을 올려다본다. 자신이 했던 맹세를 아들이 밟아간다. 젊은 나이에 부인을 잃고 그는 신단수 앞에서 똑같은 맹세를 했다.
 일평생 누구도 사랑하지 않겠다고, 일평생 한 평의 땅도, 재산도 소유하지 않겠다고.
 알알이 피맺힌 절규를 지르며 알테리온 소드로 손가락을 그었다.
 그는 그 맹세를 여태껏 지켜 왔다.
 나라에서 허락한 이 땅에서, 최소한의 음식만으로 연명한다. 사치를 부리지 않고, 언제든 죽을 사람처럼 물건을 정리했다.
 그것은 알테리온가의 숙업이다.
 더스크 워커.
 황혼, 멸망, 그리고 이 세계의 멸망을 감시하는 일.
 처음 선조께서 이름 없는 신에게 직접 신탁을 받고 가장 먼저 했던 일은, 대륙을 넘는 것이었다. 동대륙과 서대륙의 한가운데, 이제는 알테리온 산맥이라고 부르는 거대한 산맥을 등에 지고 신단수 앞에서 맹세를 했다. 대가로 이름 없는 신은 알테리온 가문에게 신혈을 내렸다.

알테리온가 사람들은 대대로 강인한 육체와 인간을 뛰어넘는 반사 신경을 갖고 태어난다. 그런 의미에서 샨은 참 기이한 존재라고 할 수 있지만, 그전까지는 모두 예외 없이 세 살에 활을 쏘고, 다섯 살에 멧돼지를 사냥했다. 그리고 열둘이 되면 맨손으로 오우거의 목을 비틀었다. 그래서 자손 중 하나는 이름 없는 신께 맹세하고 모든 것을 헌신했다.

이 숙업은 가주만이 알고 있으며, 때가 됐을 때 선대 가주가 다음 대의 가주에게 전했다.

가문에서 가장 강한 사람이 맡기도 하고, 때로는 가문에서 가장 영리한 사람이 맡기도 했다. 어떨 때는 가문에서 가장 약한 사람이 맡기도 했고, 여성이 맡기도 했다.

첫 아들을 잃고 상심한 어머니가 나이 50에 '황혼 감시자'로 임명되기도 했다.

알테리온 가문에 얽힌 방랑 전설이 많고, 가문 중에 꼭 한둘은 집을 뛰쳐나가 무사 수행을 빙자한 여행을 떠나는 것 역시 그런 이유였다.

아버지는 가장 좋은 검을 꺼내 들었다.

용의 어금니로 만든, 드래곤 슬레이어 알테리온 소드만큼은 아니지만, 용의 비늘로 만든 검이다.

알테리온 소드가 환상을 베는 검이라면 용의 비늘로 만든 이 검은 모든 환상을 증폭시키는 검이다.

리오는 검을 뽑아 들었다. 새카만 검날이 어찌나 빛나던지 밤하늘을 그대로 반사했다. 검신에는 알테리온을 상징하는 나비가 양각되어 있다.

그러나 제비나비 대신 '저승나비'라고 부르는 새카만 나비다. 알테리온 산맥에서만 살며, 야행성으로 대대로 '더스크 와쳐'를 수호했다.

에론도 아르고도 리오의 검술 실력에 대해 잘 모른다. 언제나 말보다 주먹을 먼저 날렸고, 수련은 혼자 했기 때문이다.

그러나 아버지는 에론을 위해 검을 선택했다.

그것도 양손으로 휘두르는 투 핸드 소드.

일반인이라면 들고 서 있는 것조차 못할 대검이다.

"맹세를 했으니 곧 첫 계시가 있을 거다."

"네."

"아들아. 이제 너는 자손을 볼 수도 없고, 가주라는 직함 외에는 무엇도 가질 수 없다. 이렇게 빨리 수호자의 역할을 맡느냐."

"제겐 이게 적성입니다, 아버지."

아버지는 손으로 이마를 쓸었다.

"아우들에게 짐을 주고 싶지 않아서냐?"

"나중에라도 알게 되면 분명히 서로 하려고 할 테니까요."

한 세대에 데스크 워커가 둘이나 있는 경우는 드물다. 대부분 선대 데스크 워커가 사망한 이후에 다음 대가 맹세를 하곤 한다.

어쩌면 운명일지도 모른다. 그렇다고 해도 보통은 자식을 낳고, '아 이제 더 이상 여한이 없다.' 싶을 때 되곤 한다.

근데 이놈은 숫총각이 아닌가.

"괜찮습니다, 아버지. 저는 아무리 봐도 여자 만나긴 그른 것 같아요."

내가 네 엄마 만나고 가장 잘한 짓이었던 게 그 당시 맹세를 안 했던 거란다. 아들아……

아버지는 아들을 위해 그냥 말을 삼키기로 했다.

3.

첫 번째 계시는 나비를 타고 온다.

깊은 숨결을 타고, 꿈속으로 들어와 다시 나간다. 물론 깨어났을 때 무슨 꿈을 꾸었는지는 기억나지 않는다. 다만 새카만 나비가 날아가는 모습만 기억날 뿐이다.

눈을 뜨니 탁상 위에는 신탁 장소와 섬멸해야 할 존재가 기록되어 있었다.

리오는 양피지를 한참 내려다본다.

자신의 필체다. 이런 악필은 자기밖에 없다.

쓴 기억이 없는데 종이에 적혀 있다. 손가락을 보니 잉크가 조금 묻어 있다.

몽유병 환자처럼 일어나 계시를 받아 적기라도 한 걸까.

기억이 안 나니 아무것도 추측이 되지 않는다.

위치는 북쪽에 있는 산악 마을이다. 국경 근처에 있는 곳으로 몬스터들과 외적들이 자주 노략질하던 곳이다.

'외적을 처치하라는 건가?'

어쩌면 강력한 네임드 몬스터일지도 모른다. 어느 쪽이든 세계를 위협할 만한 '징조'라는 데 변함없고, 데스크 워커는 처치해야 할 의무가 있다.

그는 칼을 챙긴다. 건틀릿을 손에 장착하고 가방에 간단한 비상식량과 구급품을 챙겼다. 입구에는 아버지가 삐딱하게 기대어 서 있다.

"첫 계시로구나."

"아버지에게는 안 왔나요?"

"한 세대에 두 명의 데스크 워커가 생기면 가장 젊은 쪽에게 계시가 내린단다. 나는 이제 꼭 필요한 순간에만 꿈을 꾸겠지."

리오는 아버지께 허리를 굽혀 인사했다. 문을 나가려는 그를 아버지가 불러 세웠다.

"조심해라, 아들아."

"적이 절 조심해야 할걸요? 절 만나다니 얼마나 재수가 없겠습니까?"

"그런 게 아니란다. 아들, 그런 게 아니야. 사람을 조심하라는 거다."

"허튼짓하면 죽여 버리면 되죠."

아버지는 작게 한숨을 쉬었다. 혈기 왕성한 나이에는 무슨 소리를 해도 들어먹지를 않는다.

아버지는 자신이 어렸을 적을 떠올린다. 자신도 리오와 같은 때가 있었다. 그러나 적어도 그때는 사명을 받지를 않았고, 그저 자유롭게 방랑하며 내키는 대로 살면 됐다.

문제는 리오가 사명을 받았다는 거다. 리오의 행동에 따라 자칫했다가는 세계가 위험해질 수도 있다는 뜻이었다.

"내가 네게 맹세를 허락한 게 잘한 일인지 모르겠구나."

"걱정 마십시오. 아버지! 다녀오는 동안 산삼주나 드세요. 이제 아버지도 쉬셔야죠."

그 말에 아버지는 갈무리했던 기운을 개방한다. 등골을 타고 살의가 타오른다. 리오는 침을 삼켰다.

아버지가 말했다.

"네가 날 따라오려면 멀었어."

은퇴한 노인 취급한 게 불쾌했던 모양이다. 그러나 그럴 만했다. 이 집안에서 가장 강한 건 아버지다. 제아무리 리오라고 해도 아버지의 경지를 뛰어넘으려면 적어도 아버지의 나이, 어쩌면 그 이상을 가져야 할지도 모른다.

'어이고, 저 괴물.'

다른 집에서는 부모가 때리는 힘이 약해져서 서글퍼 울 나이라던데, 이 집은 맞는 순간 사망이다.

불평한들 어쩌랴.

리오는 짐을 챙겨 부랴부랴 밖으로 나갔다. 그러나 아버지는 여전히 불안한 듯 리오를 바라보았다.

같은 시간, 에론은 서류를 작성하고 있었다. 보통 서류의 몇 배가 되는 높이다. 그러나 문서를 결재하거나 다시 아래로 되돌려 보내는 속도가 보통이 아니다. 그랬다. 에론은 혼자서도 6명분의 일을 끝내는, 그야말로 문관계의 스페셜리스트로 성장하고 있었다.

제국에서는 무관으로서의 에론도 많이 원하고 있지만, 각부의 장관들은 에론을 붙잡고는 놓지를 않았다. 그가 있으면 야근을 하지 않아도 되기 때문이다.

그가 함께라면 아무리 험한 불경기라도 예산을 30퍼센트 절감하는 효과를 낼 수 있다. 원래부터 빠른 판단력에 특유의 편집증적인 성격까지 합쳐서 상승효과를 일으킨다.

그때 우편 용이 편지를 물고 왔다.

보통 편지들은 통신관을 통해 들어오지만, 이번 편지는 우편 용이 직통으로 물고 왔다. 편지에는 알테리온가의 인장인 검은 나비가 박혀 있다.

에론은 편지를 천천히 읽어 내려갔다.

"헤인첼 비서."

"네, 넵?"

"제가 마지막으로 휴가 쓴 게 언제였죠?"

"……지……지난달이었습니다만."

"새로운 휴가를 쓸 때가 되었군요."

"네에에에엣!?"

에론은 몸을 일으킨다. 샨이 짜 준 붉은 카디건을 어깨에 비스듬하게 걸치고는 검 두 자루를 챙긴다. 비서는 몸을 던져 에론을 붙잡는다.

"안 됩니다. 안 됩니다! 지금 시국에 무슨 휴가이십니까 아아아! 이 많은 서류는 다 어쩌라고요오오오!"
"제 알 바 아니죠. 제 할 일은 다 했으니까."
"안 됩니다. 저 죽습니다아아!"

에론은 그를 내려다보았다. 그러고는 부드러운 미소를 지으며 그의 머리를 쓰다듬었다.

"그러면 죽어."
"네?"
"월급 값도 못하는 버러지들을 무슨 세금으로 먹여 살리겠습니까. 그냥 죽어 버리지 그러십니까, 밥버러지?"

쿠우웅―.

에론은 상큼한 표정으로 독설을 내뱉고는 그대로 밖으로 나간다. 비서는 눈물을 폭풍처럼 쏟으며 저 사람 좀 누가 막으라고 소리 지른다. 그러나 뒤끝 길기로 유명한 에론이다.

한 번 원한을 사면 어디까지 갈지 언제까지 할지 알 수가 없다.

결국 문둥병 걸린 사람처럼 모두 에론을 피하기 바쁠 것이다.

"장관님 불러. 장관님!"

누군가가 이 불쌍한 비서의 어깨를 두드렸다.

"틀렸네. 지금 그분은 전쟁터에 계시다네."

"그 말은 즉 누구도 지금 저 인간의 브레이크를 밟을 사람이 없다는 거였다."

비서는 문득 에론의 책상을 돌아보았다. 거기에는 휴가 신청서가 다소곳하게 놓여 있었다.

'대체 언제 작성한 걸까.'

새삼 무서워졌다.

4.

알테리온가를 나온 리오는 주먹을 탕! 부딪쳤다.

검을 쓸 줄은 알지만, 주먹이 더 좋다. 불의를 깨부순다는 느낌이 무척이나 마음에 든다. 악인을 처단할 때도 주먹을 사용하면 급소를 피해 제압할 정도만 힘을 조절할 수 있다.

잘만 사용하면 악인을 갱생할 정도로 때릴 수 있다. 골병도 안 들고, 썩어빠진 근성도 뜯어고치고, 딱 참회를 할 수 있을 정도로.

그러나 검은 그게 없다. 일단 검은 살을 베기 위해 있는 거다. 후유증이 남을 수밖에 없고, 실력 차가 크지 않는 이상 상대방의 팔다리를 베고 시작한다. 검을 들면 기분이 흉해진다.

그런 의미에서 에론은 검 쓰는 걸 즐긴다. 녀석은 어지간하면 죽이고 끝낸다. 살리고 끝내는 게 아니다. 검을 뽑으면 반드시 죽인다. 그랬기에 아버지는 내심 에론을 다음 대 황혼의 감시자로 임명하려고 했다. 녀석은 술도 하지 않고, 노름도 하지 않는다. 여자를 만나지도 않는데다가 필요한 일을 최소한의 노력으로 끝내는 재주가 있다. 그 안에 인정이나 자비, 악인구제 같은 건 없다.

리오는 그게 싫다. 검을 들게 되면 결국 죽이냐 살리느냐로 해결 보게 된다.

그 안에 다른 것들은 없다.

"그런데 여기가 대체 어디지?"

계시를 받아도 워낙 악필이니 알아보기가 어렵다.

그는 그 흔한 열차표도 끊지 않고 산을 탔다. 말보다 발이 더 빠르니 일찍 가지 않을까 싶은 마음이었다. 거기다 푯값이 어지간한 평민들 생활비를 훌쩍 뛰어넘은 탓도 있다.

아껴야 잘 산다.

에론이 봤다면 거지꼴 좀 그만하고 다니라고 타박할 정도로 추레한 차림으로 산 넘고 물 건너 달려갔다. 배고프면 토끼를 잡아먹고, 목마르면 개천 물을 떠다 마셨다. 그렇게 야성적인 직감만으로 방향 잡아 달리기를 꼬박 열흘, 목적지에 도착했다.

  리오는 한참 동안 멍하니 불타는 산을 바라보았다.
  세금을 낼 여력이 없는 사람들이 도망쳐 만든 화전민 마을이다. 이런 마을은 나라에서 치안대를 파견하지 않기 때문에 산적과 몬스터 습격에 취약하다.
  마을이 불타고 있다. 리오는 달려갔다.
  고블린 떼들이 줄지어 마을을 습격하고 있었다. 남녀노소 할 것 없이 모두 죽여 버리고, 가축과 쌀, 쇠붙이를 약탈했다. 어린아이의 머리를 잡아당기거나, 죽은 여자의 시신에 칼을 찌르기도 했다.
  "으아아악!"
  비명이 잇달아 울린다.
  '이런, 너무 늦었나?'
  살아 있는 인간이라고는 보이지 않는다. 모조리 시체뿐이다. 일단 리오는 몸을 힘껏 허공으로 띄웠다. 그러고는 사자가 토끼를 덮치듯 마을 한가운데에 발을 쿵 찍었다. 깜짝 놀란 고블린들이 이쪽을 바라본다.
  "인간을 습격하는 사악한 몬스터! 네놈들을 용서할 수 없다!"

키기긱?

고블린들은 서로 얼굴을 바라본다. 새로 온 먹이의 정체에 대해 자기네들 언어로 대화하는 모양이다.

리오는 기세를 갈무리했다. 고블린은 영악한 종족이다. 섣불리 살기를 풀었다가는 기세에 짓눌려 냅다 도망칠 게 분명하다. 그렇게 되면 일일이 쫓아가서 조져야 하는데 참 귀찮다.

고블린들이 일제히 무기를 휘두르며 리오를 향해 덤벼들었다. 리오는 손바닥 부드러운 곳으로 가장 먼저 달려온 놈의 명치를 후려쳤다.

타앙!

경쾌한 소리를 내며 고블린이 훙 날아간다. 리오는 고양이처럼 주먹을 말아 쥐고는 급소를 피해 모조리 후려치기 시작했다.

고블린들이 검을 뻗으며 뒤에서 나타난다.

빠악!

일격에 정신을 놓는다. 열이든 백이든 상관없다. 양 떼 속을 질주하는 사자 같다.

퍼버버벅!

5.

소녀는 지하실에 몸을 웅크리고 있었다.

"엄마……."

발아래에는 엄마의 시신이 꿈틀거리고 있었다. 사후 강직이 오기 시작한 모양이다.

'숨어. 키르에…… 숨어!'

아빠는 그녀를 지하 창고에 밀어 넣고는 무기를 꼬나 쥐고 나갔다. 그러나 돌아오지 않았다. 소녀는 어둠 속에서 몸을 웅크리고 있었다.

"끄아아악!"

사람들의 비명이 울렸다. 익숙한 목소리도 있었던 것 같다. 한 맺힌 비명이, 땅을 타고 지하실에 울린다. 소녀는 몸을 웅크린다. 얼마나 울었는지 모른다. 머리가 어지러웠다.

별일 없을 거라고 했다. 아빠가 별일 없을 거라고, 잠깐 여기 들어가 있으라고 했다.

그때 익숙한 신음이 들렸다.

"키, 키르……."

퍼걱.

날카로운 식칼이 돼지 뼈를 자를 때 나는 소리가 울린

다. 지하실의 45도 경사진 문짝 위로 따뜻하고 진득한 피가 뚝뚝 흘러나왔다. 소녀는 울음을 참았다. 엄마는 언제나 인내심이 많은 키르에를 칭찬했다.

키르에는 잘 참는구나. 힘든 일도 뚝딱하는구나.

어른보다 더 낫네…….

비명 소리가 잦아든다. 뭔가가 왔다가 나간다.

소녀는 천천히 지하실 문을 열었다. 엄마가 누워 있다. 등에 칼을 꽂은 채로 피를 게워내고 있었다. 소녀는 고사리 손으로 엄마를 지하실로 끌어당겼다.

툭.

엄마 몸이 이렇게 무거웠던가?

소녀는 멍하니 생각한다. 그리고 다시 문을 닫는다. 칼을 뽑아도 엄마는 일어나지 않는다. 뜨거웠던 피가 점점 미지근하게 식어 간다. 사람의 얼굴이 점점 검게 변색되어 간다.

소녀는 그 과정을 마주 보고 있다.

더 이상 울지 않는다.

그저 정신을 놓은 채 식어 가는 피를 바라볼 뿐.

6.

리오는 모든 고블린을 패고, 부러뜨리고, 묶고, 실신시켰다.

몬스터에게 개과천선이란 한없이 불가능한 일이지만, 적어도 인간만 보면 경기를 일으키며 도망치게는 할 수 있다.

"이놈들이 세계 멸망의 원인이라는 거야?"

느낌이 안 온다.

더스크 워커는 멸망의 원인을 보면 반드시 심장이 뛴다고, 보면 안다고 한다. 그건 엄마가 자기 자식을 아는 것처럼 그저…… 느끼게 된다고, 운명적으로 감지하게 된다고 한다.

그러나 놈들 중에 그런 느낌이 드는 새끼가 하나도 없다.

"내가 둔한 건가?"

리오는 머리를 벅벅 긁는다.

많은 사람들은 잘 모르겠지만, 이 세계는 끊임없이 멸망할 위기에 빠지고 있다.

마왕이 소환되거나, 리치가 태어나거나.

가끔 매우 드물게 이상 기후로 인한 천재지변이라든가, 멀쩡한 거대 용이 미쳐서 사방을 박살 내기도 한다.

마계에서 괴이한 마수들이 소환되기도 한다.

그럼에도 이 세계가 그럭저럭 살아가는 이유는 다행히도 이런 데스크 워커 같은 사람들이 있기 때문이다.

자기 외에 이런 일을 하는 사람이 있는지는 알테리온가 조차도 알 수 없다.

그래도 이 세계가 이렇게 명맥을 이어온 이유는 하나도 빠짐없이 처단되었기 때문이다.

자신 같은 데스크 워커일 수도 있고 그냥, 지나가는 용사일 수도 있고.

제국에서 토벌 명령을 내려서 자체적으로 해결할 수도 있고—이거 의외로 효과 좋다.— 마수의 경우 마탑에서 막대한 현상금을 내려 가죽이나 뿔을 가져오라고 하기도 한다.

슬프게도 세계 멸망이라는 건 몇백 년에 한 번 일어날까 말까 한 그런 이벤트가 아니다.

리오는 고블린을 쥐어 패 인간에 대한 두려움을 심어 줬다.

아마 이 부락 고블린은 적어도 삼대는 인간을 보면 도망부터 칠거다.

마을에서 생존자는 보이지 않는다.

"아, 난감하네."

대체 일이 어떻게 돌아가는지 알 수가 없다.

첫날부터 타깃을 놓쳤다던가. 아니면 뭐, 다른 사람 손에 먼저 처리됐다거나 그럴 수도 있다.

그러나 세상일이라는 게 그렇게 낙관적으로만 돌아간다면 얼마나 좋을까.

우선 리오는 주먹을 쥐고 반듯하게 선다. 그러고는 자신이 가지고 있는 모든 마력을 일시에 개방한다.

동대륙에서는 이것을 기라고 부른다.

마력을 마치 원처럼 펼쳐 거대한 장막을 만들어낸다. 하나하나가 리오의 손이고 발이고 눈이다. 일반적으로 소드마스터들은 가만히 서서 300미터 밖의 일도 알아낸다.

아버지가 기감을 펼치면 가만히 앉아서 반경 30킬로미터의 일도 알아낼 수 있다.

다만 하고 나면 머리가 빠개질 것 같다고 하루 종일 술을 퍼마시며 자리보전하신다.

리오 역시 하기 싫다.

일단 펼치면 극도로 민감해진다. 자그마한 개미 발걸음 소리부터, 시체 눈알을 파먹는 까마귀 소리까지 생생하게 느껴진다. 피부를 땅에 펼치는 느낌이다.

이윽고 리오는 기감을 푼다.

"크으."

이마를 찌푸리며 머리를 문지른다. 잠깐이었을 뿐인데

속이 울렁거린다.

이렇게 시신이 많은 장소에는 할 게 아니다. 그 잠깐, 모든 시체가 짓고 있는 표정을 마주 봐야 했다.

리오는 머리를 꾹꾹 누르며 불길이 닿지 않는 마을 구석 오두막으로 향한다. 그곳에는 화전민으로 보이는 중년 남자가 죽어 있다. 집에 등을 두고 죽은 걸 봐서는 죽는 그 순간까지 이 장소를 지키려 했던 모양이다.

리오는 손을 더듬어 지하실로 가는 이음쇠를 찾아 주저하지 않고 연다. 어두운 지하실에 네모난 빛이 이어진다. 이윽고 빛은 어두운 푸른색을 반사한다. 그게 소녀의 눈이란 걸 깨닫기까지 얼마 걸리지 않았다. 소녀는 몸을 웅크린 채 그 자리에 앉아 있었다. 눈에 생기라고는 하나도 없었다. 혼이 나간 것 같다.

리오는 소녀를 마주 본다. 그 순간 심장이 내려앉는다.

쿵.

그제야 발견했다. 계시가 옳았다. 심장은 거짓을 말하지 않는다.

이 소녀가 '황혼'이다.

리오는 검을 뽑아 들었다. 그러고는 가차 없이 소녀의 목에 갖다 댔다. 이 소녀는 언젠가 이 세계를 멸망시킬지도 모른다.

'······하지만 이렇게 어린 여자아이를?'

일어나지도 않은 일인데.

아직 일어나지도 않는 일에 책임을 물어 죽인다고?

죽여? 이 아이를?

더럽고 꾀죄죄한 소녀는 작은 짐승처럼 몸을 웅크린다. 소녀는 두려움이라는 감정도 마비된 채 리오를 올려다본다. 이윽고 여린 눈에서 눈물이 뚝뚝 떨어진다. 리오가 검을 거둔다.

"형님은 바보입니다."

그때, 은색 칼날이 허공을 가른다.

카아앙—.

리오는 반사적으로 검격을 쳐낸다. 어둠 속에서 은색 안경알이 빛난다. 에론은 붉은 카디건을 나부끼며 걸어왔다.

"이래서 아버지께서 그리도 급하게 저를 부르신 거군요."

"데스크 워커에 대해 말한 거냐?"

"뭐, 이미 형님이 먼저 서약식을 했으니 숨길 것도 없지요."

이놈의 아버지. 가주만 내려오는 비밀이라고, 절대로 말하지 말라고 당부하더니 자기 입으로 먼저 털어놓을 줄이야!

"내가 세 살 먹은 애도 아니고 네놈에게 도움을 받아야

하냐?"

 그렇게 말하며 에론을 향해 검을 쳐든다. 분명히 기감을 펼쳤는데도 사람은커녕 저놈 옷자락도 감지되지 않았다. 야생동물 수준의 은신 능력이다. 아니, 야생동물조차 감지할 수 있다. 에론은 순식간에 자신의 존재를 지웠다. 그러고는 그를 미행했다.

"그 나이 먹고 세 살만도 못할 때도 있죠."
"뭐야?"
"제가 아무리 기감을 높인들, 형님의 행동반경을 따라갈 수는 없죠. 저희 형제 중에 가장 강하신 건 형님이잖습니까?"

 그러나 그건 어디까지나 목숨이 아닌 대련에서의 실력일 뿐이다. 대련 결과로만 본다면 리오가 압도적으로 강하다. 그러나 만약 에론이 저렇게 은신을 하고 리오의 등에 칼을 꽂는다면, 이야기는 달라진다.

 리오는 등에 식은땀이 흘렀다.
"저 애를 죽일 거냐?"
"저야말로 묻고 싶습니다. 형님, 저 애를 죽이실 거죠?"
"……."
 에론이 다시 검을 뽑아 든다.
"못하시겠다면 제가 하겠습니다."

카앙!

눈으로 좇기 힘든 속검을 리오는 감만으로 때려서 막아 낸다.

"안 된다. 고작 열 살도 안 된 꼬마야."

"어릴 때 싹을 베어야죠."

에론은 결국 두 번째 검을 뽑아 든다.

쌍검, 에론의 주특기다.

"형님께서 끝내 막으시겠다면 무력을 행사하겠습니다."

리오의 한쪽 입꼬리가 아래로 꿈틀거린다.

"네놈이? 고작 네놈 주제에?"

"왜요, 못할 것 같습니까? 저 애를 지키려면 적어도 제 팔 하나는 거둘 각오로 싸우셔야 합니다. 모르는 애 하나 못 죽여서 안달이신 분이, 친동생의 팔을 거둘 만큼 비정하시겠습니까?"

에론은 서늘한 살기를 뿜었다.

스스스—.

"왜요, 전설의 용사라도 되시는 줄 아셨습니까? 정의로운 일만 하면 세상을 지킬 거라고 믿기라도 하신 겁니까? 꿈 깨십시오. 형님, 인간은 말입니다. 지금 이 순간에도 초당 16.5명이 어디선가 죽어 나자빠지고 있습니다. 쟤까지 포함하면 17.5명 되겠군요."

"저 어린애의 목숨이 부질없다는 거냐? 네놈은!"

리오는 투기를 일으킨다.

쿠우웅—.

에론의 긴 머리카락이 리오의 투기에 흩날린다. 에론은 검을 검집에 넣은 채 발도 자세를 취한다. 일격에 형을 제압할 모양이다.

"부질없지요. 바퀴벌레만도 못합니다. 저 계집이 나중에 자라서 산을 위협할 수 있다고 생각하면 혐오스럽기까지 합니다."

"대체 네놈의 머릿속은 어떻게 된 거냐!"

"이렇기에 아버지께서는 형보다 저를 신뢰하신 겁니다."

그 순간, 에론은 팽팽하게 당겨 왔던 검기를 한순간 쏘았다.

알테리온 베기, 문커터!

리오는 검 대신 주먹을 뻗는다. 그러고는 기를 단단하게 모아 에론의 검기를 후려친다.

퍼걱!

검기가 손가락 살을 파고드는 게 생생하다. 그러나 뼈를 베지는 못한다.

리오는 기를 흘려 허공에 흩어낸다.

춤사위 같은 동작에 에론은 솔직히 감탄했다.

"벌써 거기까지 접어드신 겁니까?"

마나 댄싱.

기감을 열어 무(武)와 하나가 된다. 마치 신선이 춤을 추는 것처럼 자연스럽게 힘을 회전시키고, 모으고 흩는다.

마나 그 자체를 움직이는 능력.

포스 마스터 다음의 경지다. 비록 초입이라고는 해도 저 나이에 거기까지 깨달음을 얻는 건 드물다.

그는 강하다. 압도적으로 강하다. 아버지가 걱정할 만도 했다. 그런데 압도적으로 강하기에 취약한 부분도 있다.

"형님…… 제가 몇 번이나 말했지만, 마지막으로 한 번만 더 말하겠습니다. 귀 닦고 잘 들으십시오."

리오는 이마를 찌푸린다. 에론은 차갑고 단단하게 발음한다.

"형님은 바보입니다."

"죽을래?"

"그걸 다 아는데, 형님 혼자만 모릅니다."

리오의 굵은 눈썹이 꿈틀거린다. 그는 소녀를 내려다본다. 그리고 에론을 노려보기를 반복한다.

이윽고 그는 결심을 내렸는지 투기를 끌어 올린다.

쿠우웅—.

"저지르지도 않은 죄를 미리 물어야 하는 세계라면, 그런 곳은 필요 없다. 나는 이 아이를 지킬 거다."

"형님은 언젠가 그 멍청한 정의감 때문에 죽을 겁니다."

에론의 살기가 리오의 투기를 칼날처럼 베어 들어간다. 차갑다. 싸늘하다.

이윽고 그는 한숨을 내쉬고는 검을 집어넣었다.

"형님이 알아서 하십시오."

"잘 생각했다."

에론이 딱 잘라 말했다.

"그 나이 됐으니 자기 똥 기저귀는 자기가 치우셔야죠."

역시나 독설 한번 지독하다. 그는 눈을 내리깔고는 소녀를 내려다본다. 소녀는 초점 없는 눈으로 그를 올려다보았다. 빛을 등 뒤에 지고 서 있는 남자의 얼굴에 음영이 서린다. 무슨 표정을 짓는지 알 수 없었다. 다만 차가운 안경알 두 개가 어스름하게 반사되고 있을 뿐이었다.

그는 소녀의 머리에 손을 올린다.

"꼬마님. 당신은 이제 돈도 없고, 가족도 없이 어느 고아원에서 아무것도 못 이루고, 아무것도 남기는 것도 없이 버러지처럼 살다 갈 겁니다. 운이 좋다면 성인이 되기 전에 기술이나 배워서 어딘가의 종업원으로 살 수 있겠죠. 그러나 그럴 것 같지는 않군요. 인간은 자신이 감당할 수 없는 지옥을 겪게 되면 망가지거든요."

리오는 그를 제지하려다가 손을 치운다. 살기는 느껴지지 않는다. 에론은 계속해서 말했다.

"밤마다 울 거고, 밤마다 비명을 지를 겁니다. 오늘 바라본 부모의 얼굴이 매일 당신의 꿈에 찾아오겠죠. 스트레스 외상 증후군은 말할 것도 없고, 정신착란이 올 수도 있겠죠. 그래요. 그러나 이 지옥을 끝내고 싶다면 기억하세요."

에론이 허리를 숙여 소녀의 귓가를 향해 입술을 벌린다.

"손목에 칼날을 대고 세로로 깊숙하게 눌러 그으세요."

"……."

소녀가 말을 잃고 에론을 바라본다. 리오는 그런 에론의 뒷목을 잡아당긴다.

"적당히 해라."

"이게 제가 할 일이었습니다, 리오 형님."

차가운 광기가 에론의 손끝을 타고 스며든다. 리오는 혀를 찼다.

7.

리오는 아이를 안고 산을 내려온다.

아이는 단 한마디도 하지 못했다. 실어증에 걸린 모양이다. 별로 좋은 징조는 아니다. 몸의 병은 고치기 쉬워도 마음의 병이라는 건, 으레 고치기 어려운 법이기 때문이다.

리오는 잘 알던 고아원에 아이를 맡겼다.

"아, 리오 님 아니십니까!"

신관복을 입은 대머리 남자가 내려온다. 깡마른 체구가 신경질적으로 보일 법도 하건만, 입에 밴 미소가 자애롭다. 고아원 원장이다. 리오는 손을 들었다.

"여어!"

"지난번에 보내주신 오우거의 피는 큰 도움이 되었습니다! 약초들도 하나같이 귀한 것들뿐이던데, 어떻게 전부 구하신 겁니까?"

리오는 어깨를 으쓱했다.

"별거 아닙니다. 부담 갖지 마십시오. 그나저나 이 아이 말인데……."

그는 소녀의 손을 붙잡고 고아원 원장 앞에 내려놓는다.

"잘 부탁드립니다."

원장은 소녀를 내려다본다.

"안녕, 이름이 뭐니?"

"……."

소녀는 대답하지 않는다. 리오가 머리를 벅벅 긁었다.

"그게 말을 잃었더라고……. 마음의 병인 모양인데."

"흐음, 큰일이군요. 시간이 해결하기를 바라는 수밖에 없겠습니다."

"어때, 괜찮습니까?"

"당연한 말씀을 하십니까. 신께서 함께하시는 한, 저희 역시 가르침을 따를 뿐입니다."

그는 두 손을 합장했다. 리오는 소녀의 손을 사제님의 손에 쥐여 주었다.

"그래. 당신이라면 믿을 수 있으니까."

리오는 그녀를 내려다보았다.

"지금부터 매주, 언제든 널 만나러 갈게. 알겠니?"

소녀는 감정 없는 눈으로 리오를 바라본다. 마치 인형의 유리 눈 같다. 소녀는 마음의 병이 깊은 것 같다. 리오는 씁쓸하게 입맛을 다셨다.

"에론이 한 말은 잊어. 넌 행복해질 수 있어."

그의 커다란 손이 작은 소녀의 머리를 쓰다듬었다.

8.

그 후 계시는 계속되었다.

남해의 해룡을 처치한다거나, 때때로 사막 지대에 소환된 악마를 잡기도 했다. 처음이 가장 어려웠다. 나머지는 힘으로 해결하면 되는 놈들만 결려들었다.

리오는 틈이 날 때마다 고아원에 들렸다. 데스크 워커는 평범한 삶을 살 수 없다. 한 톨의 재산도, 한 뼘의 땅도 소유하지 않고, 적을 제거하고 파묻는 걸 반복하는 목가적인 삶이었다.

그런 그가 누군가를 맡아 키우는 건 무리였다. 그렇다고 해도 이 소녀는 그의 책임이기도 했다. 무엇보다 에론, 그 철저한 녀석이 이 여자애를 감시하지 않을 리가 없다.

그는 마수의 가죽과 약초, 식량 포대를 들고 고아원으로 향했다.

어쩐지 오늘따라 분위기가 좋지 않았다.

오랜만에 만난 사제님은 살이 홀쭉해졌다.

"아, 오셨습니까?"

그는 퀭한 눈두덩으로 리오에게 합장했다. 그는 손톱을 물어뜯었다. 빚쟁이에게 쫓기는 사람 같았다.

"사제님. 어째 좀 아파 보이십니다."

사제는 리오의 손을 잡아끌었다.
"일단 이야기를 했으면 합니다."
대체 무슨 일일까?

리오는 사제님을 따라 안쪽 기도실로 들어갔다. 사제님은 차도 내오지 않은 채 계속해서 손톱을 잘근잘근 씹었다. 푹 파인 눈두덩이가 해골 같아 보였다.

그는 불쑥 말을 꺼냈다.
"그 아이를 거둬가 주실 수 있는지요?"
"그 아이라면……."
"이름 모르는 아이 말입니다. 실어증을 앓고 있다는."
"아아."

리오는 잠깐 말을 멈춘다. 설마 사고라도 친 건가 내심 불안해지기도 했다. 사제님은 계속해서 엄지손톱을 씹었다.

툭툭—.

쥐가 벽을 파먹는 것 같은 소리가 기도실을 울린다.

이윽고 그가 입을 열었다.
"그 애는 죽은 사람을 보는 것 같아요."
"네에?"
"그으, 기억하시지 않습니까. 뒤쪽에 있는 작약 나무 말입니다. 너무 오래 살아서 꽃도 못 피우는 그 나무가 올해

꽃을 피웠거든요."

"알고 있습니다."

"그 애가 자주 그 나무 앞에 서 있곤 했습니다. 왜 있잖아요. 사람이 물으면 대답하듯이 고개를 까딱까딱 거리기도 하고, 누군가의 손을 잡는 것 같기도 하고요. 하루 종일 그러고 노는 겁니다."

"어린애들이 원래 그러잖습니까. 어른들 기준으로 생각하면……."

"시체가 나왔습니다."

리오는 잠깐 말문이 멈춘다. 사제가 얼마나 강하게 씹었는지 엄지손톱에 피가 배어난다.

톡톡, 까드득.

"썩은 상태로 봐서는 작년이더군요. 누가 파묻었는지 알 수가 없어요."

"우연일 수도 있죠."

"그뿐이라면 모르겠습니다. 이상해요. 그 애는 가끔 말도 안 되는 물건을 들고 오곤 합니다. 앞집에 목매달아 죽은 아가씨 있잖습니까, 빵집 아가씨요."

리오는 어렵게 갈색머리 주근깨 소녀를 떠올린다. 양 갈래로 머리를 땋고 웃는 모습이 매력적이었다. 그러나 사기꾼에게 당해서 그동안 모은 돈이 모두 날아갔다. 가게를 마련하려고 10년 동안 저축한 돈이 날아가자 그녀는 결국 대들보에 목을 매달았다.

"그 애 유서를 가져오더라고요. 그 집 어머니가 얼마나 그 방을 찾았는지 아십니까? 심지어 마룻바닥을 전부 들춰내기까지 했어요. 그걸 5년이나 지나서 들고 오더랍니다."

사제님의 손톱에 피가 나오고 있다. 그는 살점을 물고 있다는 사실도 모르는지 계속해서 말을 이어갔다.

"그 애는 가끔 사라졌다가 돌아옵니다. 여지없이 죽은 사람의 물건을 들고 와요. 심지어 그 애랑 같은 방에서 자는 애들은 모두 가위에 눌립니다. 죽은 사람을 보게 된대요. 어떻게 해야 하나 싶어 지난번에 흑마술사를 불렀는데, 질겁하더랍니다. 그 애 주변에 죽은 마을 사람들이 빼곡하게 서 있대요. 한 명도 빠짐없이 그 애의 몸에만 매달려 있대요."

"지금 좀 예민하신 거 같습니다. 원장님."

똑, 우두둑, 까드득.

원장은 계속해서 손톱을 물어뜯는다. 툭 튀어나온 이마 아래로 새카만 눈두덩이 도드라진다. 그동안 쉬지 않고 일해 왔다.

아마 피로가 겹쳐서 노이로제에 걸린 것이리라.

리오는 그렇게 생각했다.

사제님이 말을 이었다.

"그리고 최근에 그 애가 가져온 물건이 있습니다."

그는 서랍을 연다. 무언가가 비단으로 쌓여 있다. 그가 비단을 펼치자 새카만 오닉스가 박힌 목걸이가 모습을 드러낸다. 심상치 않은 마력이 느껴지는 걸 봐서는 보통 물건이 아니라는 건 알 것 같았다.

"이게 뭡니까?"

"얀데빌 마녀의 목걸이입니다."

리오가 물었다.

"그게 뭐죠?"

그 말에 사제님이 흠칫 놀란다.

"모르십니까?"

리오는 고개를 저었다.

"죄송하지만, 제가 가방끈이 짧아서 이런 건 잘 모릅니다."

똑, 또독.

사제님은 손톱에서 입술을 뗐다. 그가 입을 열었다.

"20년 전에 마녀가 한 명 살고 있었습니다. 대부분의 흑마술사가 그렇듯 고질적인 병을 안고 있었죠. 정원 관리를 전혀 안 했거든요."

똑, 까드드득.

사제는 입술에 피를 묻히며 말했다.

"인테리어는 어디든 중요하죠. 특히 흑마법사는 더욱 중요합니다. 다 쓰러져 가는 집 앞에 해골이나 까마귀가 날아다니고, 가끔 좀비들이 오가면 누구라도 경계하지 않겠습니까. 그 마녀는 특히나 극심했죠. 그래도 마을에 딱히 폐를 끼치진 않았죠. 가끔 간 큰 처녀들이 마녀의 집까지 가서 사랑의 묘약을 받아오곤 합니다만, 그 정도였죠. 그런데 보통 인테리어라는 게 그렇잖습니까. 관리를 하지 않으면 갈수록…… 더 망가지죠."

그는 말을 이어나갔다.

"나중에는 처녀들도 마녀를 못 찾게 되었습니다. 사랑의 힘으로도 공포를 못 이길 정도로, 앞마당이 무시무시해진 거죠. 그런 상태에서 마을 아이들이 하나둘 실종되기 시작했습니다. 범인이 누군지는 자명하지 않습니까. 마침내 법원에서 소환장을 날렸지만, 집배원들도 그녀의 집에 가질 못했죠. 결국 문 앞에 붙여놓고 돌아갔는데, 봤는지는 모르겠습니다. 대부분의 마법사들이 그렇듯이 그녀도 방구석 폐인이었으니까요."

마법사들은 자신의 집 밖으로 나가지 않는다. 자신의 공방은 자신의 심장이고, 요람이다. 마법사가 밖으로 나올 때는 오로지 식량이 떨어졌을 때와 새로운 비의를 탐구할 때뿐이다. 흑마법사들은 특히 그렇다.

그들은 경계를 걸으며 죽은 자들을 만난다. 산 자에게는 관심이 없었다. 물론, 자신의 취향을 위해 산 자를 죽은 자로 만들어서 친구로 두기도 한다. 그러나 세상에서는 그걸 '살인'이라고 한다.

결국 법원의 소환장에도 그녀가 나타나지 않자 경비대가 출동했다. 그러나 대부분의 마법사가 그렇듯, 자신의 공방에 무기를 들고 오는 자를 용서하지 않는다. 설사 그게 어떤 이유가 되었든, 자신의 세계에서 허락 없이 이물질이 들어오면 제거하지 않으면 못 견딘다. 그건 마치 극도의 편집증 같다.

물론 경비대들은 그녀의 취향에 맞게 '죽은 경비대'가 되었고, 앞마당을 지키는 스켈레톤과 좋은 친구가 되었다.

이렇게 사태가 번지니 결국 신전이 나서게 되었다.

이단 심문관들이 직접 나서서 그녀의 공방에 쳐들어갔다. 그녀는 무척 강했지만, 이단 심문관들은 프로였다. 그들은 마법사를 다룰 줄 알았다. 그녀의 공방은 붕괴되었고, 그녀는 끌려갔다.

"네, 그랬죠. 그녀의 공방을 다 뒤져도 어린아이의 시체가 나오지 않는 겁니다. 그래서 그 당시에 있던 신전 고문관 세 명이 나섰죠."

하나는 손가락으로 오크의 눈알을 뽑을 수 있는 능력자였고, 다른 하나는 단검 하나로 어떤 사냥감이든 가죽과 근육을 단숨에 해체했다. 또 다른 하나는 손바닥만 한 장침 하나로 사슴의 관절을 발라내는 재주가 있었다.

"그래서 누가 고문한 겁니까?"

"차례대로 했죠."

"……."

결국 마지막에 마지막까지 아이들의 시신은 찾지 못했다.

열흘 후, 신전은 그녀를 화형시켰다. 그러나 흑마법사들은 모두 죽음 이후의 삶을 준비할 줄 알았다. 장작을 쌓고 불을 지른다고 해도, 그녀의 영혼은 살아남아 그들을 저주할 수도 있다.

이단 심문관들은 프로다.

그녀를 태우고, 그녀의 무덤을 만들었다. 단단한 돌바닥에 천사 상 네 개를 동서남북으로 세워 놓고 영혼을 봉인했다. 공방에 있던 그녀의 모든 물건들은 부수고 녹였다. 혹시라도 쓰던 물건에 혼이 붙기라도 하면 뒤처리가 곤란해지기 때문이다.

"있을 리가 없습니다. 이 목걸이는 존재해서는 안 돼요.

만약 이 목걸이 뒤쪽에 그녀의 이니셜이 적혀 있지 않았다면, 몰랐을 겁니다. 그냥 불길한 마력이 느껴지는 저주 받은 목걸이라고 생각했겠죠."

문제는 그다음이었다. 그녀가 죽은 후에도 아이는 계속해서 실종되었다. 결국 범인이 잡혔는데, 정육점 노인네였다. 놈의 창고 지하에서 소년들의 살점이 부위별로 쌓여 있었다.

리오는 천천히 그를 바라보았다.

억울하게 죽은 흑마법사가 원한을 갖게 되면 과연 어떻게 될 것인가…… 하고.

모든 흑마법사가 그렇듯, 그녀 역시 죽음 이후의 세계를 준비해 왔으리라.

까득, 까드득.

사제님은 신경질적으로 손톱을 씹었다.

"저는 관절을 뽑았습니다."

"네?"

"그 당시에는 그게 옳다고 생각했습니다. 사악한 마녀에게서 아이들을 되찾았어야 했으니까요. 사람은 말입니다. 머리카락만 한 침 하나에도 지옥을 봅니다."

리오는 할 말을 잃었다.

사제님은 허탈하게 웃었다.

"후회합니다. 뉘우치고도 있습니다. 억울한 사람을 고문했다는 사실을 알게 되고, 저는 이단 심문관을 그만뒀습니다. 그리고 이렇게 살고 있죠. 그러나 죽은 사람은 다릅니다. 제가 무슨 짓을 해도 그녀는 용서하지 않을 겁니다. 왜냐하면 이미 죽었거든요."

용서는 산 사람의 것입니다.

사제님은 애원했다.

"데려가 주십시오, 그 아이를……. 전 두렵습니다. 화가 저 혼자에게만 끼친다면 모르겠습니다. 그러나 만약 그 마녀가 돌아온다면, 이 고아원의 죄 없는 아이들까지 다치게 될 겁니다. 데려가 주십시오."

리오는 말문을 잃었다.

이윽고 최대한 머리를 굴려 입을 열었다.

"하지만 신관님은 신성력을 쓰실 수 있잖……습니까?"

"산 흑마법사보다 죽은 흑마법사가 더 무서운 법입니다. 얀데빌의 마녀는 강력합니다. 살아 있을 때도 일급 이단 심문관 42명이 파견됐는데…… 저 같은 늙은 신관 하나로는 무리일 겁니다."

리오는 말문이 막혔다. 한참이나, 한참이나 말을 고르고 또 고르다가 결국 입을 열었다.

"일단 만나 보겠……습니다."

리오는 불안했다. 역시 방법이 없는 걸까.

멸망의 증표는 정말로 멸망하는 수밖에 없는가.

문득 리오가 입을 열었다.

"마녀의 목걸이를 들고 온 걸 아는 사람이 몇이나 됩니까?"

사제님은 한참 생각에 잠기다가 입을 열었다.

"세 명……쯤 될 겁니다."

"얼마나 됐죠?"

"그저께……였습니다, 아마."

에론이 온다.

충분히 에론의 귀에 들어가고도 남을 상황이다. 그 녀석은 지금쯤 검 두 자루를 챙겨서 이곳을 향해 오고 있을 거다. 희고 헐렁한 블라우스를 입고 새빨간 카디건을 어깨에 걸치고, 고등어 대가리를 치듯이 그 소녀의 머리를 치러 올 게 분명했다.

"빨리 데리고 와 주십시오. 빨리!"

원장은 밖으로 나갔고 3분도 되지 않아 그는 다시 달려왔다.

"없습니다!"

"네에?"

"없어졌습니다. 원래부터 갑자기 사라지기는 하는데, 나간 걸 본 사람이 없답니다."

 그 말을 듣자마자 리오는 몸을 일으켰다.

9.

 『아이야. 핏줄 속에서 맥동하는 핏방울이 무척이나 사랑스럽구나.』

 소녀는 어두운 지하실에 서 있다. 언제 이곳에 왔는지는 알 수 없다. 죽은 흑마법사들은 곧잘 '혼 부르기'를 사용한다. 영혼의 힘으로 사람을 불러들인다. 어른보다 아이가 홀리기 쉽고, 특히 죽은 사람을 볼 수 있는 아이들은 더욱 부르기가 쉬웠다.

 어둠 속에서 여인이 서 있다. 여인이 움직일 때마다 옷자락이 희미하게 흩날린다. 다리가 보이지 않았다. 소녀는 그녀가 살아 있는 사람이 아니라는 걸 직감적으로 깨달았다. 죽은 마녀는 손을 희고 앙상한 손을 뻗는다.

 『사탕 먹지 않겠니?』

 마녀의 손에는 반짝이는 사탕들이 한가득 들어 있었다.

 소녀의 바로 뒤에서 누군가가 팔을 뻗는다. 차갑다. 마치 겨울 녘 바싹 마른 동토처럼 시린 한기가 밀려왔다.

「도망쳐. 내 새끼…… 도망쳐.」

엄마가 소녀 뒤에 서 있다. 소녀는 뒤를 돌아보았다. 엄마 손등 위로 피가 흘러내린다.

진짜 피는 아니다. 물론, 살아 있는 엄마도 아니다. 그녀의 엄마는 죽었으니까.

다만 지하실에서 피를 흘리고 천천히 식어 가던 그 모습 그대로일 뿐이다.

소녀는 말없이 마녀를 올려다본다. 마녀는 빨간 입술을 벌린다. 입술 안에는 치아라고는 하나도 남아 있지 않았다. 눈알이 들어 있지 않은 눈을 뜨고는 그녀가 팔을 벌렸다.

『아이야. 네 안에는 크고 어두운 공허가 있구나. 너는 좋은 그릇이야. 내가 들어갈 수 있게 해 주지 않으련?』

「도망쳐라. 내 새끼…… 어서…….」

소녀는 뒤로 한걸음 물러났다.

우득.

신발 아래로 나뭇가지가 부러진다.

그걸 신호로 마녀가 소녀를 향해 달려온다. 소녀는 어두운 지하실을 달렸다. 이곳이 어디인지, 대체 어디서 온 건지 알 수 없었다. 비명을 지르고 싶었지만, 목구멍이 꽉 막혀 목소리가 나오지 않았다.

「이쪽으로, 이쪽으로……」

죽은 대장간 아저씨가 손가락으로 출구를 가리킨다.

어머니는 소녀의 등에 올라탄 채 속삭인다.

「도망쳐라. 최대한 빨리. 잡히면 안 돼.」

등 뒤로 밀려오는 한기가 이토록 위안이 될 수가 없었다.

소녀는 계속해서 달린다. 계단이 보였다. 소녀는 턱을 밟고 엎어진다. 그러고는 네 발로 엉금엉금 기어서 계단을 오른다. 소녀의 어머니가 소녀의 등에서 손을 뗀다. 한기가 사라지자 소녀가 뒤를 돌아본다.

「……내 아이…… 남쪽으로 가렴…… 어서……」

마녀의 웃음소리가 어둠을 울린다.

『하찮은 부유령이 어딜 감히 덤비느냐. 영혼째로 소멸되고 싶은 모양이지? 좋은 유희거리가 되겠구나.』

소녀는 계단 밖으로 달린다. 그러다 걸음을 멈춘다. 엄마는 어떻게 됐을까.

죽은 사람이 또다시 죽으면 과연 어떻게 될까.

숲을 달린다. 마을 사람들의 유령들이 고아원을 가리킨다. 이윽고 엄마의 비명 소리가 울렸다.

그 순간, 소녀는 발을 헛디뎌 바닥을 구른다. 손바닥이 완전히 까진다. 무릎에 피가 났다. 턱이 아프다. 소녀는 울

것 같았지만 눈물을 꾹 참는다. 뒤를 돌아본다.

　엄마는, 엄마는?

　소녀는 망설인다. 두 걸음 더 앞으로 걸어간다. 그러다가 스커트를 꽉 움켜쥔다. 그녀는 입술을 깨물었다. 그러고는 몸을 돌린다.

「안 돼. 안 된다.」

　마을 사람들의 영혼이 일제히 소리를 지른다. 그녀를 붙들기 위해 손을 뻗는다. 그러나 죽은 자는 산 자를 막을 수 없다. 영혼은 허무하게 그녀의 손목을 스쳐 지나갈 뿐이다.

　그곳에는 아직도 마녀의 교성이 울린다.

　눈물이 뚝뚝 떨어졌다. 목이 꽉 막힌다.

　소녀는 피가 나도록 입술을 꽉 깨문다. 그리고 결심했는지 왔던 곳으로 달리기 시작했다.

「도망쳐라.」

「안 돼. 그 여자는 우리가 막을 수 없어.」

「아이야. 아이야!」

「남쪽, 남쪽으로……!」

　영혼들의 메아리가 소녀의 귀를 울린다.

　세상은 지옥이다.

　알고 있었다. 그 지하실에 틀어박혀서 몬스터의 울음소

리를 듣는 그날부터 소녀는 지옥에서 살고 있다.

엄마의 피가 천천히 식어 가며 그녀의 망막이 자신을 비추고 있을 때, 소녀는 이제 두 번 다시 행복해지지 않을 거라는 것도 알고 있었다.

딱히 나쁜 짓을 한 건 아니었다.

딱히 착한 일을 했던 것도 아니었다.

오로지 홀로 살아 있다는 죄, 그것 하나만으로 소녀는 지옥을 본다.

매일 밤 본다.

그렇다면 인간은 감당할 수 없는 절망을 보았을 때 과연 어떻게 해야 부서지지 않을 수 있을까.

에론의 목소리가 귓가에 달라붙는다.

'손목에 칼날을 대고 세로로 깊숙하게 눌러 그으세요.'

그게 유일한 탈출구라면, 삶이란 얼마나 무가치한 것일까.

엄마, 엄마······.

소녀의 입에서 바람 소리만 울린다.

실어증은 그녀의 목구멍을 막고는 놓아 주질 않는다.

엄마, 엄마······.

바람 소리만 울린다.

마침내 지하실이 보인다. 누가 만들었는지 몰라도 아주

오래된 지하실이다. 흙에 덮여 있었는지 그동안 발견되지 않은 모양이다.

마녀의 웃음소리가 뚝 그친다.

소녀는 지하실로 한 걸음 앞으로 내디뎠다.

삐거억—.

썩은 나무가 신음을 내뱉는다. 그때 새하얀 손이 어둠 속에서 올라온다. 소녀는 깜짝 놀라 걸음을 멈춘다.

이윽고 얼굴이 보인다. 엄마다.

「딸, 내 아이……」

소녀는 얼음처럼 차가운 엄마를 향해 손을 뻗었다.

엄마의 손을 붙잡는다.

아, 엄마다.

공포가 사라지자 그녀는 땅에 주저앉는다.

문득 소녀는 엄마의 손을 내려다보았다. 새하얗다.

피라고는 전혀 보이지 않는다.

소녀는 엄마의 손을 놓는다. 아니, 놓으려고 한다. 엄마는 소녀의 팔을 붙잡는다.

차갑다. 차갑다. 차갑다.

소녀가 올려다본다. 엄마의 얼굴은 어느새 마녀의 새카만 눈구멍으로 변해 있었다.

누구도 가르쳐 주지 않았음에도, 소녀는 본능적으로 깨

달았다.
　엄마를 잡아먹었어.
　마녀가 새빨간 입술을 벌렸다.
　『너는 정말 좋은 그릇이구나.』
　소녀는 막힌 목구멍으로 비명을 질렀다.

10.

　어둠이 솟구친다.
　숲에서 강력한 마기를 감지하자 리오는 빠르게 몸을 날린다.
　'에론이 오고 있을 거다.'
　재수 없으면 자신보다 먼저 도착했을 수도 있다. 문제를 일으켰으니 죽어도 할 말 없지 않으냐고, 되물을 게 분명하다.
　생전 본 적도 없는 어둠이다.
　리오는 몸을 훌쩍 날린다. 이단 심문관 42명이 나서서 겨우 잡았다는 마녀는, 오랜 세월 중첩된 한으로 더욱 강해져 있었다.
　리오는 생전 이렇게 어두운 마력을 본 적이 없었다. 이렇게 무시무시한 살기를 느껴 본 적도 없었다. 숲을 헤치고 들어가니 지하실이 보였다. 마녀의 숨겨진 공방이었다.

"재주 많은 토끼는 굴을 여러 개 판다더만."

안으로 뛰어 들어간다. 어둠이 지하실에 가득 찼다. 그러나 리오는 어둠 속에서 사물을 구분하는 건 그리 어렵지 않았다.

바닥에 새빨간 마법진이 그려져 있었다. 마법진에서는 희미한 불빛이 일어나고 있다.

어쩐지 엄청나게 추웠다. 유령을 본다거나, 그런 건 할 수도 없고 한 적도 없지만 이렇게 등이 추워질 때는 '그런 게' 있다고 들었다.

마법진 한가운데에는 소녀가 서 있었다. 그녀의 인형 같은 눈동자에 새카만 공허가 머무른다. 소녀의 눈에서는 피눈물이 뚝뚝 떨어졌다.

"완전히 빙의됐군."

좋지 않다.

소녀는 그를 바라보더니 입을 열었다.

『늦었군. 늦었어. 젊은 양반.』

40대가 넘은 여성의 목소리가 울린다. 리오가 주먹을 쥐기도 전에 마법진이 발동한다. 소녀가 빠른 속도로 주문을 외운다.

리오가 달려가려고 해도 무형의 보호막이 그를 튕겨낸다. 마법사의 공방에서는 마법사가 왕이다. 리오는 이를 으드득 간다.

『내 한을 담아…… 내 존재를 걸고 명하노라. 나는 산 자와 죽은 자를 걷는 자. 경계를 걷는 그림자의 마법사.』

크그그긍—.

지축이 울린다. 그때 리오의 뒤에서 날카로운 은색 검기가 뻗어나간다.

소닉 블레이드.

음속의 검이 무형의 보호막을 베고 소녀를 향해 날아간다. 소녀가 인간의 반사 신경이라고는 믿어지지 않을 속도로 몸을 비튼다. 그러나 팔이 날아간다.

『크아아악!』

새하얀 소녀의 팔이 땅을 나뒹군다. 그의 뒤에서 에론이 걸어 나왔다.

"뭐하시는 겁니까, 형님. 똥을 싸셨으면 치우셔야죠."

"크으, 에론."

"이 상황에서도 저 애의 목숨이 걱정되시는 겁니까?"

소녀는 어깨를 쥐고는 주문을 외운다.

"블링크."

소녀의 모습이 사라졌다. 리오는 그 모습을 멍하니 바

라보았다.

에론이 혀를 찼다.

"우리 같은 사람들에게 흑마법사는 가장 안 좋은 상대입니다. 그중에 한을 품은 흑마법사는 더 나쁘고, 죽은 흑마법사는 가장 위험합니다. 형님이 키우신 겁니다."

"아니야."

"저 소녀가 어디로 갔을지는 짐작이 갑니다. 자신을 죽인 마을이겠죠."

"그 애가 잘못한 게 아니야! 저 아이 안에 있는 마녀가 잘못한 거지."

"그러면 어쩌시려고요. 가서 말해 보시지 그러십니까? 우리 대화로 해결하자고."

에론의 차가운 독설이 쏟아진다. 리오는 대답하지 않는다. 다만 옷을 찢어 땅에 떨어진 소녀의 팔을 감싼다.

"이 와중에서도 그놈의 정의입니까!"

"에론, 너는 모른다. 사람 목숨을 숫자로 계산하는 너는 몰라."

"알고 싶지도 않습니다."

에론은 긴 머리카락을 뒤로 쓸어 넘긴다.

"흑마법사는 영혼을 모을수록 강해집니다. 사람을 잡아먹고 더 강해지기 전에 죽여야 한다는 건 아시죠? 형님,

저는 그 애를 벨 겁니다. 이 머저리 같은 새끼야!"

에론이 욕설을 내뱉는다. 이윽고 그는 평소의 냉정함을 되찾는다.

"막든지 말든지 알아서 하십시오. 저도 지금 같은 형님을 상대로 질 것 같지는 않으니까요."

그는 등을 돌려 밖으로 향한다. 리오는 대답 대신 소녀의 잘린 팔을 단단하게 묶는다. 피가 빠져나가지 못하도록, 그리고 언제든지 붙일 수 있도록.

다른 건 몰라도 에론의 검 솜씨만큼은 날카롭기 이를 데 없으니, 신경은 살릴 수 있을 거다.

11.

달이 새빨갛게 물든다.

소녀는 달 아래를 날아오른다. 마을이다. 마을이었다.

20년 전과 같이 변한 게 없었다. 자그마한 소년이 소녀를 가리킨다.

"엄마, 쟤 날아."

엄마는 아기 손을 붙잡고 위를 올려다본다. 피눈물을 흘리고 있는 소녀가 허공에 뜬 채 그녀를 향해 웃고 있었다.

"꺄아아악!"

엄마는 반사적으로 소년을 껴안고 소리 지른다.

소녀가 손가락질을 하자, 땅에 새빨간 마법진이 그려진다.

『내 증오, 내 원한, 내 모든 것이 마물의 먹이가 되리니 일어나라.』

그 순간 수십 개의 촉수가 솟아난다. 그러고는 두 모자를 땅으로 잡아당긴다. 헉 하는 소리를 지르기도 전에 마법진 안으로 끌려들어 간 모자의 비명 소리와 으득으득 뼈를 씹는 소리가 울렸다. 마을 사람들은 일제히 비명을 지르며 홍수 만난 개미처럼 흩어진다.

『꺄하하! 꺄하! 꺄하하하! 내가 돌아왔다. 내가 돌아왔다. 얀데빌의 마녀가 돌아왔다. 나를 고문하던 놈들은 어디 있지? 나를 고발하던 놈들은 어디 갔나? 살려 달라고 애원하는 나를 불태우던 놈들은 어디 갔나!』

수천 개의 촉수들이 일제히 사람들을 끌어당긴다. 소녀가 손을 뻗자 영혼이 모여든다.

그녀가 외쳤다.

『내 발아래 장작을 쌓던 놈들은 다 어디 갔나아아아!』

한 맺힌 절규가 마을을 울린다.

영혼은 계속해서 그녀의 손에 맺힌다. 인간의 영혼은 달콤하다. 마물들에게 최고의 영양식이다. 그녀는 그 영혼을 이용해 더 많은 마물들을 소환한다. 지옥에서 온 악마들이 마법진을 따라 밖으로 나온다. 그녀의 원한과 증오, 한과 같은 마이너스 감정을 먹고 소환 마법은 더욱 강력해진다.

무엇보다 이 육신.

공허로 가득한 이 소녀의 육신은 더할 나위 없는 성찬이었다.

이 아이는 처음부터 흑마법에 재능이 있었다. 죽은 자를 볼 수 있는 재능이 있었고, 정신이 한 번 붕괴되어 마음의 틈이 컸다.

에론의 카디건이 바람에 펄럭인다. 마을은 벌써 죽음의 기운으로 가득 찼다.

흑마법사가 폭주를 하면 그 기세는 마치 전염병 같다. 제국에서 흑마법파에게 과도한 세금을 먹이는 이유가 바로 이거다. 전쟁이 나면 가장 먼저 흑마법사를 차출하고, 일 년에 두 번 황실에 공방의 규모를 신고해야 한다.

혹독한 세금이나 징병은 괜찮다. 그러나 공방을 공개하는 건, 마법사들에게 치욕적인 일이다. 그 마법사의 마법 구조와 비의, 주문 연산과 술식, 심지어 약점이나 파훼법이

고스란히 제국의 손에 들어간다는 뜻이다.

제국이 이런 짓을 하는 건 흑마법사가 사악하거나, 죽은 사람을 부리고, 악마를 소환하는 배덕한 존재라고 여겨서가 결코 아니다.

이런 일이 일어났을 때 복구를 하기 위해서다.

흑마법사는 유용하다. 전쟁으로 사용해도 좋고, 저렴한 가격으로 죽은 아군을 일으켜서 공격하는 것도 가능하다. 물론, 그렇게 되면 아군 병사들은 모두 겁에 질리겠지만 재활용한 시신들은 신관의 축복과 성대한 장례식으로 해결할 수 있다.

성녀가 직접 나서서 기도를 하고, 죽어서도 나라에 충성을 바쳤기에 천국으로 갈 수 있다는 신앙을 심어 주면 거부감은 한결 줄어든다.

성녀에게는 흰 옷을 입히고 반드시 반짝이는 마법을 걸어 줘야 한다. 민중이란 원래 시각적 효과에 약하다.

거기다가 적군의 우물에 독을 타거나, 땅에 저주를 걸어 풍토병을 일으킬 수도 있다.

뛰어난 책사일수록 흑마법사를 잘 활용한다.

어떤 나라든지 선악의 잣대로 구분해서는 안 된다.

'나라에서 군대를 파병할 때는 이미 늦는다.'

에론은 국가 2급 비밀까지 열람이 가능하다.

얀데빌의 마녀는 엄연히 말하면 시체를 되살리는 게 주특기는 아니다. 죽인 사람을 바로 일으켜서 망자의 파도를 일으킬 수는 없다. 대신 악마 소환에 능통하며 헬 게이트를 열어 지옥의 마수들을 부리는 걸 연구했다. 그녀는 꽤 급진적인 실험파였는데, 생명의 영혼을 섭취해 자신의 마력 대신 그 영혼을 마수들에게 보급하는 방식을 연구하고 있었다. 인간의 영혼을 사용한 기록은 없었지만, 오크와 고블린 같은 유사 인종을 실험해서 성공한 기록이 남아 있다.

거기다 지금은 분노로 정신을 잃은 상황이니 재앙도 이런 재앙이 없다.

"휴가 내고 나온 거라 위험수당도 안 줄 텐데……."

그래도 이것도 산을 지키는 일 중의 하나라고 생각하면 조금 기분이 나아진다.

'어차피 베어 버릴 거면, 가장 날카롭게.'

에론은 그 자리에 서서 마녀―에론은 더 이상 그것을 소녀라고 부르지 않는다.―가 어디로 향할지 경로를 예측한다. 그러고는 검집에 손을 얹고는 몸을 띄운다. 그의 모습이 한순간 사라졌다.

그 뒤로 리오가 빠른 속도로 달려간다.

에론은 그녀를 죽일 거다. 물론 소녀가 에론보다 강할 수도 있다. 그렇다고 해도 에론은 죽지 않는다. 그놈은 무언가를 위해 목숨을 바칠 놈이 아니다. 위험하다 싶으면 가장 먼저 도망칠 놈이다.

그럼에도 덤벼든다는 건, 이길 승산이 있다는 거다.

그 말은 소녀의 죽음을 뜻한다.

마을에는 어둠이 번졌다. 사람들의 비명 소리와 통곡소리가 함께 울린다. 천지가 절규한다.

리오는 망설임 없이 악마의 머리를 부순다.

놈들은 실체가 없는 놈들이다. 죽으면 마계로 돌아간다.

그러고는 몸을 날려 그녀가 향할 곳을 찾는다.

중앙 대신전.

그곳에서 그녀의 재판이 열렸다고 한다.

12.

소녀는 어둠 속에 갇혀 있다.

「키르에, 키르에…… 어리석은 것.」

죽은 어머니가 그녀의 앞에 누워 있다. 지하실 바닥에 피가 번진다. 그녀는 금방이라도 부서질 것 같은 표정으로 엄마를 바라본다.

밖에서 소리가 들린다. 짐승이 울부짖는 소리와 무언가가 폭발하는 소리.

마녀의 웃음소리도 들린다.

「내 아이야.」

소녀는 엄마를 계속해서 바라본다. 바깥 세계가 어떻든 신경 쓰지 않는다. 그저 엄마의 차가운 손을 쥐고 있다.

「아이야, 네 육신이란다……. 몸을…… 되찾아…….」

소녀는 고개를 젓는다. 여기에는 엄마가 있다. 그때는 지하실이었고 피를 흘리고 있지만 엄마가 있었다. 소녀는 엄마를 내려다본다.

바깥 세계는 아무래도 상관없다. 그곳은 엄마가 없다. 엄마가 마녀에게 먹힌 이상, 엄마는 이곳에만 존재한다. 마녀의 안에서만.

그녀도 이대로 완전히 마녀에게 먹히면 된다.

그러면 엄마를 볼 수 있다.

마지막에는 어떻게 될지는 모르겠지만, 그래도 외톨이는 아니다. 엄마는 창백한 표정으로 화를 낸다.

「이…… 멍청한 것아.」

그때 무언가가 날카롭게 어둠을 찢는다.

끼아아아악!

마녀의 비명 소리가 울린다. 그녀가 동요하자 어둠이 조금 걷혔다. 어둠 사이로 에론의 차가운 얼굴이 보인다.

'손목에 칼날을 대고 세로로 깊숙하게 눌러 그으세요.'

그의 목소리가 다시 생각난다. 지금 하고 있는 게 바로 그거다. 나란 존재를 완전히 지워 버리는 것. 엄마와 같은, 죽은 존재가 되는 것.

어둠이 계속해서 걷힌다.

에론은 그녀의 목숨을 끝장내려는 건지 다시 다가온다.

그의 음속의 칼날이 날아온다. 마녀는 주문을 외워 무형의 보호막을 만든다. 수십개의 촉수가 에론을 향해 날아온다. 에론은 단칼에 촉수를 베고는 덤벼든다. 차가운 표정이 유리처럼 소녀의 가슴에 박혔다. 소녀는 엄마의 손을 꽉 붙잡는다.

「아이야. 빛을 향해. 가…… 어서…… 지금이라면 네가 몸을 다시…….」

소녀는 고개를 흔든다. 다시 주변이 어두워지기 시작한다. 마녀의 정신상태가 돌아오기 시작했다는 뜻이었다. 그러나 다시 빛이 들어온다. 소녀가 울컥 피를 토한다. 배에 상처가 생겨 있다. 몸이 다치면 그녀의 영혼도 똑같은 상처를 입는다.

그녀가 쓰러진다. 에론이 그녀의 상처 난 배를 밟고는 검을 쳐든다.

그때 리오의 주먹이 에론을 강타했다.

빠아아악—!

13.

에론이 뒤로 나가떨어진다. 입안에 피가 터진다. 그는 몸을 일으키며 피 섞인 침을 뱉었다.

"드디어 실성한 겁니까?"

"이렇게 끝낼 수는 없다."

"이미 역적입니다. 이 풍경이 안 보이십니까?"

마을이 불타고 있다. 한순간, 마을에 절반이나 되는 사람이 전멸했다. 그녀의 아래에는 사제님이 죽어 있다.

얼마나 잔인하게 죽였는지 산 채로 찢겨 있다. 그럼에도 화가 풀리지 않았는지 그의 시체를 마수들의 먹이로 주고 있었다.

리오가 소리쳤다.

"여자애는 잘못이 없어!"

"그 말 그대로 죽은 사람 가족들에게 해 보지 그러십니까? 소녀는 잘못이 없고, 나쁜 건 마녀라고."

에론은 손등으로 터진 입을 훔친다. 붉은 피가 창백한 손등에 묻어난다.

"이제 저도 참을 만큼 참았습니다, 형님."

에론이 완전히 살기를 개방한다. 살기만으로 작은 짐승들이 죽기 시작한다. 풀이 괴사하고, 마수들이 뒤로 물러난다.

리오는 투기를 일으킨다.

"잠시였지만, 저 소녀의 눈빛이 돌아왔다."

"설사 저 애를 원래대로 돌릴 가망이 있다고 해도 상관없습니다. 처음부터 이렇게 끝냈어야 했으니까요."

리오는 드디어 검을 뽑아 들었다. 흑색 검날이 무섭도록 시리다. 그가 검을 드는 건 에론도 몇 년 만에 보는 거다. 그가 뽑는 순간 묵직한 기세에 에론이 검 손잡이에 손을 얹은 채, 한 걸음 뒤로 물러난다.

"이미 다칠 만큼 다친 아이다. 가망성이 있다면 살릴 거다."

"형이 가장 잔인한 사람입니다. 마을 절반을 죽였습니다. 이 죄를 지고, 이래 놓고 살라고요?"

"이 아이가 사악한 게 아니었지 않았나!"

"누구든 재수 없으면 다 그런 법입니다."

에론의 모습이 한순간 사라진다. 리오는 육감만으로 검을 뽑아 에론의 검격을 막는다.

카아앙—.

리오의 몸이 뒤로 물러난다. 그 틈에 마녀가 몸을 일으킨다. 에론은 다른 쪽 칼로 그녀를 향해 검을 던졌다. 검기가 담긴 검이 그녀를 향해 일직선으로 날아온다. 그녀의 어깨에 검이 꽂힌다. 리오가 이를 빠드득 간다.

이 이상은 소녀의 몸이 버텨내지 못한다. 무엇보다 그녀를 지키면서 싸우는 건 무리다. 그는 에론을 죽일 생각도, 언제 뒤에서 공격할지도 모르는 그녀를 견제할 생각도 없으니까.

리오는 결심을 내렸는지 입을 열었다.

"이다음은 내가 한다."

"호오, 드디어 어른이 될 준비가 되신 모양입니다?"

"모험이지. 모험이야. 짐승을 상대로 해 봤지만, 사람을 상대로 해 본 건 처음이다."

사람 목숨으로 하는 도박.

그러나 방법은 한 가지뿐.

에론의 안경알이 빛난다. 이 형님이 대체 무엇을 하려는 건지 짐작 가질 않는다.

리오가 검을 늘어뜨린다. 눈을 감는다.

포스 마스터의 힘을 보여 주었을 때와 똑같은 맑고 청아한 기가 검을 타고 흐른다. 리오는 보통 검보다 손을 쓰는 걸 좋아한다. 마력을 섬세하게 다룰 수 있기 때문이다. 그러나 검을 뽑아 든 건 이례적인 일이다.

에론은 검을 집어넣고 발도 자세를 취한다. 만약 허튼짓을 했다가는 설사 형이라 해도 벨 각오를 하면서.

리오는 검을 옆으로 뻗었다. 나비가 날갯짓을 하듯 부드러운 움직임이었다. 검기가 느껴지지 않았다. 아니, 검 자체의 존재감도 없었다.

에론의 눈이 커진다. 검이 소녀의 가슴을 깊숙이 베고 지나간다. 그러나 상처는 없었다.

포스 마스터 궁극의 경지.

언리미티드 소울 블레이드.

영혼만을 베는 경지.

「끼아아아악!」

말 그대로 포스, 즉 자연 상태의 마나를 재현해 영혼만을 베고 들어간다.

그건 아버지조차 불가능한 일이었다.

스르릉—.

청아한 공기가 바람을 타고 미끄러진다. 에론의 긴 머리카락이 바람에 날렸다.

소녀의 긴 원피스가 부풀어 오른다. 그녀의 몸이 끈 풀린 인형처럼 쓰러졌다. 리오는 그녀를 받아 든다. 가볍다. 지독하게 가벼웠다. 리오는 떨리는 손으로 소녀의 맥박을 짚는다. 살아 있다. 더 이상 사악한 마기조차 없었다. 그 증거로 마녀가 소환했던 마수들과 악마들이 모두 사라지기 시작했다. 사역자가 사라졌으니 소환수들은 마계로 강제 귀환한다. 그러나 그녀는 일어나지 않는다.

두근, 두근……

심장이 천천히 느려진다.

……두근…….

…….

리오는 그녀를 내려놓는다.

"안 돼. 이런!"

에론은 검에서 손을 뗀다. 형은 그녀에게 심장 마사지를 시도한다. 불완전했던 모양이다.

육신이 아닌 영혼만을 베는 것이 얼마나 어려운 경지인데, 거기다가 두 사람의 영혼 중 마녀의 영혼만 딱 잘라 베는 건 얼마나 어려울까.

마을에는 화염이 걷히기 시작했다.

산 자들의 울음소리가 사방에서 터져 나온다. 에론은 아무 감흥 없이 이 광경을 내려다본다.

과연 얼마의 예산을 지원해 줘야 할까 하고.

형은 멈추지 않는다. 그녀를 되살리기 위해 안간힘을 쓴다. 에론은 그런 형의 어깨에 손을 짚는다.

"됐습니다. 형님, 할 만큼 하지 않았습니까?"

저 무식한 곰탱이가 펼친다고 믿기지 않을 만큼 정말 아름다운 기술이었다. 어떤 검사라도 한 번쯤 꿈꿔 볼 경지였다. 아버지도 거기까지는 다다르지 못했다.

비록 절반만 성공했다곤 해도 그 경지는 아득하다.

오로지 적을 베는 것밖에 생각하지 않는 자신은 결코 다다를 수 없는 곳이다.

에론은 소녀를 내려다본다.

텅 빈 육신 위로 유리눈 같은 망막이 초점을 잃는다.

14.

「엄마. 엄마가……」

마녀의 영혼이 사라진다. 그 뒤로 엄마의 혼이 함께 잘려 있다.

소녀는 손에 묻은 피를 내려다본다. 점점 흐려지고 사라지는 엄마를 멍하니 바라본다. 원래라면 자신도 함께 사라

졌어야 했다.
 자신도 함께 엄마와…….
「행복해. 행복하렴.」
 이 죄를 지고?
 살아가야 한다고……?
 엄마는 그녀의 뺨에 손을 얹는다. 피가 그녀의 뺨에 묻는다. 진짜 피가 아니라는 건 알고 있다. 엄마는 이미 죽었으니까. 그러나 이 차가운 핏방울이 얼마나 안심이 되었는지 그녀는 알까?
「강하게 커서 예쁜 딸을 낳으렴. 많이 사랑해 줘.」
 눈앞이 흐려진다. 소녀는 엄마를 끌어안았다. 함께 가고 싶었다. 이대로 이곳에서 두 번 다시 밖으로 나오지 않은 채 함께 가고 싶었다. 엄마는 소녀의 손을 놓는다.
「어깨에 지고 살아가렴. 생이란…… 그런 거니까.」
 소녀가 처음으로 목소리를 냈다.
 "싫어."
 엄마가 흐려진다. 소녀가 비명을 지른다.
 "싫어어어어!"
 숨이 턱, 트인다.
 눈을 뜨니 리오의 얼굴이 보인다. 리오는 기쁜 듯이 소녀를 안았다.

"괜찮아? 정신이 들었구나!"

소녀는 옆을 돌아본다. 거기에는 사제님의 시체가 처참한 몰골로 쓰러져 있었다. 그의 텅 빈 망막이 이쪽을 보고 있다. 마치 자신을 원망이라도 하듯.

그녀는 사제님의 손을 내려다본다. 단검이 떨어져 있다. 소녀는 뭐라 하기도 전에 단검을 집어 들어 자신의 목을 겨눈다.

리오가 잠깐 손을 멈춘다.

에론이 그런 그녀를 차분하게 바라본다.

'손목에 칼날을 대고 세로로 깊숙하게 눌러 그으세요.'

그녀는 가쁘게 숨을 내쉰다. 마을은 피와 통곡과 화염으로 덮여 있다. 자신이 한 일이다. 아무리 마녀가 빙의되었다고 해도, 그 죄가 사라지지 않는다.

이걸 지고 홀로 살아가라고?

이걸?

그녀는 리오를 바라본다.

"당신이 가장 나빠."

"……"

이 죄를, 이 업을 지고 살아가라니.

그녀는 소리를 질렀다.

"당신이 가장 나쁜 사람이야!"

리오가 입을 열었다.

"널 살린 건 나야. 그리고 그건 내 죄이기도 하다."

"……."

"함께 지자."

그가 손을 뻗었다.

"나는 결혼을 못할 거다. 평생 한 톨의 땅도 못 가질 거고, 어떤 재산도 없을 거며, 언제 죽을지 모른다. 사실 아버지께 뭐라고 말해야 할지 모르겠다만……. 그 죄 함께 지어 줄게."

에론이 말했다.

"형님 설마, 저 아이를 가문으로……."

"응."

"미쳤습…… 하아, 됐습니다."

에론은 소리 지르려다 입을 다물었다.

소녀는 이를 악문다. 한 걸음, 한 걸음 뒤로 물러나다 결국 물었다.

"함께 갈 거야?"

"응."

"그러니까 살라고?"

"응."

"……나보고?"

"그래."

소녀는 단검을 떨어뜨린다. 그러고는 울음을 터뜨리기 시작했다. 복받쳐왔던 그 무언가가 소녀 안에서 터져 나왔다. 리오는 그녀를 안았다. 두 사람은 한참이나 그렇게 앉아 있었다.

에론은 작게 한숨을 쉬고는 검을 도로 집어넣었다.

'수호자의 맹세라는 거, 대신 받든가 해야지…… 원.'

매번 이런 식이면 가장 고생하는 건 자신이리라. 아버지께 물어봐야겠다. 그거 다른 사람으로 교체하는 거 가능하냐고. 뭐 어느 조직이든 융통성이라는 게 있는 법이니까.

무엇보다…….

에론이 두 사람을 내려다보았다.

'잘하면 저 멍청한 형님에게 꽃피는 봄이 올지도 모르고 말이지.'

나이 차이가 얼마더라?

아이고, 딸뻘이다.

그래도 어떻게든 가능성이 있지 않을까?

에론은 그걸로 아버지를 설득시켜 볼 생각이다.

15.

 올 때는 혼자였지만, 갈 때는 두 사람이다.
 소녀의 한쪽 팔도 봉합 수술이 무사히 끝났다. 워낙 절단면이 날카로운 탓에 봉합하는 것도 쉬웠다고 치료사가 말했다. 다만 예전과 같은 생활은 불가능할 거고, 검을 든다거나 악기를 연주하는 것 역시 힘들 거라고 한다. 리오는 그녀를 끝까지 책임질 모양인지 하나하나 모두 귀담아들었다.
 진짜 힘든 일은 지금부터겠지만 내 일도 아닌데 어떻게든 되지 않을까.
 에론은 생각한다.
 형님은 바보다. 바보인데 강하기까지 하다.
 바보인데 강하면서 착하기까지 하다.
 삶의 무게에 대해 잘 알고 있다. 그렇기에 어쩌면 아버지는 처음부터 리오에게 이 일을 시킬 생각을 했던 걸지도 모른다.
 지금까지와는 다른 형태의 '수호자'를 보고 싶어서.
 선악에 끊임없이 갈등하고, 생명의 가치를 소중하게 여길 줄 아는 그런 자가 황혼을 지키길 바라는 걸지도 모른다.

일평생 단 한,평의 땅도 소유하지 않고,
일평생 누구도 사랑하지 않으며.
일평생 황혼만을 바라보며 살으리오다.
이름 없는 신이시여. 받으소서.

 형님이 했을 맹세를 에론은 커피를 마시며 나직하게 읊조린다.
 열차 시간까지 30분 남았다.
 에론은 편지지를 꺼냈다.
 모처럼 짬이 났으니, 그가 사랑하는 막내 동생에게 장문의 편지를 가득 쓸 생각이다.

〈외전 수호자의 나무 끝〉

예뉵 교수의
별 보충 수업!
BONUS PAGE!

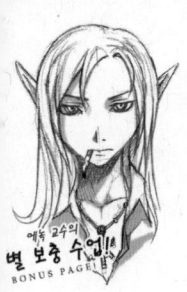

알테리온가
(ALTERION FAMILY)

알테리온가는 중세부터 근현대사에 이르는 기간 동안 거대한 영향을 끼친 집안입니다. 마왕 퇴치, 리치 암살, 가끔은 산적 토벌이나 의적 짓도 합니다.

알테리온가의 문장 ▶

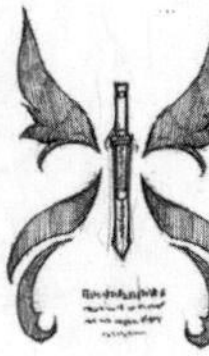

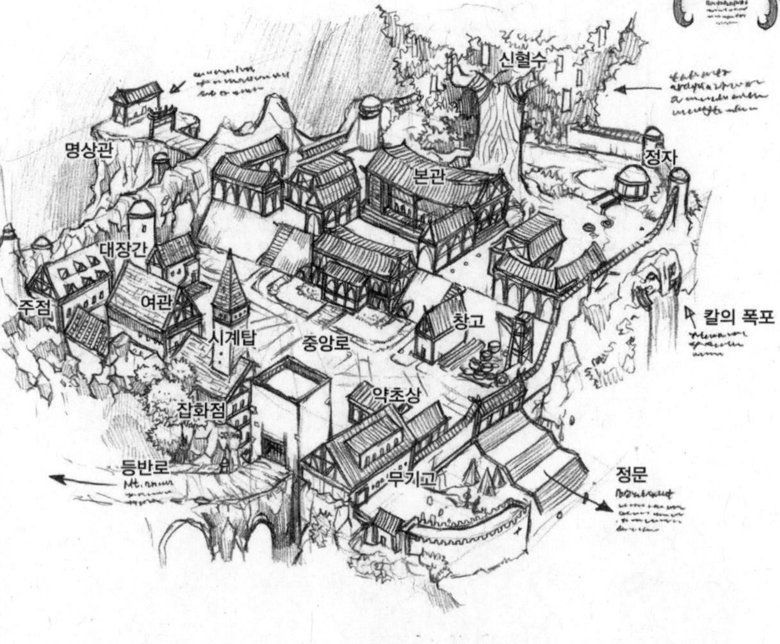
신혈수
명상관
정자
본관
대장간
주점
여관
칼의 폭포
창고
시계탑
중앙로
약초상
잡화점
등반로
무기고
정문

초대 선조는 '이름 없는 신'과 어떤 계약을 하고 신혈을 받게 되었습니다.
신의 이름이 무엇인지는 기록에 없지만,
전쟁이나 정의를 수호하는 오래된 신이 아닐까 추측하고 있습니다.

BONUS

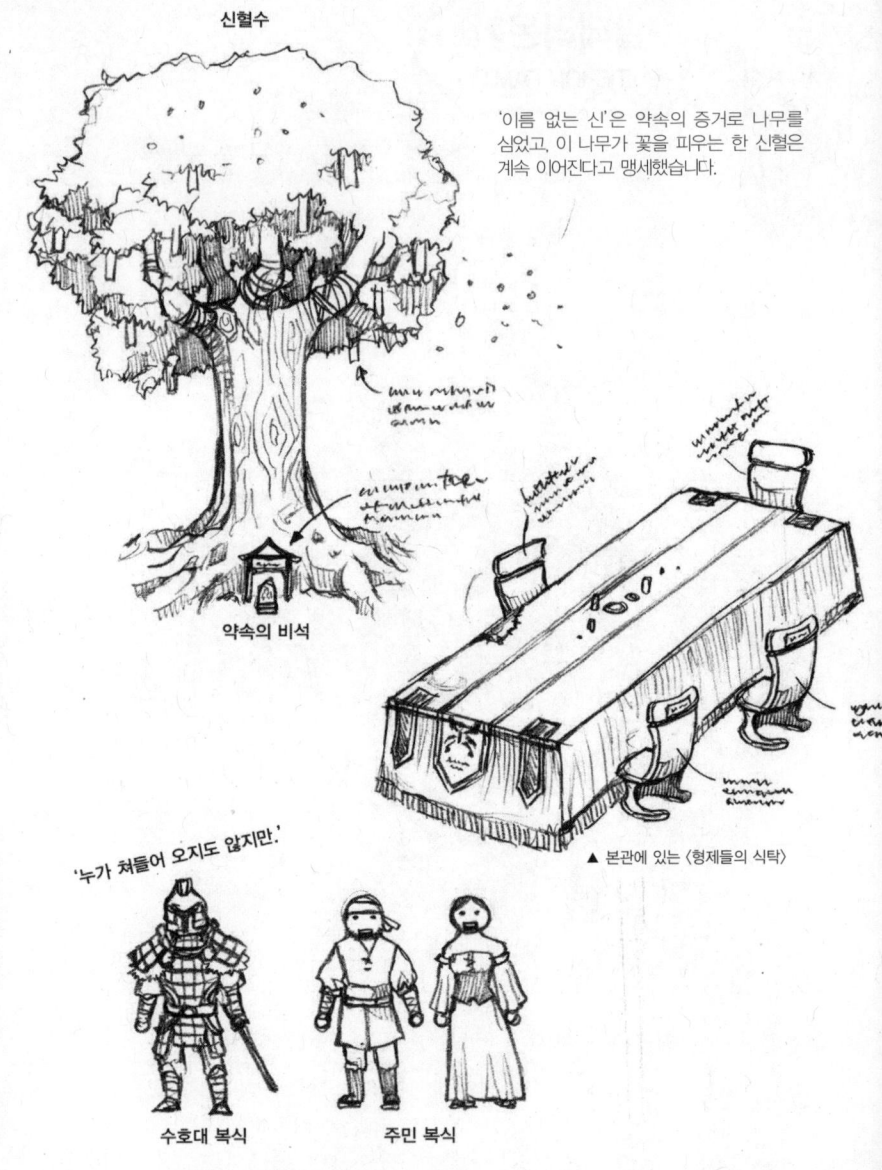

신혈수

'이름 없는 신'은 약속의 증거로 나무를 심었고, 이 나무가 꽃을 피우는 한 신혈은 계속 이어진다고 맹세했습니다.

약속의 비석

▲ 본관에 있는 〈형제들의 식탁〉

'누가 쳐들어 오지도 않지만.'

수호대 복식   주민 복식

BONUS

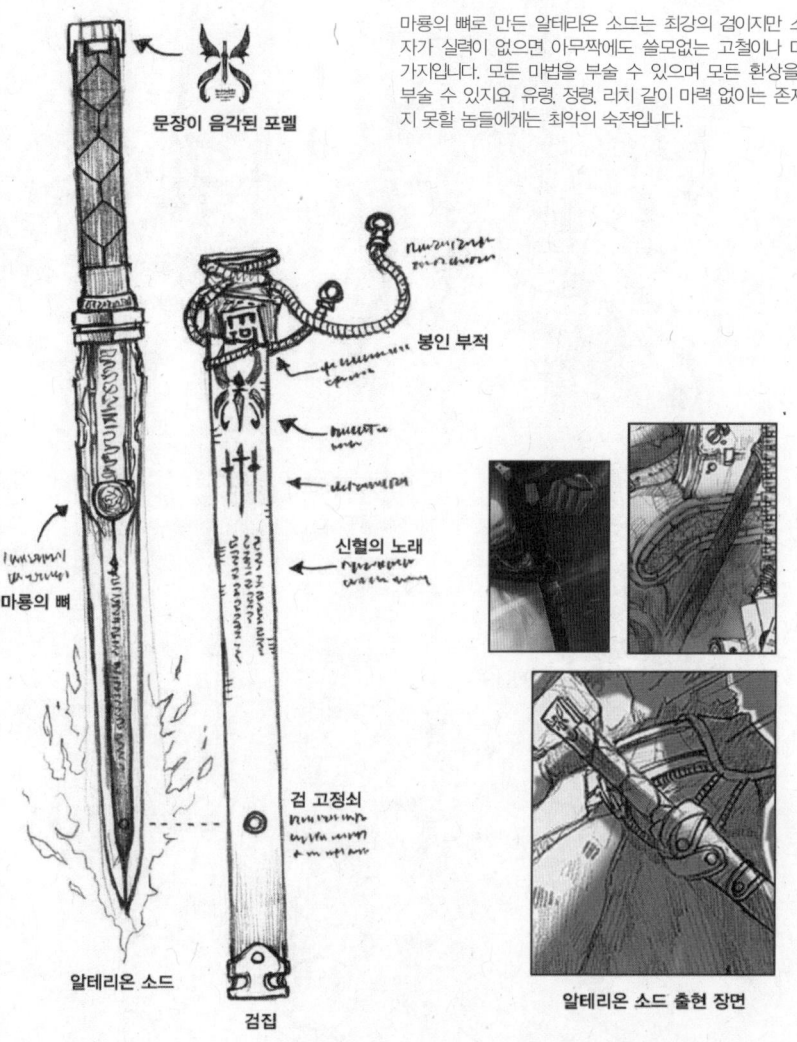

마룡의 뼈로 만든 알테리온 소드는 최강의 검이지만 소유자가 실력이 없으면 아무짝에도 쓸모없는 고철이나 마찬가지입니다. 모든 마법을 부술 수 있으며 모든 환상을 깨부술 수 있지요. 유령, 정령, 리치 같이 마력 없이는 존재하지 못할 놈들에게는 최악의 숙적입니다.

문장이 음각된 포멜

봉인 부적

신혈의 노래

마룡의 뼈

검 고정쇠

알테리온 소드

검집

알테리온 소드 출현 장면

BONUS

그랜드 마스터 라이너스 알테리온의 업적은 엄청나지만 그중 가장 대단한 건 장남 리오 알테리온, 차남 에론 알테리온, 삼남 아르고 알테리온. 이 삼 형제를 키워낸 거겠지요. 역 사상 가장 괴팍하며 가장 강한 무력을 가진 형제에 대해 다음 시간에 알아보도록 할까 요. 그럼 이만.

BONUS IN BONUS

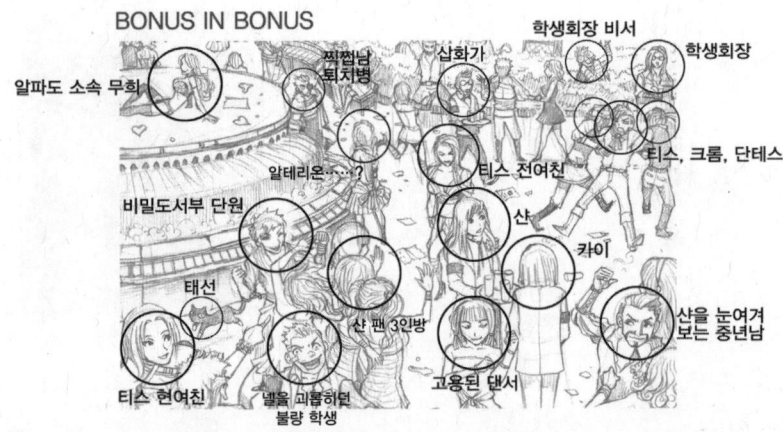

DREAMBOOKS★

DREAMBOOKS

DREAMBOOKS

DREAMBOOKS